장편 실화소설

죄수 596

조덕권

죄수 596

초판 1쇄 인쇄 2016년 9월 30일
지은이 조덕권
펴낸이 이승훈
펴낸곳 해드림출판사
주 소 서울 영등포구 경인로 82길 3-4(문래동1가 39)
센터플러스빌딩 1004호(우편 07371)
전 화 02-2612-5552
팩 스 02-2688-5568
E-mail jlee5059@hanmail.net

등록번호 제87-2007-000011호
등록일자 2007년 5월 4일

* 책값은 표지에 있습니다
* 잘못된 책은 바꿔드립니다

ISBN 979-11-5634-157-4

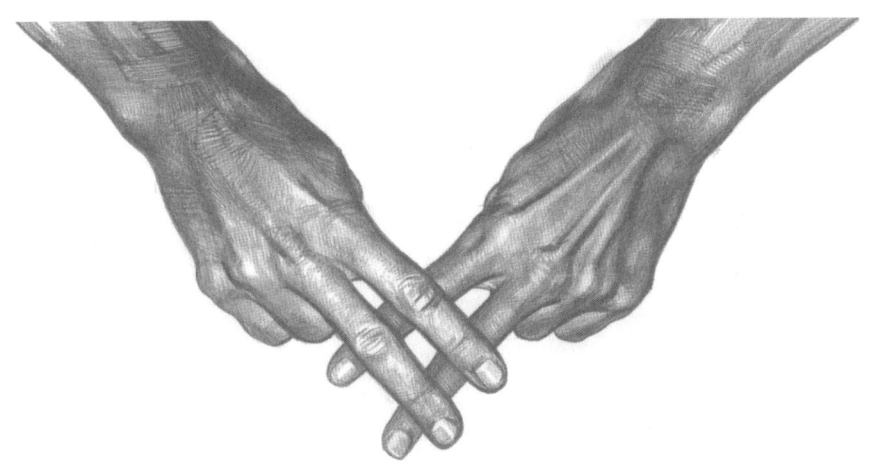

조덕권의 장편 실화소설
'옥중 성자' 죄수 596, 그는 누구인가!

죄수 596

해드림출판사

프롤로그

옥중 성자, 죄수 596

　나는 30여 년 전, 대학생 시절에 한때는 죄수 596으로 불렸던 분을 처음으로 만날 기회가 있었다. 그분은 가벼운 셔츠에 검은 바지 차림으로 앉아 있었고, 이야기를 하는 동안에 너무나 자연스럽게 양말을 벗으셨다. 그러면서 "맨땅을 밟는 발바닥의 감촉이 얼마나 평화로운지……."를 이야기하셨다. 나는 그때 처음 만났던 그분의 얼굴 표정을 지금도 잊지 못한다. 그리고 그때부터 그분의 삶이 내 삶의 일부가 되기도 하였고, 지금까지 살아오는 동안에 많은 중요한 선택을 해야 하는 순간에는 선택의 지침이 되기도 하였다. 그리고 오랜 시간 그분의 삶을 더 깊게 알아보게 되었다.
　2000년 원단, 21세기를 맞이하는 첫날에도 나는 그분의 이야기를 직접 들을 기회가 있었다. 그때 그분은 "올해로 80을 맞

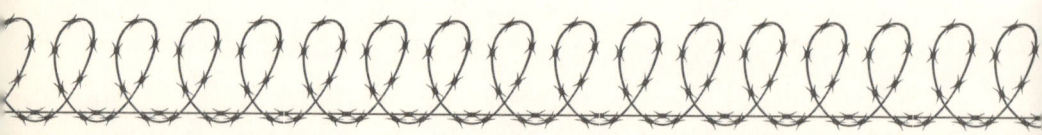

이하는 나는 지금까지 세상에서 맛있다는 음식을 많이 먹어 보았습니다. 그런데 내가 흥남 감옥에서 먹었던 그 떡, 내 생일을 기억하고 있던 감방 동료들이 만들어 주었던 그 떡 한 조각만큼 맛있는 것을 여태까지 먹어보질 못했습니다."라는 이야기를 했었다. 나는 그 이야기를 들으면서, '이분은 50년이 더 지난 그때를 아직도 기억하며 살고 있구나. 그 당시 감옥에서의 생활을 지금도 삶의 기준으로 생활하시는구나…….' 하고 생각했다. 그리고 그분의 흥남 감옥생활이 더 알아보고 싶어졌다. 그래서 오랜 기간 여기저기 흩어져 있던 자료들을 기회가 있을 때마다 모으고, 또 정리해 보았다. 물론 그 당시 흥남 감옥을 역사적인 자료 속에서 찾기는 매우 어려웠지만, 그분의 행적에 관해서는 최대한 팩트만을 모으려고 노력하였다.

인간은 목숨이 걸린 최악의 순간이 다가오면 그 본성을 숨길 수 없다고 한다. 1948년, 흥남 감옥의 죄수들은 하루하루 목숨을 건 극한의 삶을 살았고, 먹다 죽은 죄수의 입속에 있는 밥알을 손가락으로 파먹으며, 자기만 살려고 몸부림쳤던 아귀(餓鬼)들이었다. 그리고 그들이 먹었던 가장 맛있는 고기는 돌팔매로 잡은 들쥐였다. 그런 아귀의 지옥에서도 자기 목숨보다 남을 위한 삶을 살았던 한 죄수로 인하여 수많은 죄수들이 목숨을 구했고, 모두 함께 더불어 사는 삶의 방향성도 느끼게 하였다. '옥중 성자'라 불렸던 죄수 596의 이타주의(利他主義) 삶은 물질적 풍요 속에 살고 있는 우리에게 점차 잃어가고 있는 그 무언인가를 다시금 생각하게 한다. 서로가 서로를 힘들게 하고, 남의 불행이 자기 행복의 확인이라도 되는 양

서로를 힐난하고, 자랑질을 하며, 어떤 이는 상대적 빈곤과 박탈감에 스스로 목숨까지도 끊어버리는 극도의 이기주의 시대에, 한 봉지의 라면과 한 종지의 새큼한 김치가 두 사람을 미소 짓게 했던 인간의 정(情)이란 것을 잊고 사는 것이 아닌지…….

  오늘은 한때 죄수 596으로 불렸고, 주변의 많은 오해와 편견의 질곡 속에서도 평생 위하는 삶을 실천하고, 가끔 '마음의 자유천지'라는 노래를 구성지게 부르기도 하셨던, 지금은 고인이 된 그분이 더욱 그리워지는 밤이다.

2016년 9월
조 덕 권

차례

프롤로그 | 04

1장 지옥의 맛 | 12

2장 지옥의 하루 | 30

3장 첫 대면 | 47

4장 지옥의 구덩이로 | 61

5장 596의 여인들 | 75

6장 지옥에 비친 달빛 | 88

7장 불구덩이 지옥이 더 낫다 | 107

8장 처절한 지옥에서 | 121

9장 지옥 밑창에서 피는 꽃 | 132

10장 살아남기 위하여 | 150

11장 떠나는 사람과 남는 사람 | 161

12장 그해 겨울 | 175

13장 차가운 봄 | 197

14장 지옥의 화염 속에서 | 216

15장 지옥의 문이 열리다 | 232

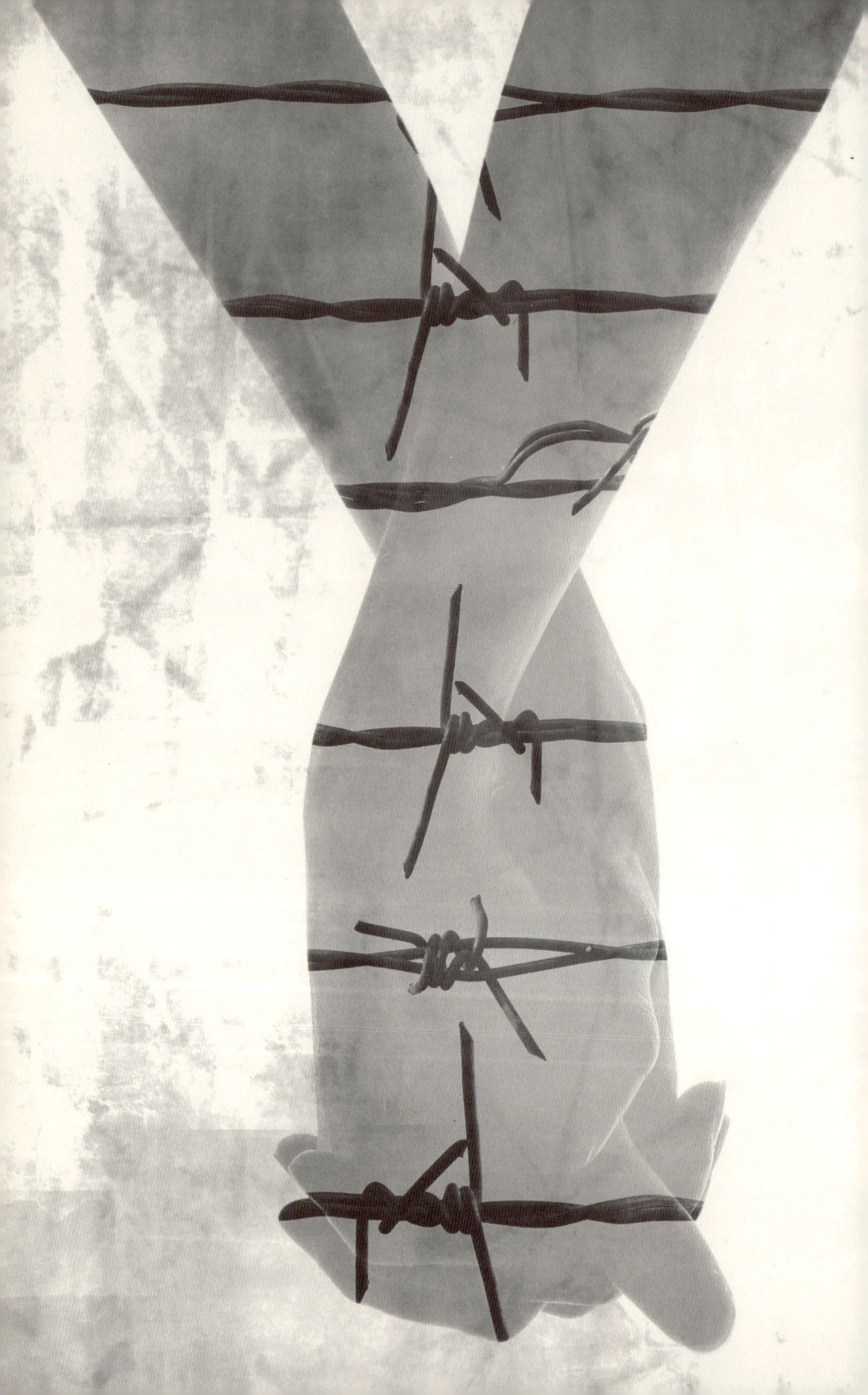

1장
지옥의 맛

쇠창살을 가르던 달빛도 이미 자취를 감췄다.
 칠흑 같은 어둠 속에서 뼈만 앙상히 남은 손이 서서히 뻗어 나갔다.
 '조금만 더……조금만 더……'
 풀숲을 미끄러지듯 기던 뱀이 돌연 멈추듯 뻗어 가던 손이 불현듯 멈췄다. 정적과 고요를 사이에 두고, 멈춘 손과 빨간 두 눈이 서로를 마주했다. 어느 정도 시간이 흘렀을까? 멈췄던 손이 뱀처럼 다시 서서히 움직였다. 그리고 앙상한 손은 빨간 두 눈이 다시금 세상을 볼 수 없게 움켜쥐었다. 찍소리 한번 못 내고 발버둥 치는 생쥐를 움켜쥔 손은 흔적도 없이 검고 칙칙한 담요 속으로 슬그머니 사라졌다.
 앙상한 손에서 벗어나려 몸부림치던 생쥐는 머리부터 뜯어 먹혔다. 몸통과 네 발, 심지어 꼬리까지…, 다 뜯어 먹혔다. 털도 없던 작은 생쥐는 이제 세상 어디에서도 그 자취를 감췄다. 입술에 묻은 피까지 혀로 다 핥아버려서 생쥐의 흔적은 그 어디에도 없었다. 칙

칙하고 어두운 담요 속에서 생쥐를 씹어 먹으며 쉼 없이 깜박였던 눈동자 위로 서서히 눈꺼풀이 덮었다.

'지옥의 맛은 쥐의 피 맛이다.'

붉은색 철쭉꽃 주변의 잡풀 사이로 비릿한 바람이 불었다. 힘없이 저물어 가고 있는 석양을 등지고 나는 바쁘게 자전거 페달을 밟았다.

'집사람에게 무슨 일이라도 있나?'

하는 생각을 하면서 아침에,

"오늘은 일찍 들어오세요."

라고 말했던 집사람의 말을 떠올리며 열심히 페달을 밟았다.

나는 두만강 다리 하나만 건너면 길림성 도문촌과 맞대고 있는 함경도 온성 군청에서 일하는 소사였다. 아버지는 내가 태어나고 몇 해 안 되어 병으로 일찍 세상을 떠났다. 응석 부리는 아들과 어머니만을 남겨놓고 먼저 가기가 미안했던지, 돌아가시기 전 며칠간 아버지는 눈물을 많이 흘렸다고 했다. 예배당을 다니던 어머니는 나를 안고 억척스럽게 살았다. 왜정 때에 공출로 쌀을 다 뺏겨 먹고살기도 힘들지만, 아들만은 꼭 공부를 시킨다고 온갖 궂은일을 다 했다. 홀어머니 밑에서 자란 나는 보통학교와 중학교를 졸업하고, 경성에서 고등교육도 받았다. 이십 대 한창때에는 고향으로 돌아가기 싫어서 이런저런 핑계로, 경성에서 건달로 살았다. 경성

생활은 한마디로 본능과 직감에 충실한 미친 들짐승의 삶이었다. 그러던 어느 날, 꿈에 보였던 어머니의 모습과 지칠 대로 지친 내 모습을 돌아보았다. 그리고 항상 머리 한구석에 웅크리고 있던 기도하던 어머니의 뒷모습이 눈에 밟혀, 서른을 훌쩍 넘어서야 고향으로 돌아왔다.

밭을 매고 있던 어머니는 빈손으로 고향에 돌아온 아들을 눈물로 맞아주었다. 내 손을 덥석 잡으시던 어머니의 손은 거칠다 못해 거북이 등껍질이었다. 그 어머니의 손을 내 얼굴에 비비며 목을 놓아 울었다. 그리고 잡풀만 무성한 아버지의 무덤에 막걸리를 한잔 올리며,

'이젠 더 이상 어머니를 고생시키지 않겠습니다.'

라고 단단히 결심했다

나는 오촌 당숙의 소개로 비록 시골이지만 군청에서 소사로 일도 하게 되었다. 집에서 군청까지는 자전거로 한 시간이나 걸렸다. 아침의 신선한 바람을 타고 달리는 자전거 길은 경성에서 건달 생활로 지친 내 마음을 따뜻하게 위로해 주었다. 자전거로 출근하는 내 모습에 어떤 사람은 출세했다고 부러워도 했지만, 쪽발이 앞잡이라고 눈을 흘기는 사람도 있었다. 군청 소사 일은 박봉에 힘든 일이었다. 그래도 나는 열심히 일했다. 왜정시대에 나름대로는 어려운 마을 사람을 위해서 공출된 쌀을 빼서 다시 돌려주기도 하고, 가마솥을 공출하는 순사에게 달려들어 경찰서에 온 아주머니를 대신해 반성문도 써주어 풀려나게도 했다. 그래도 여전히 나를 쪽발

이 앞잡이라고 눈 흘기는 사람이 있지만 그다지 신경 쓰지 않았다. 태평양전쟁 막바지에는 소사인 내가 보기에도 불쌍할 정도 군민들이 공출을 당했다. 그런데도 나는 그저 지켜볼 수밖에 없었다. 그렇게 가장 어렵고 암담했던 시기를 덤덤하게 넘기자 갑작스럽게 조국은 해방을 맞았다.

해방을 맞았다고 해서 특별히 달라진 것은 없었다. 왜정 관료들이 소련 군정 관료로 바뀐 것뿐이었다. 군청에는 새로 소련 감독관이 왔다. 그런데 소련 군정 감독관도 해방군이라는 이름으로 또다시 군민들을 괴롭히고 있었다. 어찌 보면 군청 소사인 나도 왜놈한테 받던 봉급을 소련 감독관한테 받는 것으로 바뀌었을 뿐이었다. 새로 온 군정 감독관은 군청 일에는 별 관심도 없었고, 매일매일 술이나 퍼마시고 기생집만 찾았다. 다행히 군민을 대상으로 심한 공출은 없어졌지만, 마을 사람들은 코가 큰 감독관이 나타나면 항상 불안해했다.

군청 일은 해방 후에 더 바빠졌다. 해방을 맞아 중국이나 만주에 피난해 있던 실향민들이 고향으로 돌아가는 통에, 온성군 이곳저곳에서도 귀향하는 사람들로 항상 북적였다. 사람이 북적거리면 크고 작은 일들이 벌어졌는데, 그런 일로 군청은 하루도 조용할 날이 없었다. 귀향민들 때문에 일이 더 바빠진 와중에도 나는, 홀어머니의 성화로 결혼도 했다.

어머니는 새벽 기도를 다니며 예배당에서 눈여겨 보아두었던 처자를 며느리로 미리 점찍어 놓고선,

"애야. 내가 보기에 아주 참해서 며느리 삼고 싶은 처자가 있는데, 선이라도 한 번 보는 것이 어떠냐?"

하셨다. 나는,

"어머니가 좋으면 나는 괜찮아요. 지금은 군청 일이 너무 바쁘니까 어머니가 다 알아서 하세요."

하고 말하고는 선도 보지 않은 채 결혼식을 어머니께 다 맡겼다. 결혼에 관심이 없는 것은 아니었지만 정말로 군청 일이 너무나 바빠서 선볼 시간도 없었다. 어머니는 결혼식을 일사천리로 준비했고, 나는 결혼식장에서 처음으로 집사람을 보았다. 처음 본 집사람은 족두리를 쓰고 연지 곤지를 찍었는데, 마치 동화에서 나오는 선녀처럼 아름다웠다.

그 당시 소학교 선생을 하던 집사람은 예쁘고 참하기로 이웃 마을에까지 소문난 사람이었다. 그리고 독실한 교회 신자이기도 해서 일요일이면 항상 나를 끌고 예배당을 찾았다. 나는 집사람의 손에 끌려 마지못해 따라다녔지만, 항상 두 손 모아 기도하는 집사람의 모습이 너무나도 고결하게 보였다. 집사람은 나보다 여덟 살이나 어렸는데, 마음씨도 착하고 무척이나 부지런했다. 매일 아침 정성스럽게 내 도시락을 준비해 주고, 집에 돌아오면 세숫대야에 물을 담아 내 발을 싹싹 씻어주곤 하였다. 객지에서 개차반으로 살아왔던 나에게는 정말로 분에 넘치는 사람이었다.

결혼한 다음 해 시월 어느 월요일 아침, 늦잠에서 일어난 나는 다급하게 벽에 붙은 벽시계를 보며,

"아이구! 이런, 벌써 시간이 이렇게 되었네."

하면서 방 안을 둘러보았다. 그런데 집 안에는 아무런 인기척이 없었다. 나는 멍하니 방 안을 둘러보면서

'어? 집사람은…, 아! 어머니 병원에 간다고 했지.'

하면서 밥상보가 덮여있는 밥상도 열어보지 못한 채 급히 옷만 챙겨 입고 집을 나섰다. 오른발 왼발, 두 발로 번갈아 페달을 밟으면서,

'아이참! 집사람이 어머니께 간다고 나를 깨웠을 때, 그때 일어났어야 하는데 다시 잠이 들어버렸으니…. 으이구, 누굴 원망해. 오늘은 늦으면 안 되는 데….'

하는 생각을 하며 열심히 페달을 밟았다.

결국, 나는 그날 아침 9시가 조금 넘어서야 군청에 도착했고, 흐르는 땀을 닦으며 사무실로 들어섰다. 그리고 그제야 아내가 준비해 둔 도시락을 잊고 왔다는 사실을 알게 되었다.

'이런, 도시락을 놓고 왔네. 집사람이 서운해하겠는걸…. 하는 수 없이 오늘은 국밥으로 때워야지.'

하는 생각을 하며 사무실로 들어갔다. 사무실에는 아침 일찍부터 이런저런 사람들로 북적였다. 지각한 나는 직원들에게 지각했다고 티 나지 않게 조용히 자리에 앉아, 평상시보다 더 열심히 일하고 있었다. 그리고 한참 여러 서류를 정리하고 있을 때,

"저기요. 저기요."

하는 귀에 익은 목소리에 고개를 들었다. 고개 들어 바라본 곳에

는 집사람이 다소곳이 도시락을 들고 있었다. 나는 얼른 집사람에게 달려가며,

"뭐하러 여기까지 와요. 그냥 국밥 먹으면 되는데…."

하였고, 이런 나를 집사람은 아무 말 없이 미소 지으며 도시락을 건네주었다. 나는 겸연쩍게 도시락을 받아 들고 집사람을 군청 마당까지 배웅해 주었다. 그런데 그때, 복도 끝에서 비열한 미소와 함께 기분 나쁘게 집사람을 바라보던 사람이 있었다. 바로 군정 감독관을 통역하는 통역사 김갑술이었다.

통역사 김갑술. 이놈은 몸집이 돼지처럼 컸다. 그리고 무진장 여색을 밝혀 항상 뱀 같은 눈으로 주변 여자들을 위아래로 힐끔거렸다. 여자들에 대한 추문도 끊이지 않고 들렸다. 그런데도 군정 감독관 앞에서는 언제나 비열한 웃음과 함께 두 손을 비벼댔다. 코가 큰 감독관도 여자라면 사족을 못 쓰는 놈이라서 그런지, 어제 갔던 기생집이 좋았네, 어땠네 하는 이야기만 했고, 매일같이 김갑술을 앞세워 기생집을 찾았다. 군정 감독관 앞에서는 손금이 닳도록 비벼대던 김갑술도 우리 앞에서는 자기가 마치 감독관이나 되는 것처럼 항상 거만했다.

김갑술이 어디서 소련 말을 배웠는지는 정확히 아는 사람은 아무도 없었다. 다만 북만주에서 귀향하던 어떤 사람이 김갑술을 보며,

'저놈은 왜놈 끄나풀로 독립운동가를 뒤쫓던 경찰이었는데, 어떤 독립운동가를 쫓아 블라디보스토크까지 갔다가 그곳에서 소련군에 붙잡혀 수용소에 있었다.'

라는 이야기를 한 적이 있었다. 나는 항상 돼지 몸에 뱀 눈을 한 김갑술을 볼 때마다,

'왜놈 앞잡이에 여자에 환장한 놈!'

이라 생각하곤 했다. 그런데 그날 김갑술이 도시락을 들고 온 집사람을 보며 반짝이던 뱀 눈을 잊을 수가 없었다. 그리고 실실 웃으며 집사람의 뒤태를 보는 그 눈빛에 어쩐지 모를 섬뜩함마저 느껴졌다. 집사람이 돌아간 후, 김갑술이 갑자기 나를 불러 어디 사느냐고 물었다. 나는 군청에서 좀 떨어진 시골 마을이라고 대답을 하면서도 어쩐지 모를 찜찜함을 금할 수 없었다.

며칠 전 그 일을 떠올리며 페달을 밟고 있던 나는,

'김갑술이 우리 집을 물어보는 이유가 뭐지? 우리 집을…, 왜? 배암새끼 같은 놈이 왜?'

라는 생각에 내 머리가 다시 혼란해졌다.

"나 왔어요!"

집에 도착한 나는 타고 온 자전거를 대충 마당에 두고 마루에 걸터앉으며 집사람을 찾았다. 집사람은 대야에 물을 받아 가져오며,

"수고했어요. 발 씻을 물이에요."

하며 방긋한 미소로 나를 맞이해 주었다. 집사람의 미소에 머릿속을 뒤집어 놓고 있던 모든 잡생각은 어느새 사라지고, 이네 나도 집사람을 따라 빙긋이 웃고 있었다. 아니, 난 이미 세숫대야에 발을 담그고 있었다. 집사람은 세숫대야에 담근 내 발을 정성껏 씻어주며,

"오늘은 별일 없었어요?"

하고 묻는 것이었다. 나는 한껏 웃어 보이며,

"물론이지, 당신 남편이 일을 잘해서 아무 일 없다우. 참 아침에 무슨 할 말이 있다고 하지 않았어요?"

하고 묻자, 집사람은 한참을 씻던 발을 만지작거리며 머뭇거렸다.

"아, 무슨 일인데 말을 못하고 그래요. 병원에 계신 어머니에게 무슨 일이라도 있는 거예요?"

하고 재차 물었다. 그래도 집사람은 아무 말 없이 그냥 수줍어만 하고 있다가,

"음…… 그게…… 그러니까…… 아니에요. 내일 말씀드릴게요."

라고 했다. 나는 몹시도 궁금했지만 더 이상 다그칠 수 없었다. 그것은 집사람이 부엌으로 이미 들어가고 없었기 때문이었다. 그래서 나는 아무 생각 없이,

'아이참, 사람도 싱겁기는…'

하고 생각하며 멀리서 저물어 가는 석양의 노을을 바라보았다. 밤하늘은 이미 석양이라기보다는 거무스름한 어둠으로 변하고 있었다. 그런데 다음날도 집사람은 아무 말이 없었고, 나는 별일 아니겠거니 하고 잊어버렸다.

"자! 한잔 더 하세요."

김갑술이 연신 내게 술을 권하였다. 나는 속으로,

'이놈이 요즘 내게 부쩍 잘해주는 이유가 뭐지?'

하는 생각에 찝찝했지만 어쩔 수 없이,

"아, 네!"

하면서 술잔을 앞으로 내밀었다. 김갑술은 여전히 째진 눈으로 눈웃음을 치며,

"귀향하는 사람들이 많아서 일이 복잡한데도 우리 권 소사가 일을 잘해 줘서 내가 편해요. 허허허."

하는 것이었다. 나는 김갑술의 얼굴을 바로 쳐다보지도 않고,

"아뇨. 제가 뭘요…."

하며 대충 대답했다. 그래도 김갑술은 연신 배시시 웃어가며 손사래까지 치면서 치켜세웠다.

"아니, 아니에요. 우리 권 서기가 없으면 군청이 돌아가질 않아요."

"아뇨… 별말씀을…."

"그런데 권 서기 부모님은 뭐 하시는 분이요?"

"아…예. 아버님은 어렸을 때 돌아가시고, 홀어머니가 계시는데 요즈음 몸이 좀 많이 편찮으셔서 병원에 계세요"

"이런…, 많이 편찮으세요?"

"연세도 많이 되시고, 오랫동안 고된 일을 많이 하셔서…, 허리가 많이 상했다고 하시네요. 요즘은 기침도 심하시고요."

"아…, 그러세요. 잘 요양하시면 좋아지시겠지요. 자! 한잔 더 하세요."

"네… 그럼…."

지옥의 맛 21

난 마지못해 손을 내밀어 잔을 채웠다. 김갑술은 술을 따르면서 친근한 척 연신 물었다.

"그럼 병원에 있는 어머니를 누가 돌보시는가요?"

"집사람이 학교를 휴직하고 돌보고 있습니다. 농사일하랴, 시어머니 병간호하랴 쥐꼬리만 한 봉급에 집사람이 고생이 많죠."

"이런이런…, 부인께서 고생이 많으시겠네요."

"네. 그렇죠."

"자, 한 잔 더해요."

나는 김갑술의 원치 않는 호의에 내키지 않는 손을 내밀어 한 잔을 더 받았다. 이런 내 모습을 김갑술은 의미를 알 수 없는 미소로 천천히 나를 훑어보고 있었다.

그렇게 김갑술과 술을 마시고 나서 며칠 후, 주말 오후에 늦은 시간이었다. 나는 일을 일찍 끝내고 어머니가 있는 병원에 들러, 집에 가려는 욕심에 부지런히 손을 놀리고 있었다. 그런데 사무실로 김갑술이 갑자기 뛰어들어오며,

"권 소사! 권 소사 있어요?"

하는 것이었다. 나는 잠시 일손을 멈추고,

"네. 여기 있는데요."

하면서 그를 바라보았다. 김갑술은 이미 낮술을 한잔했는지 얼굴이 불그스름해서는,

"지금 도문촌에 문제가 있다는 연락이 왔는데, 급히 좀 갔다 올래요?"

하는 것이었다. 나는 전혀 생각지도 못한 말에,

"네? 도문촌에요?"

하며 그를 바라보기만 하였다. 그러자 김갑술은 내게 천천히 다가오며,

"방금 감독관한테 도문 촌장으로부터 연락이 왔는데, 우리 동포가 살해당한 사건이 있었다네. 그래서 빨리 사람을 보내라는데, 권 소사가 제일 좋을 것 같아서 말이야."

라고 말했다. 다가오는 김갑술은 이미 술에 취했는지 몸도 비틀거렸다.

도문촌은 길림성이고, 중국 땅이다. 아무리 중국 땅이지만 온성군에서 큰 개울 같은 두만강 다리만 건너면 닿는 곳이었다. 이전부터 도문촌에 있는 우리 동포들은 그냥 온성군을 들락거리다 보니 여러 가지 사건들이 터지곤 했었다. 나는 다가오는 김갑술을 향해 서서히 일어서며,

"우리 동포가 살해당하는 사건요?"

하면서 조금 싫다는 표정으로,

"아…, 네. 통역관님. 그런데 혹시 내일 아침에 일찍 다녀오면 안 될까요? 오늘은 집사람 대신 어머니가 계시는 병원도 들러야 하고, 집사람에게 출장 얘기도 해 줘야 해서요."

라고 말하자, 김갑술은 크게 손을 저으며,

"아냐, 아냐, 지금 매우 급하데요. 감독관이 빨리 가보래요. 권 소사 집에는 내가 지나가는 길에 전해줄게요."

하는 것이었다. 나는 '응?' 하는 생각에,
"네? 통역관님이 우리 집에 들러요?"
하고 본능적으로 되물었다. 그러자 김갑술은
"아, 마침 그쪽 마을에 일이 있어 가는 길이요."
하더니 갑자기 얼굴을 붉히면서, 벼락같이 화를 내는 것이었다.
"뭐 해요, 권 소사! 빨리 다녀오라잖아요!"
나는 찜찜했지만 나는 어쩔 수 없어,
"아…, 네…. 그럼 다녀오겠습니다."
하고 가방을 챙겨 들고 사무실을 나섰다.
'저놈이 내가 출장 갔다는 것을 집사람에게 전해준다고? 왜?'
하는 생각에 머릿속이 복잡해지고 뱅뱅 돌았지만, 어쩔 수 없이 도문촌으로 향했다.
다행히 군청에 쓸 수 있는 지프가 한 대 있어서 빨리 갔다 올 수 있을 것도 같았다.
'지프로 도문촌까지 가는데 두 시간, 돌아오는데 두 시간, 일을 빨리 보면, 밤늦게는 집에 돌아올 수 있겠다.'
라는 생각에 급히 페달을 밟았다. 포장도 안 된 길을 흙먼지를 일으키며 열심히 달려 도문촌에 도착할 무렵에는 이미 주변은 깜깜했다. 나는 급히 도문촌 사무실 앞에 차를 세워두고 사무실로 달려 들어갔다. 그런데 어찌 된 일인지 도문촌 사무실에는 당직하는 사람만 덩그러니 앉아있었다. 휑하게 빈 사무실을 보면서 내 머릿속에서는,

'살인 사건이면 사람들이 북적일 텐데…'

라고 생각하며, 나를 멀뚱멀뚱 보고 있는 당직자에게 내가 온 이유를 설명했다. 그러자 당직자는 눈을 동그랗게 뜨며,

"에? 살인 사건요? 그런 일 없는데요. 오늘은 아무 일 없었어요."

하는 것이었다. 눈이 똥그래진 당직자의 얼굴을 보며 나는,

'이게 어떻게 된 일이지? 내가 잘 못 듣고 왔나? 아니면 김갑술이 거짓말을 했나?' 하는 복잡한 생각이 들기 시작했다. 나는 엉겁결에,

"아, 네! 아무 일이 없군요. 죄송하게 됐습니다. 그럼 안녕히 계세요."

하고는 사무실 직원에게 인사를 하는 둥 마는 둥 하면서 사무실 밖으로 걸어나왔다. 그리고 마당에 서서 담배를 하나 물고는 깊게 빨았다. 담배 연기가 내 폐를 찌르는 순간, 내 머리를 스치는 말이 있었다. 김갑술이 야릇한 미소를 지으면서 내게 했던,

'권 서기 집에는 내가 마침 일이 있어 지나가는 길이니까 내가 이야기해줄게요.'

라는 말이었다. 나는 직감적으로 뭔가 잘못된 것을 느끼고, 피우고 있던 담배를 휙 집어 던지며, 단숨에 지프에 올라탔다. 그리고 있는 힘껏 엑셀러레이터를 밟았다. 급히 출발하며 방향을 획하고 틀 땐 몸이 차 밖으로 튕겨 나갈 지경이었다.

온 힘을 다해 운전대를 움켜잡고 있었지만, 심장이 쿵쾅대서 운전하기가 쉽지 않았다. 머리는 잡다하고 무서운 생각에 눈이 튀어

지옥의 맛 25

나올 지경이었고, 있는 힘껏 엑셀러레이터를 밟아서인지 발목까지 시큰시큰했다. 그런데도 달리는 차가 너무나 느리게 느껴지는 것은 왜일까? 이미 밤하늘엔 달도 별도 구름 속으로 자취를 감춰버려 마치 칠흑 속으로 뻗친 좁은 길로 끝없이 빨려드는 느낌이었다. 머릿속에서 계속 메아리치는 것은,

'집사람만 있는 집에 색마 같은 돼지 김갑술이 같이 있다.'

라는 것뿐이었다. 몸에서 느껴지는 것은 오로지 불을 뿜어 대고 있는 내 눈동자와 힘껏 엑셀러레이터를 밟고 있는 발뿐이었다.

'끼이익!'

멈춰 선 지프가 일으킨 흙먼지가 전조등 앞으로 날려 차 앞이 온통 흙먼지로 덮였다. 나는 차는 팽개쳐 두고 황급히 집 안으로 달렸다. 그때 방 안에서 흘러나온 집사람의 비명이 내 귀를 파고들었다. 그 비명에 머릿속은 하얗게 되었고, 주변을 두리번거리다 눈에 들어오는 낫을 엉겁결에 들었다. 그리고는 방문을 뜯어 젖히고 안으로 뛰어들었다.

지금 내 머릿속에 생생하게 기억하는 것은 여기까지였다. 그리고 가끔씩 떠오르는 것은 색 바랜 사진처럼 순간순간의 장면뿐이었다.

내가 휘갈긴 낫과 김갑술의 허벅지에서 튀는 피. 피를 흘리면서 방문을 뛰어넘던 김갑술의 등판. 그리고 나를 향해 손가락질하던 김갑술의 뱀의 눈. 대문을 향해 도망치는 김갑술의 뒷모습. 그리고 찢어진 옷을 추스르며 울던 집사람. 얼마간의 정적과 뛰어 들어오는 경찰들. 내 손에 채워진 차가운 수갑.

경찰서에 잡혀 있을 당시, 굽은 허리로 면회 왔던 어머니는 연신 울기만 했다. 그리고 쭈글쭈글하게 주름진 입술을 떨며 내게 집사람 이야기를 전했다. 내가 잡혀간 다음, 마을에는 여러 가지 흉흉한 소문이 돌았다고 했다. 그리고 병원에 입원한 김갑술은 생명엔 지장 없이 엉덩이만 스무 바늘 넘게 꿰맸다고 했다. 그리고 김갑술은 경찰에게 내가 공산당을 미워하던 친일 앞잡이였고, 자기는 집사람에게 충고하러 갔는데, 내가 미쳐서 낫을 휘둘렀다고 진술했단다. 그리고 군정 감독관도 김갑술이 입원한 병원에 문병을 갔고, 경찰을 불러 크게 화를 냈다는 것이었다.

이런 소문에 집사람은 나에 대해 선처해 달라고 김갑술을 찾아갔고, 어찌 된 일인지 그날 저녁에 두만강 다리에서 몸을 던졌다고 했다. 그리고 집사람을 부검했던 검시관 말이 집사람은 임신 중이었다고 했다는 것이었다. 이 말을 듣고 난 다음부터 내 머릿속은 텅 비어 버렸고, 영혼이 없이 거죽만 쓴 사람처럼 여기저기를 걸어 다녔다. 그리고 이미 초점이 없는 내 눈을 내려다보며 판사는 목소리 높여,

"징역 10년"
"땅!"
"땅!"
"따앙!"

하며 망치로 내리쳤다. 그때 나는 그 망치 소리와 함께 지옥으로 떨어졌다.

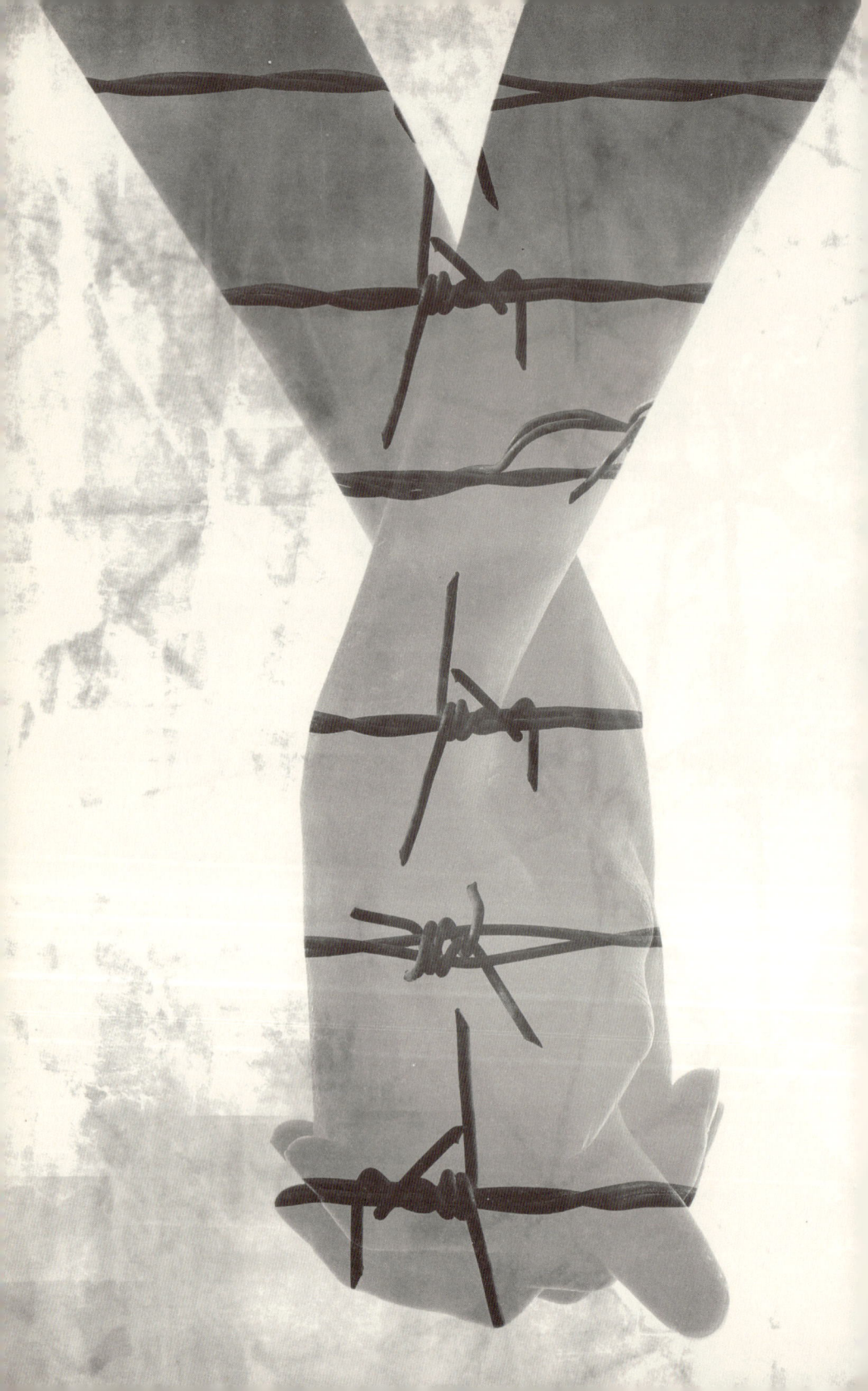

2장
지옥의 하루

"꿀꿀아! 꿀꿀아! 내 꿀꿀이!!"

수인번호 838의 비명에 밖에 나가던 죄수들 눈이 갑자기 838에게 쏠렸다. 838 옆에 있던 727이,

"무슨 일이야?"

하고 물어도 838은 대답 없이 다짜고짜 727의 손을 살펴보더니 벽으로 밀치며,

"내 꿀꿀이가 없어! 내 꿀꿀이가!"

하며 죄수들을 노려보기 시작했다. 한참을 노려보던 838이 갑자기,

"너지, 아니면… 너지! 내 돼지를 훔쳐 간 게 너지!!! 내 돼지 내놔! 내 돼지 내놔!"

하면서 광기 어린 목소리로 죄수들의 손을 펴보고 소매를 뒤지기도 했다. 그러다 갑자기 발광한 사람처럼,

"너지! 네가 꿀꿀이를 훔쳐 갔지!"

하면서 501에게 두 손을 뻗었다. 갑자기 달려드는 838을 501은,

"이런 미친놈이 있나? 무슨 꿀꿀이? 여기에 무슨 꿀꿀이가 있어!"

하며 838의 손을 뿌리치더니 오히려 838의 멱살을 잡았다. 501은 깡패였다. 모든 죄수들은 501에게 달려든 838을 보며,

'저놈이 눈이 돌아도 단단히 돈 모양이다. 그렇지 않고서 깡패였던 501에게 달려들다니….'

하는 눈으로 바라보았다. 아니나 다를까 501의 주먹이 838의 면상으로 날랐다. 안면을 정통으로 맞은 838은 뒤로 뒹굴면서도,

"내 돼지… 내 돼지…."

하며 울부짖고 있었다.

838은 소작하는 농부였다. 그는 보릿고개 당시 지주의 쌀을 훔치다가 잡혀 징역 2년을 선고받고 이곳으로 왔다. 순박하기 그지없는 838은 먹는 것에 욕심이 많아서, 시간만 나면 작업장이나 감방 주변을 서성이다가 풀뿌리를 캐 먹기도 하고 들쥐도 잡았다. 특히 봄철엔 들쥐가 새끼를 낳으면 이것들을 곧잘 잡았다.

들쥐는 새끼를 낳으면 암컷 혼자서 새끼 두세 마리를 지키며 살았다. 838은 이런 들쥐 가족을 잡으면, 어미만 생채로 뜯어 먹고 작은 새끼들은 감방에서 키웠다. 자기 밥을 조금씩 떼 먹여 키우고선 털 나기 직전에 생쥐를 통째로 씹어 먹었다. 838은 이렇게 키우는 새끼 쥐를 '꿀꿀이'라고 불렀다. 그런데 며칠 전에 잡았던 꿀꿀이를 정성 들여 키워 이제 슬슬 먹을 때가 됐다고 생각하고, 새벽에 일어나 살펴보니 꿀꿀이가 없어진 것이었다. 사라진 꿀꿀이에 눈이 뒤집힌 838의 배를 깔고 앉은 501은 아직도 분풀이를 하고 있었다.

그때 이런 상황을 말 없이 지켜보고 있던 방장 919가 몸을 날렸다. 방장은 호랑이처럼 몸을 날려 주먹질을 하고 있던 501의 등을 걷어찼다. 501은 '악'하는 비명도 지르지 못한 채 감방 구석으로 나뒹굴었다. 방장 919는 눈알을 부릅뜨며,

"새벽부터 이 새끼들이 미쳤나! 조용히 못 해! 야! 838, 이 새끼야! 쥐새끼 한 마리에 목숨 걸래? 누군가 배고픈 놈이 처먹었겠지. 그걸 지금 찾으면 나오냐? 이 개새끼야!"

하며 호통을 쳤다. 눈에 불을 뿜어대는 방장의 모습에 모두 벌벌 떨었고, 죄수들은 서로를 힐끔힐끔 쳐다볼 뿐이었다. 이런 죄수들을 한번 휘둘러 본 방장 919는,

"모두 똑바로 들어. 이 방에서 다시 한 번 이런 일이 벌어지면, 내가 다 모가지를 비틀어 버릴 거야! 알았어? 이 개새끼들아. 왜, 대답이 없어!"

하고 외쳤다. 감방 안이 쩌렁쩌렁 울리는 방장의 일갈에 모두는,

"네…."

하면서 기어들어가는 목소리로 대답하며 눈을 밑으로 깔았다.

방장 919는 왜정시대의 군인 출신이었다. 그는 중국과 만주에서 전쟁터를 누볐다고 했다. 어떤 이들은 전쟁 영웅이라고도 하고, 어떤 이들은 일본군 장교까지 했다고도 말했다. 그런데 해방 후 친일 부역자라는 죄목을 쓰고 이곳에 들어왔다. 919의 눈가에는 전쟁터에서 입은 큰 흉터가 관자놀이부터 볼까지 흘러 있어, 마치 눈물 흘리는 호랑이의 눈처럼 보였다. 그래서 죄수들은 방장 919를 호

랑이 방장이라 불렀다. 방장 919는 뭉그적거리고 있는 죄수들에게 무섭게 부라리며,

"빨리 밖으로 안 나가?"

하고 소리쳤고, 919의 목소리에 모두 번개처럼 움직였다. 지금 죄수들은 새벽 점호를 위해 운동장으로 나가던 길이었다.

감방의 일과는 매우 단순했다. 새벽 4시 반이 되면 모두 기상했다. 잠에서 깨기 싫어하는 죄수들을 깨우는 일은 부방장 739가 도맡았다. 죄수들이 일어나서 제일 먼저 하는 것은 전원 운동장으로 나가 새벽 점호를 받는 것이었다. 일단 모두 나가 운동장에 집합한 후에 감방 별로 인원 점검을 했다. 감방 별 인원 점검이 끝나면 소지품 검사를 하는데, 이때 죄수는 옷을 다 벗고 알몸이 되었다. 알몸이 된 죄수 앞에서 간수들은 낱낱이 몸수색을 하고 옷까지 탈탈 털어 검사를 했다. 죄수들 검사가 모두 다 끝나야 다시 감방으로 돌아올 수 있었다. 죄수들은 한겨울에도 알몸으로 검사를 받았다. 이 시간은 정말 얼어 죽을 지경이었지만 간수들의 매질을 안 당하기 위해서 최대한 빨리 벗고 검사를 받았다.

감방으로 돌아온 죄수들은 전날 밤에 받았던 물로 목도 축이고, 얼굴도 닦았다. 한 종지의 물로 모든 것을 다 해결했다. 이미 전날 밤에 물을 마셔버린 죄수들은 똥간에 있는 물로 씻기도 했다. 대충 씻고 나면 감방의 담요들을 정리했다. 8평쯤 되는 방에 32명이나 사는 감방이기에 모두 다닥다닥 붙어 잤지만, 모포는 2장씩 지급

되었다. 잠자리의 모포는 잘 접어, 땟국이 흐르는 베개와 함께 방장 옆에 가지런히 모아두었다.

　방장은 감방으로 들어오는 철문 쪽 벽에 자리하고 있었다. 그리고 철문 반대편 쪽에는 창살이 박힌 조그만 창이 달린 감옥 벽이 있었고, 그 오른쪽 구석엔 똥간이었다. 새벽 점호가 끝나면 항상 싸움이 일어나는 곳이 바로 똥간 앞이었다. 똥간 벽 높은 곳에는 쇠창살이 하나 박힌 둥그런 작은 구멍이 하나가 있었다. 그리고 똥간을 가리는 벽은 없었다. 똥간이라고 해 봤자 '뺑끼통'이라고 부르는 나무통 2개가 놓여있을 뿐이었다. 모든 죄수는 남들이 다 보는 앞에서 뺑끼통 위에 그냥 볼일을 보았다. 단, 볼일을 볼 때 죄수들은 반드시 바지를 다 벗었다. 뺑끼통의 똥물이 바지에 튀기라도 하면 씻을 방법이 없기 때문이었다. 볼일을 보고 나면 다른 뺑끼통에 있는 물에 손을 묻혀서 뒤처리를 하고 수건으로 닦았다. 이렇게 두 개의 뺑끼통으로 한 방 32명이 볼일을 다 봐야 했다. 그래서 아침에는 서로 빨리 일을 보려고 뒤엉켜서 싸우다가 결국엔 주먹이 센 순서로 줄을 섰다.

　방을 정리하고 볼일까지 다 보고 나면 모두 줄을 맞춰 정좌하고 기다렸다. 이렇게 아침 먹을 준비를 하는데 30분이면 다 됐다. 앉아서 기다리면 아침밥이 들어왔다. 아침밥은 개구멍이라고 부르는 감방 철문의 아래쪽의 좁고 작은 문이 열리고, 주먹밥 통과 국물 통이 하나씩 들어왔다. 이렇게 들어오는 밥을 당번 두 명이 배급을 했다. 물론 가장 큰 밥 덩어리를 먼저 방장에게 주고, 한 사람은 주먹밥을 한 덩이씩 배급하고, 또 한 사람은 국물을 배급했다. 주먹밥 크기는 열 살 먹은 아이 주먹만 했고, 쌀을 보기는 어렵고 주로 검은콩과 옥수숫가루 그리고 조밥이 뭉쳐진 것이었다. 단단하게 뭉치지도 않았기 때문에 주먹밥을 나무 종지 그릇에 받아먹었다. 국물이라고 해 봤자 멀건 소금물에 된장을 풀어놓은 물이었고, 잘게 썬 미역 몇 가닥 둥둥 떠다니는 정도였다. 국물도 종지 그릇에 받아 나무 수저로 퍼먹었다. 이가 다 빠진 나무 그릇에 주먹밥 하나와 소금 국물 한 그릇 이것이 아침 배급이었다. 그것마저도 요즘처럼 6월 초가 되면 보릿고개를 맞아 주먹밥 크기는 훨씬 더 작아졌다.

한 톨의 밥알이라도 떨어트리지 않고 먹기 위해 어떤 죄수는 조금씩 떼어 천천히 입에서 녹여 먹었다. 그리고 대부분 죄수는 '체하면 배고픔을 못 느낀다.'는 감방의 풍문을 믿기라도 하는 양 한 입에 털어 넣고 꿀꺽 삼키기도 했다. 가끔씩은 아침밥을 먹는 사이에도 싸움이 일어났다. 이미 자기 밥을 다 먹었는데도 밥을 먹었다는 기억이 없어, 그릇이 빈 것을 확인하고는,

"누가 내 밥을 훔쳐 먹었다! 누군가 내 밥을 먹었다!"

라고 고함을 치며 옆 사람의 멱살을 잡는 사람도 있고, 또 어떤 사람은 자기도 모르는 사이에 남의 밥그릇에 숟가락을 넣다가 싸움이 나기도 했다. 이렇게 먹다가 싸움이라도 나면 옆에 있던 죄수들은 국물이라도 흘릴까 봐 재빨리 그릇을 들고 등을 돌렸다. 된장 푼 소금 국물일 망정 목구멍에 붓지 않으면 하루가 더 고달팠기 때문이었다.

아침 식사가 끝나면, 모두 밖으로 나갈 준비를 했다. 사이렌이 울리고 철문이 열리면 모두 줄을 지어 운동장으로 나갔다. 이때도 조금 늦던지, 줄을 벗어나든지 하면 가차 없이 간수들의 몽둥이가 날아왔다. 간수들은 참나무로 만든 몽둥이로 죄수의 머리통이든, 어깨든지, 허벅지든 어디든 가리지 않고 보이는 대로 무자비하게 때렸다. 그리고 가장 뒤에 나오는 죄수는 양손에 뺑끼통을 들고 나왔다. 뺑끼통 안의 똥물이 흘리지 않게 조심스럽게 들고나온 죄수는 뺑끼통을 모아 두는 곳에 두고 자리로 들어왔다. 뺑끼통 똥물을 조금이라도 흘리는 죄수는 죽음을 면치 못했다. 냄새가 난다고 간수들이 달려들어 몽둥이찜질을 하기 때문이었다. 그래서 언젠가 바닥에 똥물을 약간 흘렸던 어떤 죄수는 맞지 않으려고 자기 옷을 벗어 닦아내고 매를 피하기도 했다.

천오백 명의 죄수들이 운동장에 다 모이면 또다시 감방 별로 인원 점검을 했다. 그리고 2명씩 한 조로 상대편의 오른손과 옆 사람의 왼손을 동아줄로 묶었다. 그리고 4명씩을 한 줄로 해서 공장으로 출발했다.

7시에 공장으로 가는 행렬이 나가는 감방 대문에서도 간수는 인원을 확인했다. 죄수들의 행렬 양옆에는 총을 든 간수들이 따랐고, 길목 곳곳에는 원두막처럼 생긴 초소가 있어 총부리가 행렬을 겨루고 있었다. 걸어가는 도중에도 죄수들은 절대 머리를 들지 못하게 했기 때문에 아무도 감히 도망칠 생각을 못 했다.

감옥에서 공장까지 십 리를 한 시간에 도착해야 하기 때문에 절대로 쉬지 못했다. 다만, 이렇게 걷는 죄수들에겐 길옆에 핀 들꽃을 곁눈질로 볼 수 있다는 것이 유일한 위안이었다.

  8시 공장에 도착하면 손에 묶인 줄이 풀리고 10명이 한 조가 되었다. 한 조가 된 열 명 중 두 명은 삽을 잡고, 두 명은 포대를 들고, 나머지는 새끼줄을 들쳐 매고 작업장으로 들어갔다. 작업장은 높은 지붕도 넓은 벽도 없었다. 다만 한쪽 벽에 이십 미터의 높은 곳에 길게 뻗어 나온 검은 벨트가 있고, 벨트가 돌면 암모니아 비료가 쏟아졌다. 열 군데 벨트에서 쏟아지는 비료는 김이 모락모락 났고 금세 산처럼 쌓였다. 20미터나 높게 쌓인 비료를 다 퍼내고 나면 금세 또 산처럼 쏟아졌다. 쌓인 암모니아 비료를 삽을 든 두 명이 포대에 퍼 담았다. 그리고 포대가 차면 한 명은 저울에 올리고, 다른 한 명은 포대를 또 준비했다. 저울에 올려진 포대는 정확히 40킬로를 맞추었다. 그래서 삽질하는 사람은 몇 삽을 퍼 담아야 하는지 알아야 했다. 저울을 지켜보고 있던 감독이 고개를 끄덕이면, 여섯 명 중 한 명이 포대를 저울에서 내려 새끼줄로 주둥이를 묶고, 도락꾸라고 불리는 화물칸에 실었다.

  모래알처럼 생긴 암모니아 비료를 삽으로 퍼 담으면, 한 명은 계속 저울에 올리고, 나머지는 저울에서 포대를 가져다 끊임없이 묶어 옮겼다. 일은 쉬지 않는 기계처럼 끊임없이 반복되었다. 하루에 열 명이 한 조가 되어 도락꾸에 실어야 할 책임량은 천삼백 포대였다. 그런데 책임량을 다 하지 못한 조는 다음날 식량 배급이 절반으로 줄어들었다. 한 사람이라도 빈둥대거나 일이 서툴면 다른 사람들까지 밥이 절반으로 줄어들게 되었다. 그래서 죄수들은 서로가 격려하기도 하고, 어떤 때는 눈을 흘기면서 재촉하기도 했다. 마음이 맞는 죄수들은 역할을 나누기도 했다. 힘 있는 죄수가 삽질과 나르는 작업을 맡고, 나이가 많거나 허약한 죄수는 포대를 잡는 일을 맡는 것이었다. 150개 조로 편성된 죄수들이 하루에 작업하는 비료가 칠천팔백 톤이나 됐다. 질산 비료를 가득 실은 도락꾸는 레일이 깔려있는 흥남항까지 하루에 수백 번씩 실어 날랐다.

"저게 다 어디로 가는지 알아? 소련으로 간대. 소련으로…"

내 뒤에서 부방장 739가 공장을 잘 아는 척하며 내게 그렇게 말한 적이 있었다.

오전의 15분간 휴식시간이 되면 죄수들은 너나 할 것 없이 물이 있는 드럼통으로 달려갔다. 작업 중에는 물 마실 시간도 없기도 했지만, 막 구워져서 나오는 질소비료는 뜨끈뜨끈한 열기로 엄청난 땀이 줄줄 흘렀기 때문이었다. 쉬는 시간 10시까지 두 시간 동안 물 한 모금 못 마시고 일을 하면 입안에선 단내가 났다. 휴식 후, 다시 일을 시작해서 입안에서 단내가 나다 못해 쓴내가 날 때쯤인 12시가 되면 점심시간이 됐다. 그럼 또 죄수들은 드럼통으로 달려가서 목을 축였다.

30분간의 점심시간에 배급되는 것은 감자 한 개와 소금물이었다. 죄수들은 땀과 비료로 범벅된 손으로 감자를 받아 들고 허겁지겁 먹었다. 가끔씩 얼굴색이 누렇게 뜬 사람이 감자를 먹다가 고개를 푹 숙이고 있는 사람이 생겼다. 먹다가 죽은 것이었다. 그런 사

람이 나오면 간수는,

"야! 두 명 이리 와서 저 새끼 싣고 와!"

하고는 아무나 불러서 일을 시켰다. 호명된 두 사람은 먹다 죽은 죄수의 시신을 작업장 밖으로 들고 나갔다. 그런데 호명된 죄수들은 웃는지 짜증 내는지 알 수 없는 표정을 했지만, 눈가에는 미소를 띠었다. 왜냐하면, 이들은 죽은 죄수가 먹다 남은 감자를 먹을 수 있기 때문이었다. 가끔 죽은 죄수 옮기는 일을 맡은 죄수 중에는 죽은 죄수의 입속에 있던 감자까지 손가락으로 빼 먹는 사람도 있었다. 이곳 죄수들은 지옥의 아귀들이었다.

작업장에서 죄수가 죽으면 일단 트럭에 실어 놓았다. 작업장에는 시체를 처리할 장소가 없기에 수용소로 가져와서, 시체 숫자까지 인원 점검이 끝난 후에 뒷산에 묻었다. 편하게 감방으로 돌아가는 길은 죽은 시체가 되어 트럭에 실리는 방법뿐이었다.

삶은 감자를 먹고 난 죄수 중 몇 명은 작업장 밖의 풀뿌리를 캐 먹기도 하고, 들쥐를 잡기 위해 여기저기를 헤매기도 했다. 오늘도 838은 들쥐를 찾아 작업장 주변의 풀숲을 헤매고 있었다. 그러나 대부분의 죄수들은 하늘을 보고 쓰러져 숨만 벌떡벌떡 쉬었다.

12시 반이면 작업 시작을 알리는 사이렌이 울렸고, 쓰러져 있던 죄수들은 마치 걸어 다니는 시체처럼 몸을 움직여 작업장으로 향했다. 다시 시작된 작업은 끊임없이 반복됐다. 포대 잡는 손이 암모니아 비료에 녹아 진물을 흘리는 사람도 있었고, 목이 말라 마른 침만 꿀꺽꿀꺽 삼키며 일하는 죄수도 있었다. 암모니아 비료에는 인산이라는 독이 있어 새 옷도 며칠 안 지나 녹아서 구멍이 뚫렸다. 이렇게 독한 인산 가스에 죄수들의 눈이 점점 빛을 잃고, 머릿속이 몽롱해지면 천삼백 포대가 겨우 끝났다. 책임량을 다 끝낸 사람들은 드럼통에 담긴 물을 마시러 허겁지겁 달려갔다. 그런데 시간이 되도 책임량을 끝내지 못한 사람들이 있으면, 작업량을 끝낼 때까지 모두가 기다렸다. 한때는 일을 먼저 끝낸 죄수들이 못한 사람들의 몫까지 더 작업했다. 그런데 이것이 노동교화의 원칙에 맞지 않는다고 언제부턴가 작업량이 다 끝날 때까지 기다리게 되었다. 이렇게 시간을 늦춰서도 작업량을 못 채우는 조는 다음날 밥이 절반으로 줄었다.

작업을 마친 죄수들은 공장에서 나오는 하수도에 가서 몸을 씻었다. 하수도밖에는 씻을 곳이 없기도 했지만, 인산이 묻은 몸을 씻지 않으면 살이 녹아 진물과 피가 났기 때문이었다. 죄수들은 하수도 물로 몸도 씻고 땀에 찌든 수건도 빨았다.

작업을 마친 죄수가 다 모이면 2명씩 다시 손을 묶고 감방으로 돌아갔다. 총을 든 간수들은 돌아가는 길에도 머리를 못 들게 했다. 죄수들은 허기지고 머리가 빈사 상태여서 가끔씩 자기도 모르게 고개를 들고 하늘을 쳐다보았다. 그럴 때마다 간수들은,

"야! 죽고 싶어, 머리 숙여!"

하며 곤봉으로 두들겨 팼다. 이렇게 걷는 죄수들은 탈출이라는 단어도 잊었다. 그들은 다만 걸어 다니는 시체였다. 이렇게 걸어서 감방 운동장에 도착하면 또 인원을 점검했다. 그런데 돌아와서 점

검한 인원은 매일 한두 명씩 맞지 않았다. 그러면 간수는 뒤에 도착하는 트럭에 실려 있는 시체를 세웠고 합이 맞아야 인원 점검이 끝났다. 매일매일 작업 중에 사고로 죽든지, 먹다가 죽든지, 병으로 죽든지, 맞아 죽든지…. 하루에 두세 명씩은 죽었고, 한 달이면 백여 명이 죽어 나갔다. 나는 항상 인원을 확인할 때마다,

'트럭에 실려 있는 사람이 부럽다.'

라는 생각을 했다. 인원 점검이 끝나고 나면 간수장이 죄수 번호를 불렀다. 면회를 온 사람의 죄수번호였다. 번호가 호명된 죄수들은 죽었던 아들이 살아 돌아온 듯한 표정으로 앞으로 달려가고, 나머지 죄수들은 간수장의,

"나머지는 입감!"

이라는 호령과 함께 감방으로 들어갔다. 간수들은 감방으로 들어가는 죄수들의 움직임도 감시했으며 가끔은 재촉도 하고, 말을 잘 듣지 않는 죄수는 어김없이 곤봉으로 내리쳤다.

"야! 줄 똑바로 서! 이 쌍놈에 새끼…"

"퍽! 퍼벅!"

오늘은 457이 간수장의 곤봉을 맞았다. 457의 부친은 독립운동을 하다 옥사했다고 알려졌다. 그런 아버지의 핏줄을 타고난 탓인지 457은 항상 간수들에게 반항적이었다. 457은 그 강직한 성질 때문에 맞기도 많이 맞았다. 특히 457을 항상 때리는 간수는 정해져 있었다. 박 간수장이었다. 박 간수장은 간수 중에서도 성질이 제일 더러운 놈이었다. 왜정 때는 소작농이던 놈인데 해방 후에 공

산당원이 되었고, 어쩌다가 이곳까지 와서 간수장이라는 완장까지 차게 되었다. 그래서 그런지 박 간수장은 무식하기 그지없었다. 사십 살이 훌쩍 넘었어도 덩치는 산만해서 죄수들은 물소라는 별명으로 불렸다. 죄수들 사이에선 물소 간수장에게 맞아 죽은 죄수가 손으로 다 세기 어려울 정도라는 말이 퍼져있었다. 그만큼 그는 여기서 악명이 높았다. 특히 물소 간수장이 싫어하는 것은 죄수들이 웅성대는 말소리였다. 죄수들이 웅성대면 바로,

"이 새끼들아 조용히 해! 조용히 못 해!"

하며 신경질을 부렸다. 그럴 때 물소 간수장의 얼굴을 보면 하얗게 질려있었다. 못 배운 사람이 완장을 차면 꼭 나타나는 군중을 싫어하는 특유의 히스테리 같았다. 이곳의 간수들은 모두 다 군인이었다. 그래서 간수들은 어깨에는 따발총을 매고 한 손에는 곤봉을 들고 다녔다. 간수들은 총과 곤봉으로 죄수들을 지배했고, 죄수들의 생사권도 쥐었기 때문에 간수에게 아부하는 죄수가 방마다 한두 명씩 꼭 있었다. 우리 감방에는 부방장 739가 그랬다.

"빨리빨리 들어가!"

물소 간수장의 먹따는 소리에 죄수들은 서로를 밀치며 뛰듯이 방으로 들어갔다. 감방으로 돌아온 죄수들은 절대 누우면 안 됐다. 죄수들은 재빨리 수건을 자기 선반에 올려놓고 각자의 위치에 정좌로 앉아 있어야 했다. 30분간의 면회를 마친 죄수도 방에 돌아오면 자기 자리에서 정좌를 하고 앉아 있었다.

정좌를 하고 앉아있으면 7시에 개구멍으로 저녁밥이 들어왔다.

저녁밥도 주먹밥 한 개와 소금물에 된장을 풀어놓은 국물이 전부였다. 저녁을 먹고 나서는 한 시간 동안 간수가 주는 책을 읽었다. 노동교화에 관한 책이나, 공산당에 관한 책을 한 사람이 읽고 모두 들었다. 특별한 일이 없는 한 613이 책을 읽었다. 죄수 번호 613은 바로 나였다. 내가 이 방으로 오기 전에는 선생이었던 727이 읽었다. 그런데 물소 간수장에게 곤봉으로 머리를 맞은 후로는 정신이 오락가락해서 글을 못 읽었다. 요즘에도 727은 가끔 침을 흘리고 다녔다.

한 시간 동안 책을 다 읽고 나면 죄수들은 읽었던 책에 대한 감상과 공산당에 대하여 감사의 글을 써야 했다. 죄수들의 교화문 쓰기가 끝나면 나는 이것을 다 모아 간수에게 전했다. 그리고 간수의 확인이 끝나면 잠자리를 준비하고 사이렌 소리에 감방의 불이 모두 꺼졌다. 잠자리에 드는 10시가 넘어야 오늘 하루도 무사히 넘긴 것이었다. 나는 캄캄한 감방 천장을 멍하니 바라보며,

'오늘도 살았다. 이제 남은 날은 8년 1개월하고 5일이다'

라고 날짜를 세곤 했다. 그리고 매일 하는 주문처럼,

'나는 반드시 살아서 나간다. 살아서 나가 그놈을 죽인다. 그놈의 살을 찢고 뼈를 갈아 반드시 죽인다. 그놈이 뒈졌으면 무덤이라도 파헤친다. 나는 반드시 살아서 나간다. 살아서 나가 그놈을 죽인다. 나는 반드시 살아서…'

하는 말을 되뇌었다. 이를 악물고 눈을 감은 채, 수십 번 수백 번 마음속으로 되씹었다. 나 스스로를 더 독하고 더 악하게 만들기 위

해 수도 없이 되뇌다 보면 나도 모르게 잠에 빠졌다.

  죄수들이 지옥의 삶을 매일 살고 있는 이곳은 바로 덕리 특별 노무자 수용소다. 죽음의 수용소 덕리 특별 노무자 수용소. 소련 군정은 죄수를 노동으로 교화한다는 명목으로 강제노동을 시켰다. 그렇게 만들어진 것이 노무자 수용소였다. 그중에서도 특히 이곳 덕리 특별 노무자 수용소에서는 건장한 청년도 2년을 넘기지 못하고 죽어 나갔다. 소련 군정은 애당초 죄수를 교화시킬 생각이 없었다. 다만 죄수를 그냥 처형할 수 없기에 이곳에서 죽도록 강제노동을 시켰다. 죄수를 교화시키기 위한 강제노동이 아닌 죄수를 죽이기 위한 강제노동이었다. 그래서 간수들도 죄수의 목숨 따위는 벌레보다 못한 것으로 여겼다.

3장
첫 대면

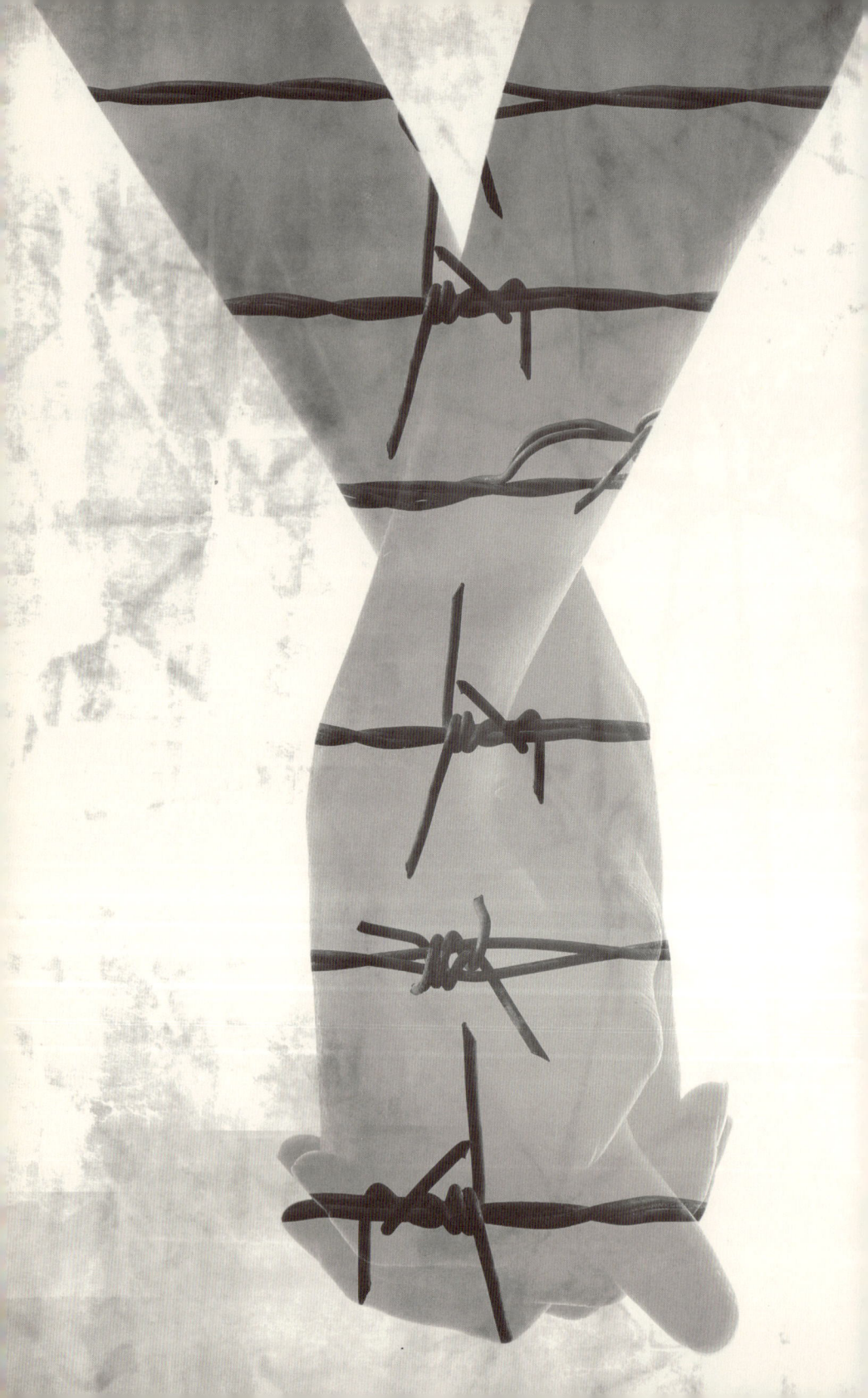

감옥에서도 다행히 일요일은 작업을 쉬었다. 죄수들을 쉬게 하려고 쉬는 날이 아니었다. 단지, 비료 공장이 쉬기에 어쩔 수 없이 죄수들을 쉬게 하는 것이다. 쉬는 날 죄수들은 새벽 점호와 오후에 한 시간씩 운동 시간을 제외하고 감방에서 보냈다. 어떤 이는 이를 잡아 입에 넣기도 하고, 어떤 이는 멍하니 천정을 바라보기도 하고, 어떤 이는 다른 죄수와 잡담을 하기도 했다. 쉬는 날이라도 방장의 허락 없이는 맘대로 누울 수 없었다. 그러나 방장만은 항상 누워서 시간을 보냈다. 운동 나가는 오후 시간이 되면 너나 할 것 없이 담장 밑의 풀뿌리나 곤충을 잡아먹었다. 가끔 들쥐라도 보이는 날이면 돌맹이를 던져서 잡아먹었다. 들쥐는 감옥에서 먹는 유일한 고기였다.

그런데 매달 마지막 일요일이 되면 색다른 풍경이 벌어졌다. 이 날만큼은 운동 시간이 없고 모든 죄수는 머리가 깎였다. 그리고 머리 깎기가 끝나고 감방으로 돌아오면 정좌를 하고 좌우 두 줄로 나뉘어 마주 보고 앉았다. 그때 앉아 있는 죄수들은 가끔씩 감방 문을 힐끔힐끔 쳐다보았다. 이날은 한 달에 한 번 신입 죄수가 들어오는 날이기 때문이었다. 서른두 명이 함께 생활하는 감방에서 죄수가 죽으면 그 자리를 신입 죄수로 채웠다. 죄수들은 신입 죄수가 어떤 사람인지에 대한 흥미도 있었지만, 신입 중에서 부자로 살던 사람이 들어오면 사식을 얻어먹을 수 있다는 희망으로 잘 사는 죄수가 들어왔으면 했다. 그리고 신입 죄수가 전해주는 바깥세상 이야기도 죄수들에겐 대단히 흥미 있는 것이었다.

우리 감방에서는 이번 달에 두 명이 굶어 죽었다. 그래서 두 명의 신입 죄수가 오늘 들어오게 되었다. 감방 안 죄수들은 기대 반, 소망 반으로 힐끔힐끔하며 감방 문을 쳐다보았다. 이윽고,

'덜컹!'

하는 소리와 함께 감방 철문이 열리고 신입 죄수가 들어왔다. 간수는 신입 죄수의 등을 떠밀며,

"감방 안에서 시끄럽게 굴지 마."

하고는 급히 철문을 닫아 버렸다. 멀어져 가는 간수의 발소리를 뒤로하고 두 명의 신입 죄수가 서 있었다. 신입 죄수는 양손에 배급받은 속옷 두 장과 버선, 그리고 수건 두 장을 들고 서 있었다.

모포 몇 장을 접어 벽에 대고 비스듬히 앉아 있던 방장이 허리를 펴고 앉았다. 그리고 방장 옆에서 눈치를 보고 있던 부방장 739가 간사하게 두 사람을 보면서,

"어여 와! 각자 자기소개해 봐."

하며 말을 꺼냈다. 부방장 739는 오십 대 중반인데, 사회에서는

뭘 했는지, 죄명이 뭔지 도대체 아는 사람이 한 명도 없었다. 어떤 사람은 독립운동가 출신이라고도 하고, 어떤 사람은 쪽발이 앞잡이라고도 했다. 부방장 739는 항상 죄수들의 눈치를 살피고, 특히 간수들에게 잘 보이려고 노력했다. 나는 항상 739를 보면서,

'저놈이 우리 감방의 정보를 간수들에게 알려주는 앞잡이일 것이다.'

라고 생각했었다. 부방장 739의 말을 들은 신입 중 한 명이 떨리는 목소리로,

"저는 서른한 살, 이름은 김⋯."

"야! 인마, 여기서는 나이, 이름 필요 없고, 수인 번호만 대고, 밖에서 뭐하다 왔는지만 말해."

하면서 501이 자기소개를 하고 있던 신입의 말을 끊으면서 소리쳤다. 501의 일갈에 신입 죄수는 더 주눅이 들었는지 눈을 발밑으로 굴리면서 가만히 서 있었다.

그렇다. 여기는 이름도 나이도 필요가 없었다. 이름과 나이를 알면 뭐에 쓸 것인가? 살아서 나가기보단 죽어 나가는 사람이 훨씬 많은 지옥에선 이름도 나이도 필요가 없었다. 다만 부자인지 아닌지, 무슨 죄로 들어왔는지만 중요했다. 고개를 숙이고 있던 죄수는 주눅이 들어,

"수인 번호 1201. 광산촌 광부였습니다. 절도죄로 3년 형을 받았습니다."

하며 기어들어 가는 목소리로 대답했다. 1201이 가난한 광부였

다는 말에 죄수들은 실망하는 눈초리로 곧바로 다른 신입을 쳐다 보았다. 1201의 옆에 서 있던 신입 죄수는 짧게 깎인 머리에 죄수복을 입고 있는데도 눈빛만큼은 맑고 빛났다. 그 죄수는 꼿꼿하게 허리를 세우고 있었으나, 공손한 말씨로,

"수인 번호 596입니다. 사회질서 문란 죄로 5년형을 선고받았고, 사회에서는…."

하며 말을 하다가 잠시 망설였다. 이때 부방장 739가,

"머라고? 사회에서 멀 했다고?"

하면서 다그치듯이 물었다. 그런데 596은

"사회에서는…"

이라고 말을 꺼내더니 이내 입을 닫아 버렸다. 그러자 성질이 급한 501이 벌떡 일어나며,

"아니! 이 새끼가? 부방장이 묻잖아? 사회에서 멀 했냐고? 너 귀머거리야? 엉!"

하면서 596쪽으로 걸어가며 빈정대는 투로 말했다. 그런데 596은 입을 굳게 다물고 더 이상 아무 말을 하지 않았다. 오히려 빈정대며 596 앞으로 걸어가고 있는 501을 바라보기만 했다. 596이 바라보는 눈에 501은 기분 더 나빴는지 얼굴이 천천히 일그러졌. 그리고 501은 596의 이마에 자기의 이마를 갖다 대면서,

"어이! 596, 귀머거리야? 안 들려? 말을 해. 말을."

하면서 아주 낮고 굵은 목소리로 말했다. 그러면서 501의 이마로 596의 이마를 천천히 밀었다. 마치 소싸움을 하는 듯 이마를 댄

두 사람 때문에 감방 안 분위기가 완전히 얼어붙었다. 그런데 한참 동안 이마를 맞대고 있던 501이 갑자기 이마를 떼면서,

"이 새끼가 말을 먹네. 내 말을 아예 씹어? 야! 이 새꺄 말 안 들려?"

하면서 순식간에 596의 면상에 주먹을 날렸다. 596은 쓰러지지는 않았지만, 코에서 검붉은 피가 주르륵 흘러내렸다. 596은 흐르는 피를 닦을 생각도 하지 않으며 주먹을 날린 501을 그저 잔잔한 눈빛으로 바라보기만 했다. 501을 바라보는 596의 눈빛에는 말하기 어려운 깊은 애잔함이 숨어 있었다. 501은 596의 그 눈빛이 싫은지 596의 멱살을 잡으며 주먹을 쥐어 들었다. 그러자 이때,

"야! 그만해. 501 너 소란 피울래? 어차피 여기 들어온 놈들이 밖에서 뭘 했던 무슨 의미가 있어? 그만두고 자리에 앉아!"

하며 방장이 말렸다. 방장 919의 한마디에 501은 찍소리도 못하고 잡았던 596의 멱살을 슬그머니 놓고 자기 자리로 돌아갔다. 그러자 방장 919가 일어나며,

"빈자리가 어디야? 1201 넌 저기에 앉아, 596 넌 저기에 앉고."

하면서 비어 있던 오른쪽과 왼쪽의 자리를 가리켰다. 1201은 허리를 깊게 꺾어 방장에게 인사하고는 잽싸게 빈자리에 가서 앉았다. 그런데 596은 코에서 떨어지는 피를 닦으면서 가만히 서 있었다. 그러자 이 모습을 본 방장이,

"야! 596 안 들려? 넌 저기에 가서 앉으라고."

하며 소리쳤다. 방장 919의 외치는 소리에 죄수들은 한 눈이 되

첫 대면 51

어 신입 596을 쳐다보았다. 그러자 코에서 흐르는 피를 닦던 596은 부드러운 목소리로,

"저는 방장이 정해준 자리가 아닌 저쪽 저 자리에 앉겠습니다."

하며 손으로 벽 쪽을 가리켰다. 596의 말에 마주 보고 앉아 있던 모든 죄수들은 눈이 휘 동그래지며 서로를 바라보았다. 596이 손가락으로 가리킨 곳은 바로 똥간 옆자리였다.

감방에는 서열이 있다. 방장이 서열 1위 그리고 다음이 부방장 그리고 매일 공산당 책을 읽는 내가 세 번째가 되고 나머지 서열은 방장이 정했다. 그런데 그중 제일 낮은 서열이 바로 똥간 옆을 쓰는 사람이고 그 사람이 똥간을 담당했다. 그래서 죄수들 사이에서는 똥간 옆에 서로 가지 않으려고 방장에게 잘 보였다. 똥간 옆자리, 596이 가리키는 곳이 그 자리였다.

그 똥간 옆자리는 여름철엔 똥간에서 나오는 악취와 모기떼로 숨도 쉬기 어려웠다. 특히 겨울에는 똥간 위에 뚫린 작은 창구멍에서 살을 에는 찬바람이 들어왔다. 저녁에 받아놓은 물에 살얼음이 얼 정도로 추운 자리였다. 흥남의 한겨울 밤, 새벽에 눈을 못 뜨고 얼어 죽는 사람이 제일 많았던 자리가 바로 똥간 옆자리였다. 그래서 그 자리는 감방 안에서 가장 나이 어린 죄수가 살든지 아니면 방장에게 가장 눈 밖에 난 죄수 차지였다. 우리 감방에는 스물이 갓 넘은 제일 어린 191이 그 자리를 쓰고 있고, 매일 똥간을 청소하며, 아침엔 뺑끼통을 들고 운동장으로 나갔다. 지옥에도 신분과 계층이 있었다. 방장이 바로 염라대왕이다. 그리고 지옥 중에도 가

장 밑창의 자리가 바로 똥간 옆자리고, 지옥의 밑창이라고 불리던 자리였다.

그런데 지금 596이 똥간 담당을 자처하고 나선 것이었다. 191은 놀라는 눈을 하면서도 입가에 미소를 띠며 방장 919를 바라보았다. 방장 919는 잠시 동안 191과 596을 번갈아 쳐다본 후에,

"596! 넌 나이가 좀 있는 것 같은데, 저 자리를 쓰겠다고?"

하면서 596에게 물었다. 그러자 596은 아무 주저 없이,

"네, 저 자리를 쓰겠습니다."

라고 담담하게 대답하면서 방장을 바라보았다. 596의 주저 없는 대답에 방장도 할 말이 없던지,

"그래. 191 년 옆으로 옮기고, 다들 빈자리를 메꿔서 앞으로 댕겨 앉아."

라고 말했다. 방장 말을 들었으면서도 죄수들은 모두 어안이 벙벙한 표정이었다. 똥간 옆자리를 스스로 찾아가는 죄수가 있었다는 말을 아무도 들어 본 적이 없었기 때문이었다. 모두가 벙벙한 표정으로 머뭇거리고 있자 방장은,

"빨리 안 움직여!"

하며 일갈했다. 방장 919의 일갈에 모두는 일사불란하게 움직였다. 596은 코에서 흐르는 피를 닦으며 담담하게 191이 있던 자리에 가서 앉고, 똥간 담당을 벗어난 191은 596에게 눈인사를 했다. 이 광경을 지켜보고 있던 나는 조용히 501을 불러,

"501, 너 조용히 596이 무슨 죄를 지었는지 알아봐."

라고 속삭였다. 그러자 501은 생각지도 않은 말을 들은 듯이,

"네? 596요?"

하며 나를 보았고, 나는 501에게 조용히 하라는 신호를 하며,

"그래. 조용히 알아봐. 596의 죄가 뭔지 자세히 알아 봐. 저놈의 거동이나 눈빛을 보면 뭔가 찜찜해, 그러니까 네가 조용히 알아봐."

하고 말했다. 그러자 501도 뭔가 내 의도를 눈치를 챈 것처럼 나지막하게,

"네. 형님."

하는 것이었다. 나는 직감적으로 596의 모든 것이 맘에 안 들었다. 건달 시절의 직감이 살아난 것이었다. 그래서 596의 당당한 태도도 맘에 안 들고, 눈빛도 맘에 안 들었고, 소개할 때 말꼬리를 흐리는 것도 맘에 안 들었고, 심지어 그가 걷고, 앉는 모습까지도 맘에 안 들었다. 내 맘속에서는 특별한 이유도 모르는 채,

'왠지 그냥 저놈이 밉다.'

라는 직감적인 생각만 들었다.

새날이 밝고, 또다시 죽음의 노동이 시작되었다. 신입 죄수 596에 대한 것도 생각할 틈이 없이 하루하루를 살기 위해 무작정 열심히 일만 했다. 그러다 가끔씩 똥간 쪽을 바라보면 어린 191은 신입 596에게 이런저런 말을 하고 있었다. 그런 모습에 나는 속으로,

'191 자식! 똥간 옆자리를 벗어난 게 퍽도 좋나 보네.'

하고 생각했다. 이런저런 얘길 하는 191에게 596도 가끔 웃으며 고개를 끄덕였다. 대부분 191이 말을 하고 596은 고개를 끄덕이면서 듣기만 했다. 그렇게 며칠이 지난 어느 날, 점심을 먹고 공장 하늘을 보며 숨을 헐떡이고 있는 내게, 501이 조용히 다가와,

"저기, 형님. 596 있잖아요?"

하며 속삭이듯 말을 했다. 나는 501이 무슨 말을 하는지 잘 몰라,

"응? 596? 596이 왜?"

하면서 중얼거렸다. 그러자 501은 어이없다는 듯이 나를 빤히 보면서,

"아, 참네! 형님이 지난번에 조용히 알아보라고 했잖아요?"

하며 응석을 부렸다. 나는 그제야 정신이 번쩍 들면서 급히 앉았다. 그리고서,

"응 그래. 그랬지. 596에 대해서 뭐 좀 알아봤어?"

하며 501에게 되물었다. 501은 그제야 만족하다는 표정으로,

"아 형님, 제가 누굽니까? 당연히 알아봤죠. 그런데 그게 좀…, 이상하던데요."

하고 말하는 것이었다. 나는 재촉하며,

"이상해? 뭐가 이상해?"

"간수 중에서 조금 친하게 지내는 간수에게 물어봤는데요. 그 간수도 사회질서 무슨… 죄라고 하는데, 정확한 내용은 잘 모른다고 하더라고요. 그런데 그 간수가 하는 말이 596이 평양에서 부인들을 모아 놓고 밤새 기도도 하고 노래도 했었다는 말을 하더라고요.

첫 대면　55

형님, 그게 사회질서… 무슨 죄라는 거예요?"

"무슨 말이야? 자세히 해 봐."

"아니, 596이 부인들 몇 명과 함께 밤새워서 교회 이야기하고, 기도하고 했대요. 그런데 그 부인들 중에 어떤 남편이 자기 집사람이 596에게 엄청난 돈을 줬다고 경찰서에 신고해서 잡혀 왔대요."

"부인들과 밤을 새우고, 돈을 받았고, 남편이 신고하고… 음, 596이 새끼가 여자들한테 사기를 쳤군. 그놈은 얼굴이 반반해서 여편네들 후리게 생겼어. 유부녀를 후려서 돈을 빼먹다 걸린 거지. 음…. 그래. 맞아. 사회질서 문란 죄가 바로 그 죄목이지. 501, 잘했어. 넌 이제부터 596이 하는 짓을 잘 지켜봐. 나도 지켜볼 테니까."

"계속 지켜봐요?"

"그래 인마. 지켜보다가 맞을 짓을 하면 확! 쥐어 패야지."

"596을 패시게요? 왜요?"

"그래. 쥐어 팰 거야. 난 596 같은 놈이 미워. 죄를 지었으면 죄지은 놈처럼 굴어야지. 그놈은 마치 죄를 지었는데도 죄짓지 않은 것 같은 표정을 하고 있잖아. 그런 놈이 더 나쁜 놈이지. 안 그래? 그런 놈은 여기서 따끔한 맛을 봐야지 정신 차리지."

나는 첨부터 직감적으로 밉게 보였던 596이 왜 밉게 보였는지를 알게 됐다. 그래서 501에게도 596을 지켜보라고 말했고, 내 말을 알아들은 501도 고개를 끄덕이며,

"네, 형님!"

하는 것이었다. 나는 급히 주변을 둘러보면서,

"야 인마, 여기서 형님이라고 부르지 마. 방장이 들으면 너나 나나 맞아 죽어."

하며 501에게 주의를 시켰다. 그래도 501은 싱글거리면서,

"네, 형님"

하는 것이었다. 나는 어쩔 수 없다는 표정으로,

"이런…."

하면서 그냥 피식 웃고는 다시 드러누웠다. 501은 덩치가 큰 깡패지만 순진하고 의리는 강했다. 501은 나보다 석 달 뒤에 이곳으로 왔지만, 방장 919 눈에 거슬리는 짓만 하다가 한 번은 방장에게 맞아 죽을 뻔한 것을 내가 방장에게 머리를 조아리고 부탁해서 구해 준 적이 있다. 그 후 501과 많은 이야기를 나누었는데, 경성에서 내가 건달 생활을 할 때 함경도 살쾡이라고 불렸다는 것을 알고부터는 나를 형님이라 부르면서 더 따랐다. 작은 체구에도 깡다구를 부리는 내 모습에 경성 건달들 사이에선 나를 함경도 살쾡이라고 불렀다. 험한 감옥에서 덩치 큰 깡패 501이 항상 옆에 있어 주니 나도 그다지 싫지는 않았다.

501과 나란히 누워 한참을 596에 대해 생각하고 있을 때, 점심이 끝나는 사이렌이 울렸고, 501은 자기 일터로 돌아갔다. 나도 일터로 들어가고 있는데, 갑자기 내 눈에 삽자루를 들고 일터로 가고 있는 596의 등짝이 보였다. 그런데 그때 596의 등짝이 내 눈에 들어오는 순간, 그간 죽었던 본능이 살아나며,

'596. 너 이놈. 임자 있는 여자를 후리는 놈이었구나. 순진한 눈

빛으로 부녀자들을 후려 돈을 빼돌리는 놈. 그럼 그렇지. 어쩐지 처음부터 맘에 걸리더라니…. 어디 한번 나한테 걸리기만 해봐라. 내가 아주 개작살을 내주마. 내가 제일 싫어하는 놈이 너 같이 임자 있는 여자를 후리는 놈이다. 앞으로 넌 내 밥이다.'

하는 생각이 빙글빙글 돌았다. 그러더니 한순간 머릿속을 채우고 있던

'반드시 내가 죽일 원수 김갑술!'

이 떠올랐고, 집사람을 죽게 만든 김갑술의 뱀 눈이 596의 뒤통수에 순간적으로 겹쳐져 보였다. 그리고 그 순간, 김갑술이 저지른 천벌을 받을 짓과 596이 한 짓이 같은 짓이었다는 것을 느꼈다. 이런 생각이 번뜩하며 스치자 삽을 쥐고 있던 손에 저절로 힘이 들어갔다. 손에 잡힌 삽자루마저 부르르 떨렸다.

4장
지옥의 구덩이로

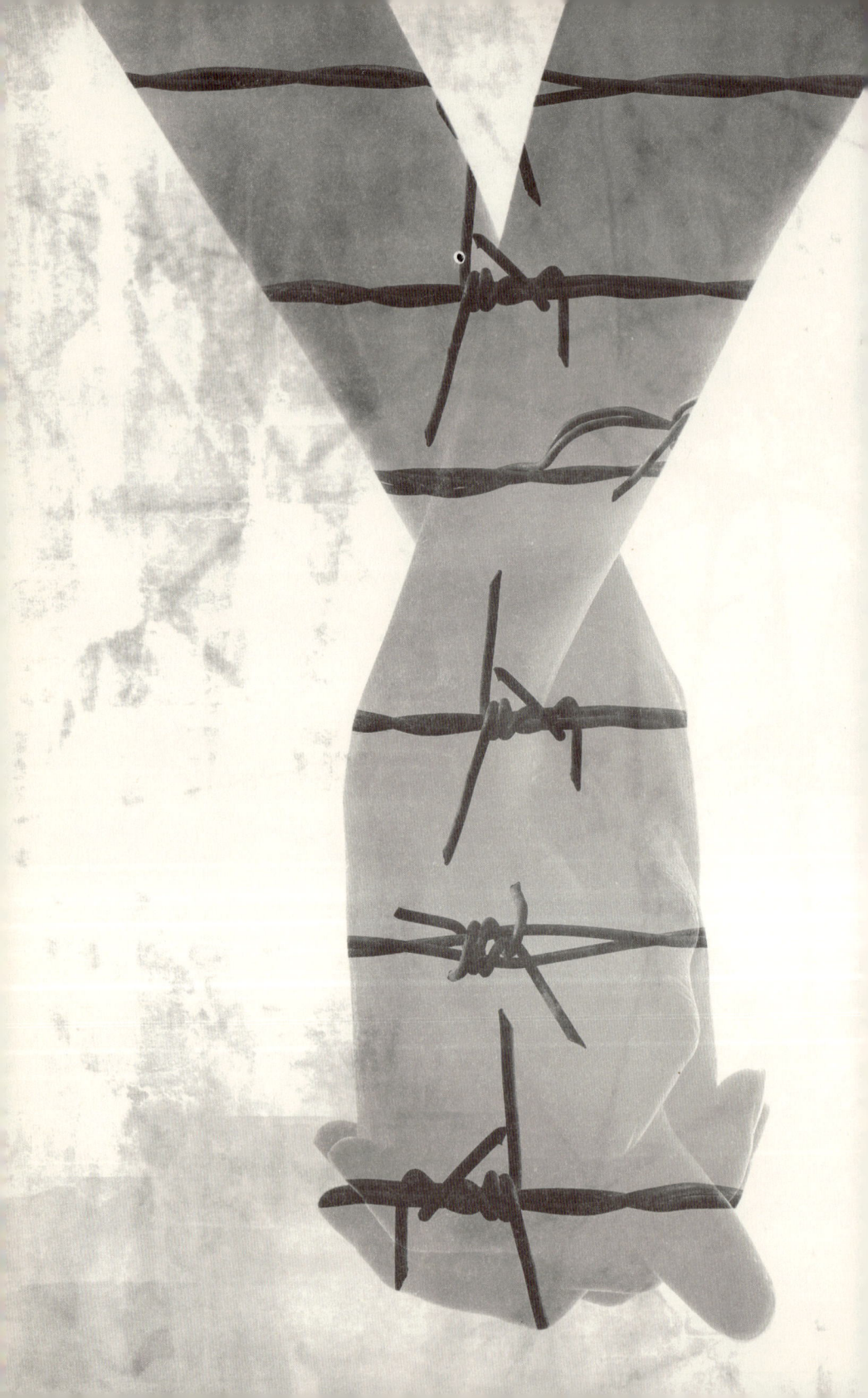

"**신**부 일 배!"

집사의 우렁찬 소리와 함께 예쁘게 연지 곤지를 찍은 신부가 내게 절을 했다.

"아이구~ 곱기도 해라."

주변을 둘러싼 아주머니들이 신부를 힐끔힐끔 보면서 다들 한마디씩 했다. 아주머니들의 수다 소리에 나는 애써 웃음을 참으려고 노력했다.

"신랑 일 배!"

집사의 말에 맞추어 나도 큰절을 했다.

"신랑이 잘생겼네. 천생연분이여~."

이번에는 나를 둘러섰던 아저씨들도 한마디씩 했다. 아저씨들의 말에 신부도 얼굴을 감추고 있던 두 손을 살포시 내려 나를 살짝 쳐다보았다. 그때 첫눈이 마주쳤고 내 눈에 들어온 신부의 고운 눈길에 내 몸이 화끈거리는 것을 느꼈다. 이어서 집사가,

"합근 일 배."

하는 구령을 했고, 이 말에 따라 옆에 자리하고 있던 부 집사가 술이 든 두 개의 표주박을 들고 왔다. 청색과 적색 실로 연결된 두 개의 표주박에는 맑은 술이 담겨 있었다. 나는 한쪽 표주박의 술을 다 마시고 조심스럽게 초례상 위로 신부에게 건넸다. 신부는 고운 두 손으로 표주박을 받아 다른 쪽 술을 조금 마셨다. 이것으로 신랑신부가 부부 되는 의식이 다 끝났다. 모여 있던 모든 아저씨와 아주머니는,

"아이구, 두 사람이 너무 잘 어울리네."

"먼 소리여, 내가 보기에는 신부가 100배는 아까운데…."

하는 말들을 하며, 신랑신부를 위해 손뼉을 쳤고, 삼삼오오 준비된 상으로 흩어져 갔다.

나는 신부의 친척들 앞에서 신랑잡이를 심하게 당했다. 마른 명태로 얼마나 발바닥을 맞았는지 신방으로 향하는 내 발이 얼얼해서 걷고 있는지도 모를 지경이었다. 신방에 들어선 나는 호롱불 앞에 다소곳이 앉아있는 신부의 모습을 한참 내려다보면서,

'아~ 참! 예쁘다. 혹시 선녀인가?'

하는 표정을 짓고 멍하니 서 있었다. 그런데 방문 밖에서는,

"신랑이 멍하니 서 있기만 하네?"

"우덜이 발바닥을 너무 많이 때린 것 때문에 화가 났나?"

하는 소리가 들려왔다. 문구멍을 뚫어 신방 안을 보고 있던 아주머니들 목소리에 정신을 차린 나는 곧바로 신부 곁으로 다가갔다. 그리고 조심스럽게 족두리를 벗겨 내고, 또 한참을 멍하니 바라보았다.

'아~ 너무도 아름답다.'

그렇게 한참을 보고 있던 나는 다시 정신을 가다듬고,

"오늘 예를 올리느라 너무 고생이 많았어요."

하고 말을 걸었다. 그러자 신부는 나지막하게 고개를 저으며,

"아닙니다. 저희 아저씨들이 신랑을 마구 잡지나 않을까 하고 걱정했습니다."

하며,

"여기 술 한잔 하시겠습니까?"

하는 것이었다. 나는 빙그레 웃으며,

"하하하! 그렇지 않아도 아저씨들과 마른 명태가 심하게 나를 반겨줬습니다."

하면서 술잔을 받았다. 나는 단숨에 술잔을 비우고서는,

"당신도 한 잔 받으세요. 그리고 내가 부족한 것이 있거들랑 언제나 솔직하게 이야기해 주세요. 나도 당신을 위해서 평생을 잘하고 살겠소."

하며 한 잔을 따랐다. 신부는 입술에 잔을 잠시 대다가 바로 내려놓으며 나를 물끄러미 바라보면서,

"한평생 당신만을 위해서 살게요."

하는 것이었다. 나는 신부의 얼굴을 천천히 바라보면서 서서히 대례복을 벗기려고 하자, 신부가 아래를 한번 보더니 다시 나를 쳐다보고는, 문 쪽으로 시선을 보냈다. 나는,

'아차…. 불을 꺼야지.'

하는 마음에 숨을 한 번 깊게 쉬어 '후!' 하고 불을 끄고 나서야 신부의 대례복을 서서히 벗겼다. 문풍지 창으로 들어오는 10월의 은은한 달빛에 아리따운 신부의 얼굴이 비쳤고, 그 얼굴은 마치 천상에서 내려온 선녀 같았다. 나는 서서히 신부의 입술에 내 입술을 포개었고, 우리 부부는 그렇게 아름다운 초야를 보냈다.

새벽닭 우는 소리에 눈을 뜬 나는 아직 자고 있는 신부 얼굴이 다시 보고 싶었다. 그래서 살포시 이불을 들어 신부의 얼굴을 보려고 했다. 떨리는 손으로 살며시 이불을 들어 올리자 신부의 얼굴이 점차 모습을 드러냈다. 그런데 나는,

"으아 악!"

하는 비명을 질렀다. 드러난 신부의 얼굴이 온통 피범벅이 돼 있었던 것이다. 한쪽 눈에서는 붉은 피가 흘러내리고, 고왔던 얼굴의 절반은 해골이 돼 피를 뒤집어썼고, 그 위를 젖은 미역 같은 머리카락이 덮고 있었다. 앵두 같던 입술도 시커멓게 변해 가장자리에서 검은 피가 흘렀다. 반쪽만 남은 얼굴도 핏빛이 없고 온통 하얗기만 했다.

"으 으윽!"

내가 내고 있던 비명을 내가 들으며 잠에서 깼다. 몸은 식은땀으로 축축하게 젖어 있었고, 쉴 새 없이 가쁜 숨을 몰아쉬었다. 부릅뜬 내 눈은 마치 모포 위로 금방이라도 떨어질 듯했다. 나는 한참 동안 숨을 고르며 여기가 어딘가를 확인하듯 여기저기를 둘러보았다.

황망하게 둘러보는 내 눈에 쇠창살 틈으로 들어온 달빛에 몸뚱이를 웅크리고 잠든 죄수들이 들어왔다. 그 모습이 마치 따닥따닥 붙어있는 공동묘지처럼 보였다. 어떤 이는 앓는 소리를 냈고, 어떤 이는 이를 가는지 '찌륵찌르륵' 하는 소리도 들렸다. 죄수들의 잠자는 모습을 보고 나서야 현실로 돌아왔다.

'아, 감방이구나….'

하는 생각을 했고, 이마에 맺힌 식은땀을 손등으로 닦으며, 머리맡에 있던 물을 벌컥벌컥 마셨다. 뜨뜻미지근한 물이 목을 타고 넘어가자 나는 조금 정신을 차릴 수 있었다. 그리고 한참을 멍하니 앉아있던 나는,

'아, 꿈이었구나.'

라고 생각했다. 그리고 꿈속에서 본 집사람의 모습을 떠올려 보았다. 꿈속 집사람의 모습은 처참하기 그지없었다. 그 끔찍한 모습에 등골이 오싹했지만, 한편으론 다시 잠들어 집사람의 고운 모습을 한 번 더 봤으면 좋겠다는 생각도 들어 머릿속이 시끌시끌했다.

한참을 앉아있던 나는 다시 자리를 잡고 누웠다. 그런데 좀처럼 쉽게 잠이 오질 않았다. 아리따운 집사람을 떠올리고 싶은데, 머릿속에서는 꿈에 보았던 처참한 집사람의 모습만 떠올랐다. 그리고 집사람의 얼굴 뒤로 희번덕거리는 김갑술의 뱀 눈이 나를 보는 것 같았다. 나는 김갑술의 뱀 눈을 똑바로 바라보며,

'김갑술. 반드시 내가 죽인다. 찢어 죽여 껍질을 벗기고 뼈를 갈아 마신다.'

라고 다짐했다. 그런 간절한 복수심에 좀처럼 잠이 더 오지 않았다. 그렇게 한참을 뒤척이고 있던 찰나에,

'부스럭부스럭!'

하는 소리가 들렸다. 나는 부스럭거리는 소리에 살며시 눈을 떴다. 그리고 소리 나는 쪽으로 고개도 돌리지 못하고 눈동자만 돌렸다. 그 소리는 방 안을 비추던 달빛을 넘어 컴컴한 벽 쪽에서 났다. 나는 돌린 눈동자로 벽을 구석구석 살폈다. 그러자 컴컴한 구석에서 거무스름한 그림자 하나가 아주 천천히 몸을 일으켜 앉았다. 나는 처음에는,

'누구지?'

하는 생각으로 무심히 보았다. 그런데 검은 그림자는 한참을 앉아 있다가 서서히, 그리고 매우 조심스럽게 모포를 접었다. 그 움직임은 마치 소리 없이 다가가서 쥐를 덮치는 고양이 같았다. 모포를 접어서 조용히 옆에 놓은 검은 그림자는 서서히 윗옷을 벗기 시작했다.

'누구지? 뭐 하는 거지?'

나는 이유를 알 수 없는 죄수의 행동에 눈만 뜬 채 그를 지켜보았다. 옆으로 돌리고 있는 내 눈알에서 경련이 일었다. 윗옷을 다 벗은 죄수는 수건을 집어 들었다. 나는 속으로,

'목이라도 메고 죽으려나? 뭐 하는 거지?'

하는 생각에 침을 삼켰다. 검은 그림자의 움직임은 죄수가 하는 행동이 결코 아니기에 뭘 하는지 도대체 짐작도 되질 않았다. 수건

을 집어 든 죄수는 천천히 수건을 목에 걸었다. 그리고 천천히 수건으로 감은 목을 문지르기 시작했다. 수건 끝을 잡은 두 손이 앞뒤로 번갈아 가며 문지르는 것이었다. 한참 동안 목을 문지른 다음엔, 등을 문지르고, 그다음엔 가슴과 배를 문질렀다. 얼마만큼 시간이 흐르자 그의 몸에선 하얀 기운이 몽글몽글 피어올랐다. 아마도 그의 몸은 온통 불긋불긋할 것 같았다.

 마른 수건으로 몸을 한참 동안 문지른 죄수는 이제는 양손으로 눈을 비벼대고, 코를 문지르고, 입과 귀를 양손으로 문질렀다. 목을 돌리기도 하고, 허리를 돌리기도 하더니 앉아서 허리를 숙이고, 세운 무릎을 양손을 감싸 잡고 힘도 썼다. 뭘 하는지 정확하지는 않았지만, 분명히 그 죄수는 운동을 하는 것처럼 보였다. 그림자는 모든 것을 다 마친 듯 머리맡에 있던 물을 한 모금을 마시더니, 남은 물을 수건에 적셨다. 그리고 이번에는 물에 젖은 수건으로 다시 몸을 닦기 시작했고, 몸 구석구석을 다 닦은 후에야 옷을 입었다. 경련 나는 눈으로 한참을 바라보던 나는,

 '새벽에 잠도 안 자고 운동을 하는 저놈은 누구지?'

 하며, 잠자기도 부족한 시간에 새벽에 일어나서 운동을 하고, 몸을 닦는 이가 누군지 궁금해지기 시작했다. 그리고 머릿속으로 죄수들의 위치를 그려 보았다.

 '방장은 문 쪽 벽에 있고, 그다음은 부방장 739, 501은 내 다음 다음이고…. 727은 반대쪽에서 자고, 838은 그 옆이고, 그 뒤에는 457이 있는데…. 저쪽이면… 똥간 쪽인데, 그럼 191? 191은 저놈

보다 키가 더 작은데… 그럼 이번에 새로 들어온 596?'

머릿속에서 596이라는 단어가 떠오르자마자 눈에서 또 경련이 일었다.

'596? 596? 임자 있는 여자를 후리는 김갑술과 같은 놈? 김갑술과 같은 596! 그래, 596이 틀림없다. 596이다.'

이런 생각이 머리를 흔들고 있을 때, 596은 옷을 다 입고 벽 쪽을 향해 앉았다. 그리고 꼼짝도 하지 않고 가만히 있었다. 마치 바위라도 된 듯, 앉아서 잠이라도 든 듯, 미동조차 하지 않았다. 나는 정말로 596인지 아니면 다른 사람인지 확인하고 싶어서 눈을 부릅뜨고 지켜보았다. 또다시 눈알에서 경련이 일었다. 한편으로는,

'596? 596이 맞나?'

이런 의심도 일었다. 그런데 그 그림자는 아무런 미동도 없이 앉아 있기만 했다. 나는 끝까지 누군지를 확인하고 싶어서 눈을 더 부릅떴다. 그런데… 그런데….

"613 형님, 613 형님! 빨리 일어나십시오."

501이 흔들어 깨우는 바람에 나는 눈을 번쩍 떴다.

"응? 내가 잤나?"

"형님, 코까지 골며 잤습니다. 방장이 성질 내기 전에 빨리 일어나십쇼."

하는 것이었다. 벌떡 일어난 나는 새벽에 보았던 검은 그림자가 있던 자리를 찾았다. 그런데 이미 감방 안은 밖으로 나가는 죄수들

로 난장판이었다. 나는 얼른 일어나 밖으로 나가면서,

'내가 꿈을 꾼 건가? 헛것이 보였나?'

라고 생각했다. 그런데 자꾸만 머리에서는 꿈에 본 끔찍한 집사람의 얼굴과 김갑술의 눈만 떠올랐다. 그리고 새벽에 본 그림자가 꿈이었는지 실제였는지도 구분이 안 되었다. 고개를 갸웃거리는 나를 본 501이,

"형님. 정신 차리십시오. 오늘은 일요일이니 방장 심기가 불편하면 우리가 더 힘들어집니다. 빨리 나오십시오."

하며 재촉하는 바람에 나는 서서히 정신을 차리고 하루를 시작했다.

그런데 실은 새벽 점호가 끝나고 감방으로 돌아왔을 때까지도 정신이 조금은 없었다. 그리고 멍하니 아침밥을 받았다. 눈앞에 보이는 어린아이 주먹만 한 주먹밥 한 덩이. 바람이 불면 날아가 버릴 것 같은 옥수수 알갱이가 수수와 좁쌀을 붙들고 있는 밥 한 덩이와 소금물 한 사발. 살기 위해서는 먹어야지만 먹어도 살기엔 부족한 밥이었다. 아침밥을 물끄러미 보고 있는 내 귀에 저쪽 구석에서,

"정말 주시는 거예요?"

하는 작은 말소리가 들렸다. 나는 무심히 눈을 흘겨 그쪽을 보았다. 그 말소리는 191이 신입 596을 보면서 하는 말이었다. 596은 고개를 끄덕였고, 191은 연신 고개 숙여 인사하며 596이 주는 반토막의 밥 덩이를 받아 게걸스럽게 먹었다. 이때,

"596 저놈은 살기를 포기한 것 같아."

하면서 부방장 739가 내게 말을 걸었다. 그는 이미 입속에 주먹밥을 다 털어 넣고, 국물을 홀짝거리며 입맛을 쩝쩝댔다. 밥 덩이를 베어 물던 나는,

"네? 596이 왜요?"

하면서 부방장 739를 쳐다보았다. 부방장 739는 내 입에 든 밥을 바라보면서,

"저 신입 596 말이야. 지 밥 덩어리 반을 옆에 앉은 놈들에게 주고, 자기는 절반만 먹고 있어. 죽을라고 작정을 한 것 같아⋯. 안 그러고서야 혼자 먹기도 부족한 밥을 절반씩이나 주는 바보가 어디 있어? 아마도 얼마 안 가서 시체 하나를 치우게 될 거야."

하는 것이었다. 나는 739가 내 입을 보는 시선을 느끼면서도 그냥 우적우적 씹으며,

"596이 자기 밥을 절반이나 옆 사람에게 준다고요?"

하면서 물었다. 그러자 739는 다시 입맛을 다시며,

"그렇다니까. 벌써 이 주일이나 되었어."

하는 것이었다. 나도,

"그렇죠? 저놈은 뭔가 이상한 놈이죠? 내가 보기에도 뒤가 아주 구린 놈 같아요."

하면서 596이 나쁜 놈이라는 것을 부방장 739에게 강조하는 투로 말했다. 그러면서도 속으로는,

'596은 김갑술처럼 여자에 환장한 놈인데⋯. 그런 놈이 지 밥을 나눠주는 것은 뭔가 믿는 구석이 있기 때문이겠지. 남의 여자를 탐

하는 놈은 절대로 자기밖에 모르는 놈이거든…. 그리고 음흉한 속 셈을 품고 있지, 김갑술같이….'

하는 생각이 가득했다. 이런 생각이 머릿속을 휘어잡자, 나는 어 금니로 옥수수 알맹이를 뿌득뿌득 씹으며 김갑술이나 596 같은 놈 에 대한 증오심을 더욱 불태웠다. 하루 종일 이를 잡는 죄수들과 멍한 눈으로 쇠창살을 바라보는 죄수들, 그리고 물로 배를 채우는 죄수들을 바라보면서 유월의 어느 일요일이 다 지나갔다. 그리고,
"전체 소등!"

하는 물소 간수장의 외마디에 모든 감방 불이 순식간에 꺼졌다. 캄캄한 어둠 속에선 앓는 소리와 신음만 간간이 들려올 뿐이었다. 그리고 그 어둠에 나는 눈을 뜬 채 매일 치르는 의식처럼 김갑술에 대한 분노와 저주를 퍼부었다.

'김갑술. 내가 너의 뼈를 씹어 먹으리라. 김갑술 내가 너의 살을 갈아먹으리라. 원수 김갑술 내가 너의 피를 짜 마시리라. 반드시 이 지옥을 살아나가 내가 네놈의 심장을 도려낸다.'

이렇게 주문처럼 김갑술을 저주했다. 그런데 오늘 나의 저주 의 식에는 뭔가 조금 찜찜했다. 어쩐지 머릿속에서는 저주를 퍼붓고 있는데, 김갑술의 얼굴이 확실히 떠오르질 않았다. 김갑술의 얼굴 을 떠오르려고 노력하는데도 거무스름한 얼굴 형체만 보였다. 다 만, 그 거무스름한 얼굴에는 눈만 뚜렷했다. 김갑술의 눈, 뱀 눈만 뚜렷했다. 나는 안간힘을 쓰며,

'잊어버리면 안 되는데, 그놈 얼굴을 절대 잊어버리면 안 되는

데….'

 하며 속으로 중얼거렸고, 김갑술의 얼굴을 잊지 않기 위해 안간힘을 쓰다가 어느 틈엔가 꿈속으로 빠져버렸다.

5장
596의 여인들

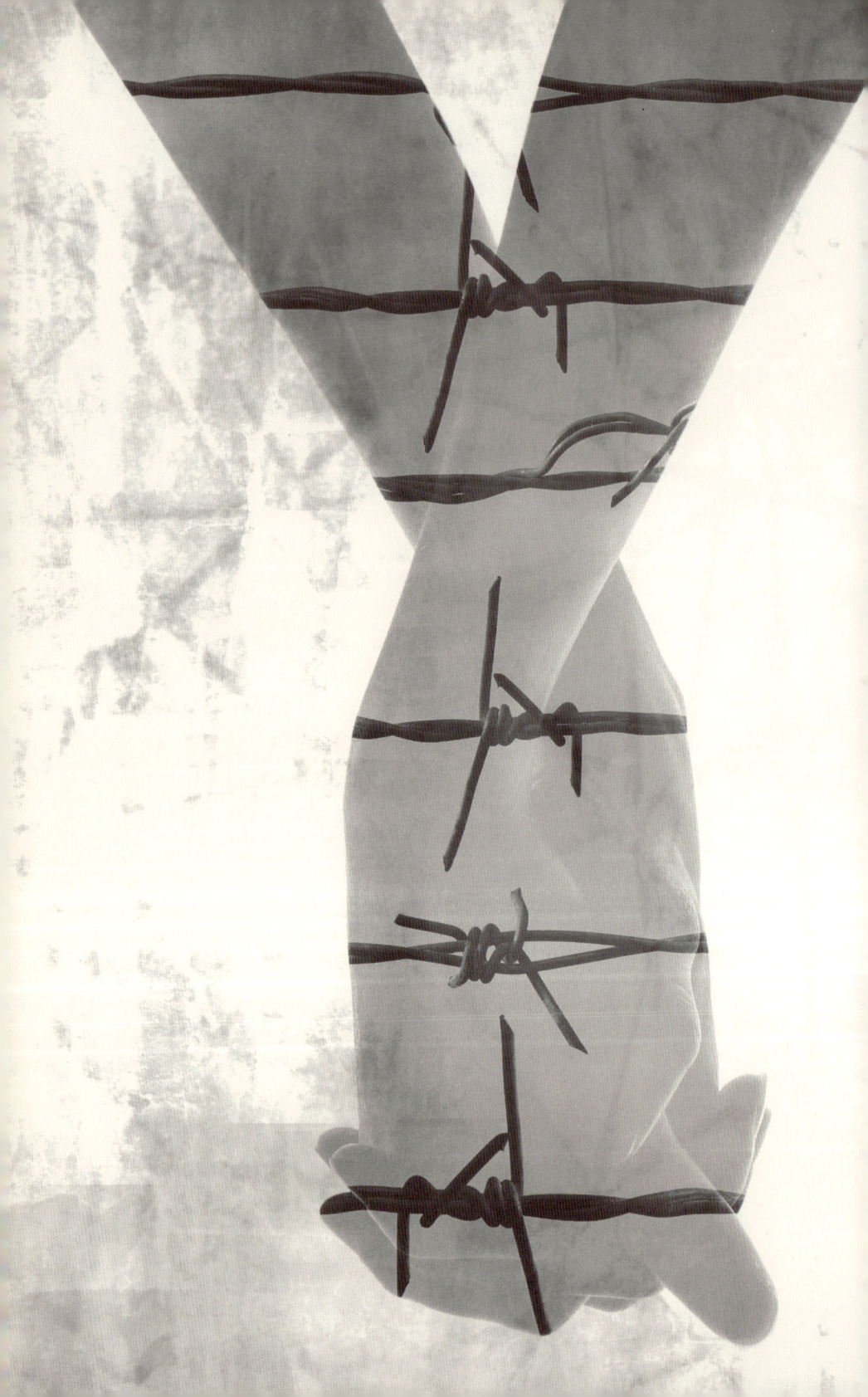

지옥에서 살아남기 위해 발버둥 치는 삶은 매일 반복되었고, 반복되는 삶은 죄수들의 생각을 잘근잘근 갉아먹었다. 그래서 어떤 죄수는 다른 죄수와 눈을 맞추지 못하고 하루 종일 중얼거렸다. 또 어떤 죄수는 온종일 천 조각을 잘근잘근 씹고 있기도 했다. 그리고 대부분의 죄수는 한결같이 눈알이 흐리멍덩했다. 그들은 희망을 잃은 눈으로 아침부터 밤까지 일만 하고 늦은 밤이 돼서야 깊은 한숨과 함께 썩은 눈깔을 눈꺼풀로 덮었다. 희망 없는 삶은 의식 없는 시체를 만들었다.

　이런 희망 잃은 아귀들과 함께 하면서도 내 눈은 항상 핏발이 서 있었다. 매일 꾸는 악몽 때문이라기보다는 죽이고 싶은 원수를 생각만 해도 눈에 핏줄이 섰기 때문이었다. 그리고 매일 밤 주문처럼,

　'어떻게 해서라도 나는 반드시 살아서 나가야 한다. 그놈을 죽이기 전 절대 내가 먼저 죽을 수 없다.'

　라는 생각이 내 마음을 움켜쥐고 있어 핏발이 가실 틈이 없었다.

죽음의 공포를 초월한 강한 분노만이 나를 지탱하게 하는 유일한 수단이었다. 그런데 요즈음 죽음에 대한 무서운 공포가 내 머릿속을 야금야금 갉아먹고 있었다. 말라가는 손발을 내 눈으로 볼 때마다 마음속에서 느껴지는 절망이 스멀스멀 기어오르고 있던 것이었다.

매일 죽음을 옆에 끼고 사는 죄수들도 유일하게 희망을 갖게 되는 시간이 있었다. 그것은 작업 후, 운동장으로 돌아와 인원 점검이 끝나고 간수장이 죄수 번호를 부를 때였다. 운동장에 쭈그리고 앉아 있는 사람들은 눈이 빠지게 자기 번호가 불리기를 기다렸다. 번호가 불린다는 것은 면회가 왔고, 사식이 있기 때문이었다. 대부분 면회 오는 사람들은 사식으로 미숫가루나 쌀가루 혹은 떡을 해왔다. 그리고 가끔은 마른 육포를 가져오는 사람도 있었다. 사식을 받은 죄수는 방장에게만 조금 상납할 뿐, 절대로 다른 죄수들과는 나눠 먹지 않았다. 선반에 올려놓고 쪼끔씩 쪼끔씩 꺼내 자기만 먹었다. 어떤 죄수는 잠자는 새 누군가가 훔쳐갈까 봐 사식을 베개 밑에 넣고 자기도 했다. 그런데도 가끔씩 다른 사람의 사식을 훔쳐 먹는 죄수가 있어 한바탕 소란이 일었다. 이런 소란이 나면 호랑이 방장은 훔쳐 먹은 놈을 찾아내서 가차 없이 처벌을 가했다.

죄수들이 희망을 품는 그 시간도 나는 번호가 불리는 희망을 버린 지 오래였다. 오히려 내게는 그 시간마저 이곳이 지옥임을 느끼게 하는 처절한 시간이었다. 왜냐면 내게 면회 올 사람은 거동이 불편하신 노모밖에 없기 때문이었다.

"290! 477! 159…"

오늘도 물소 간수장은 죄수 번호를 불렀다. 호명된 죄수들은 번개처럼 앞으로 튀어나갔다. 한참 번호를 부르던 간수장이 명단을 확인하며,

"아…그리고 마지막 596. 오늘은 이상이다. 면회자는 앞으로 모이고 나머지는 다들 입방!"

하고 소리쳤다. 물소라는 별명에 어울리게 그 목소리는 소가 우는 것처럼 쩌렁쩌렁 울렸다. 나는 기대도 없었기에 그저 담담히 일어나 감방을 향해 걸었다. 그러다 무심결에 신입 596을 한 번 힐끔 쳐다보았다. 번호가 불린 죄수들은 번개처럼 뛰어가며 얼굴에 홍조를 띠었는데, 596은 전혀 변함없이 천천히 걸었다. 오히려 다른 죄수들에게 얼굴을 보이지 않으려는 듯이 고개를 깊게 숙이며 걷고 있었다. 나는 그런 596을 다시 한 번 힐끔 쳐다보면서,

'저놈은 얼굴을 처박고 걷고 있지만, 입가엔 미소 짓고 있겠지. 십여 일 전에도 면회를 왔었던 것 같은데, 오늘도 면회자가 있다니…. 분명히 저놈 부모는 아닐 게야.'

하는 생각을 하고 있는데 갑자기,

"형님, 뭘 그렇게 생각하오?"

하면서 501이 묻는 것이었다. 나는 화들짝 놀래면서,

"응? 응… 아니야 아무것도….”

하고 대답하면서도 다시금 596을 힐끔 보았다. 그러자 501은 내가 보는 쪽을 보면서,

"형님, 혹시 저놈을 보고 있는 게요? 596, 저놈이 형님한테 뭐라

고 했어요?"

하는 것이었다. 그러면서,

"형님, 혹시 무슨 일 있으면 나한테 말해요. 요즘 내 주먹도 근질근질하거든요."

하며 주먹을 다졌다. 나는 얼른,

"응? 아니, 아니야. 아무것도 아니라니까."

라고 얼버무리며 적당히 대답했다. 그때 우리 뒤에서,

"야! 501! 613! 조용히 안 해? 누가 서로 이야기하라고 했어 앙!"

하는 물소 간수장의 목소리가 들렸다. 간수장은 죄수들이 속삭이는 것까지 신경을 썼다. 우리는 독사 눈앞에 선 개구리 새끼마냥 입을 꽉 다물고 머리를 쏙 집어넣은 채 발만 보고 걸었다.

그날 저녁, 노동 학습을 읽은 후에 죄수들의 반성문을 다 받아 간수에게 넘겼다. 그런데 간수가,

"여기 반성문을 안 쓰는 사람 있나? 항상 서른한 장뿐이야."

하는 것이었다. 나는 반성문의 숫자까지는 확인하지 않았기에,

"그렇습니까? 그럼 지금 확인할까요?"

라고 되물었다. 그러자 간수는,

"아니야. 그냥 둬. 별로 중요한 것도 아니야."

하면서 그냥 가버렸다. 나는

'하긴, 죽이기 위해 여기로 보냈는데, 죄수가 반성문을 쓰든 안 쓰든 무슨 관계가 있겠는가? 어차피 살아서 나가기 힘든 죄수들의 반성문을 읽어 보기나 하겠는가? 그냥 위에서 하라니까 하는 거겠지.'

하고 생각하며 그냥 넘겼다. 그리고 잠자리를 준비하고 있는 죄수들을 한번 훑어보고서는 내 자리에 앉아, 벽에 기댄 채 감방의 바닥을 보고 있었다. 틈이 벌어지고 갈라진 마룻바닥 틈새는 마치 검고 굵은 선들이 삐뚤삐뚤 이어지다 끊어지다 이어지는 것처럼 보였다. 그리고 이 검은 선들이 마치 내 인생살이처럼 보였다. 어렸을 적에 홀어머니의 성화에 못 이겨 소학교를 다니던 생각, 감자국수를 김치에 말아 먹던 생각…. 그때는 감자밥이 싫다고 쌀밥 달라고 어머니께 떼도 많이 부렸는데, 지금 여기선 그것도 호사였다고 생각했다. 경성에서 건달로 굴러다녔던 때도 생각났고, 고향에 돌아와서 아버지 무덤에 술을 부으며,

'아버지, 이제는 정신 차리고 어머니 잘 모실게요.'

하고 다짐했던 생각과 어머니가 만들어 주시던 감자떡을 떠오르고 있는데, 누군가 내게 그릇을 내밀면서,

"이것 좀 드십시오."

하는 것이었다. 나는 누군지도 확인도 않은 채 본능적으로 그릇만 보았다. 내 눈이 의식보다 더 빨랐던 것이었다. 순식간에 눈에 들어오는 것은 물에 차지게 비벼진 미숫가루 떡이었다. 적당한 물기에 잘 짓이겨진 미숫가루 떡, 그 모습은 잘 빚은 경단같이 보이기도 했다. 한입 크기로 동글동글한 자태를 뽐내는 떡은 내 눈에 생기를 불어주기에 충분했다. 어쩌면 아름답게도 보였다. 떡을 보는 순간 내 손은 망설일 틈도 없이 그릇으로 향했다. 내가 의식적으로 손을 어찌해볼 틈도 없었고, 눈에는 눈물까지 핑 돌았다.

미숫가루 떡은 나를 향해 한껏 풍미를 풍겼고, 떨리는 내 손은 작은 떡을 천천히 그리고 조심스럽게 내 입으로 옮겨오고 있었다. 드디어 입이 떡을 반기려는 순간,

"목메지 않게 천천히 드세요."

하는 말이 귓등을 때렸다. 그런데 그 목소리는 지금까지 들어 보지 못했던 목소리였다. 순간 나는 입까지 도착한 손을 멈추고 고개를 들어 목소리를 확인했다.

'596!'

죄수복에 적혀 있는 번호가 내 눈에 들어왔다. 내게 떡을 내밀었던 죄수는 다름 아닌 596이었다. 내가 596을 확인하는 순간 물기를 품던 눈은 순식간에 말라버렸고, 움직이던 모든 동작이 순간에 멈춰버렸다. 그리고 머릿속이 갑자기 하얗게 되며,

'596? 김갑술과 같은 놈. 596? 김갑술같이 나쁜 놈?'

이라는 생각이 메아리쳤다. 순간 내 손은 입에 떡을 넣으려고 떨렸지만, 입은 어금니를 꽉 깨물었고, 눈은 점차 핏발이 서고 있었다. 그리고 내 마음속에서,

'김갑술과 같은 놈 596. 596과 같은 놈 김갑술'

이란 소리가 들렸다. 그러자 갑자기 손에 든 떡이 벌레보다 더 불결하게 보였고, 온갖 더러운 생각이 머리에 꽉 찼다. 그 순간 내 입에서,

"이런 씨발놈이! 먼 개수작이야."

하는 욕이 튀어나왔고, 들고 있던 미숫가루 떡을 596의 면상에

던져버렸다. 내가 던진 떡은 596의 면상을 맞추고 죄수들 사이로 날아갔다. 그리고 그 떡을 주우려고 죄수들이 달려들었다. 나는 입에서 나오는 욕이란 욕을 다 하면서 핏발 선 눈으로,

"596 이 개새꺄! 뭔 개수작이냐? 엉? 그 더러운 것을 나한테 먹으라고?"

하며 벌떡 일어섰다. 죄수들은 갑작스러운 내 욕에 이쪽을 쳐다봤지만, 나는 596을 노려보며,

"596. 니가 밖에서 여자를 후려 사기 치고 다녔던 것을 난 다 알고 있는데, 네가 후린 년이 가져온 그 더러운 미숫가루를 나에게 먹으라고? 이 새끼야! 나를 보기를 뭘로 본 게냐? 앙!"

하면서 소리를 질렀다. 내 말소리는 잠잠히 지켜보고 있던 죄수들 사이에서 쩌렁쩌렁 울렸다. 나는 아랑곳하지 않고,

"이 새끼야! 내가 아무리 굶어 뒈져도 네가 주는 더러운 것은 절대 안 먹는다. 이 새꺄! 내가 제일 더럽게 여기는 놈이 바로 너처럼 남의 여편네나 후리고 다니는 놈들이다. 이 짐승만도 못한 새끼들!"

하면서 596의 멱살을 두 손으로 움켜잡았다. 내 머릿속에서는 이미,

'596은 김갑술과 같은 놈'

이라는 명쾌한 답이 있었다. 그래서 아무런 거리낌 없이 596에게 온갖 욕을 퍼부었다. 욕이 욕을 부르고 급기야 욕이 이성까지 마비시켰다. 나는 완전히 이성을 잃고 눈알이 뒤집혀서는,

"오늘 아주 잘 됐다. 이 새끼야. 이런 날 오기를 내가 아주 기다리고 기다렸다. 이 새끼, 오늘이 니 초상 치는 날이다. 이 짐승 같은 새끼."

하고는 옹골지게 움켜진 주먹을 596의 면상에 날렸다. 그런데 그때,

"야!"

하는 소리와 함께 내 주먹이 더 이상 움직이질 않았다. 나는 흠칫하고 놀라며 목소리가 나는 쪽을 급히 보았다. 그런데 방장 919가 언제 왔는지 내가 날리고 있던 주먹을 한 손으로 잡고 있었다. 그 순간, 나는 그의 흘러내린 호랑이 눈물 같은 흉터가 빛나고 있는 것을 똑똑히 보았다. 방장 919는 화가 잔뜩 나면 얼굴을 일그러뜨렸는데, 그때 그 흉터가 더 빛났다. 빛나는 흉터를 보이고 방장이 내 앞에 서 있는데도 감히 나는 방장 919를 쩨려보았다. 그것도 이성을 잃은 핏발 선 눈으로…, 방장 919는 잡았던 내 손을 천천히 밑으로 내리면서,

"613, 그만해. 596 너도 자리에 돌아가고……."

하는 것이었다. 방장 919의 목소리는 매우 낮고 차분했다. 그런데 방장의 낮고 차분한 목소리가 더 무섭고 날카롭게 내 심장을 찔렀다. 방장에게까지 대들던 내 눈은 방장의 낮고 굵은 말에 금세 방바닥을 향했다. 그리고 596의 멱살을 잡고 있던 손에 힘이 풀렸다. 596은 그런 나를 그저 바라보기만 하였다. 분이 풀린 것은 아니지만, 방장 919의 낮고 굵은 목소리와 눈빛에 압도당한 나는 자

리에 앉아서도 가쁜 숨을 몰아쉬었다. 그리고,

'596. 저놈이 불결한 것으로 나를 능멸해? 저 추접한 놈이 나를 농락해?'

하는 생각이 머리를 휘젓고 있었다. 그리고 그 순간, 며칠 전에 739가 해주었던 말이 떠올랐다.

"지 밥 덩어리를 반으로 쪼개서 옆에 앉은 놈에게 나눠주고, 지는 절반만 먹고 있어. 596이 죽을라고 작정을 한 것이 분명해…."

하는 말이 떠오르자 또다시,

'그럼 그렇지, 다 먹어도 죽어 나가는 여기서 자기 밥을 나눠 줄 바보가 세상에 어디 있는가? 이곳에 와서 하루 이틀, 속이 뒤집혀 밥을 목구멍으로 넘기지 못하는 놈들은 있었어도, 이십여 일 동안 밥을 나눠주는 놈은 본 적도, 들은 적도 없었다. 그런데 저놈은 이십여 일이나 자기 밥을 나눠줬다. 그것은 사식이 들어올 것을 이미 계산한 행동이었다. 그리고 사식을 넣어주는 여자는 저놈이 후린 유부녀다.'

이렇게 내 머릿속은 뺑뺑 돌고 있었다.

'지는 넣어주는 사식을 먹으면 되니까, 밥 덩이를 나눠주며 옆에 놈을 자기편으로 만드는 것. 그것이 바로 저놈의 계략이다. 앞으로도 사식은 계속 오겠지. 그래서 오늘 어떤 년이 가져온 미숫가루도 나눠준 것이고…. 역시 음흉한 놈이야. 완전히 김갑술과 똑같은 놈이다.'

이런 생각까지 들자, 이번에는 김갑술의 뱀 눈과 596의 눈이 점

596의 여인들 83

차 겹쳐져 보였다.

'김갑술과 같은 놈 596. 김갑술. 596. 김갑술…이 철천지원수 놈들!' 이런 생각은 나를 치 떨게 하였고, 내 꽉 쥔 주먹은 너무 쥐어서 하얗게 변했다. 이때 501이 내 옆에 앉으면서,

"형님, 좀 진정하소. 596은 내가 다음에 손봐 줄 테니까. 지금은 좀 진정하소."

하며 주먹 쥔 내 손을 덥석 잡았다. 역시 내 마음을 알아주는 놈은 501뿐이었다. 나는 501의 말에 정신을 차리며 죄수들을 휘둘러 보았다. 그런데 죄수들 눈빛은 마치 불쌍한 짐승을 쳐다보듯이 나를 보고 있었다. 힐끔거리며 바라보는 죄수들의 눈빛 속에는 덫에 걸려 발버둥 치는 불쌍한 짐승을 보는 것 같은 서글픔마저 배어 있었다. 그래도 나는 그런 눈빛을 하고 있는 죄수들을 오히려 쏘아보았다.

한바탕 소란이 있은 후, 감방은 다시 일상으로 돌아왔다. 그리고 어김없이 매일 찾아오는 잔인한 지옥의 밤을 맞이했다. 컴컴한 어둠과 적막 속, 감방 안에서는 끊임없이 흘러나오는 죄수들의 앓는 소리가 슬픈 음률처럼 들렸다. 그 소리를 시작으로 어김없이 나의 의식도 시작됐다. 그리고 오늘은 더욱더 사경을 다해 김갑술의 목줄을 뜯어 죽이려는 생각에 몰두했다. 지금까지 없었던 최고의 복수심을 불태우는 것이었다.

그런데 오늘따라 김갑술의 얼굴 형체가 내 눈앞에 뚜렷하질 않았

다. 너무나도 깊은 증오심을 태우고 태워서 김갑술이 다 타버렸나 할 정도로 그놈 얼굴이 뚜렷하게 보이지 않았다. 나는 혹시나 그놈 얼굴을 잊어버렸나 싶어 머리를 쥐어짜며 떠올리려고 노력했다.

'절대 잊을 수 없는 놈. 김갑술. 절대 잊어서는 안 되는 놈. 김갑술!' 이렇게 머리통을 짜고 있는데, 거무스름했던 김갑술의 얼굴이 차츰차츰 뚜렷해졌다. 그의 뱀 눈 주변이 점차 뚜렷해지고, 거무스름해졌던 얼굴이 점차 윤곽을 보이더니 드디어 확연히 얼굴이 나타났다. 그리고 나는 눈앞에 나타난 얼굴을 보면서 심장이 벌렁거리는 것을 느꼈다. 그 얼굴은 바로 죄수 596의 얼굴이었다. 벌렁대는 심장을 두 손으로 꼬옥 움켜쥔 나는 비로소 이때 확신했다.

'596이 바로 김갑술이다. 596은 김갑술이다.'

그날 이후로 더 이상 김갑술의 얼굴이 내 머릿속에 떠오르지 않았다. 철천지원수 김갑술을 생각하면 바로 596이 떠올랐고, 이미 내 머리와 마음속에선 596이 바로 김갑술이었다.

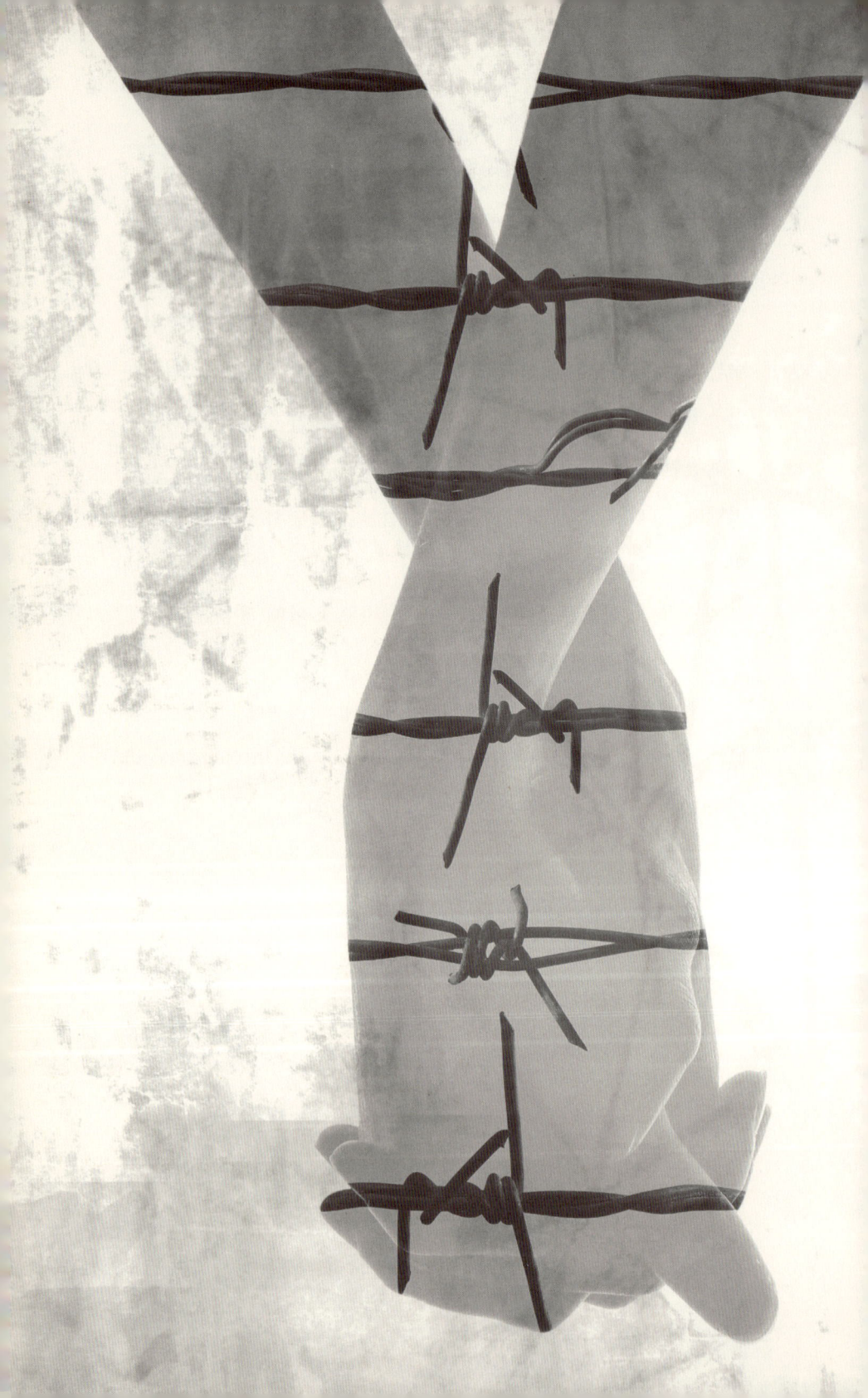

6장
지옥에 비친 달빛

"**형**님, 요즘 바깥세상이 좀 이상한 가 봐요."

햇살도 점점 열기가 식어가는 9월 초, 아직도 작업장 안은 매캐한 암모니아 냄새와 흐르는 땀을 주체하기 어려웠다. 점심으로 배급받은 감자 하나를 게눈 감추듯이 먹어 치우고 그늘에 누워있을 때, 501이 다가오며 말했다. 나는 세상일에 별 관심 없는 투로,

"이상해? 뭐가 이상해?"

하며 그냥 하늘만 쳐다보고 있었다. 시큰둥한 내 대답에 501은,

"어제 부인이 면회 왔었던 옆방 사람이랑 같이 일하고 밥을 먹었는데요. 글쎄 부인이 그러드레요. 남쪽으로 내려가는 길이 다 막혔대요. 그리고 남쪽에는 따로 정부가 세워졌대요. 그러면서 북쪽도 따로 정부를 곧 세운다고…. 형님, 나라가 둘로 쪼개진 것 같아요."

라고 말하며, 내 옆에 드러누웠다. 나는 501의 말에 일어나 앉아 돌멩이를 하나 집어 들고 들판을 향해 던지며,

"드디어 쪼개졌구나…. 내가 서기질할 때도 지들끼리 삼팔선을 긋고 말이야. 남쪽은 미군이 북쪽은 소련군이 군정을 했잖아. 그래

서 중국이나 만주에서 살다 고향으로 돌아가는 사람 중에는 남쪽까지 가는데 괜찮을까 걱정하는 사람들도 많았지. 그래도 그때는 삼팔선이 막히지는 않았으니까 별문제는 없었지만…. 그런데 이제 남쪽하고 북쪽하고 정부가 따로 생기면 삼팔선도 막겠지. 정부가 다르니까….”

라고 말하자, 501도 다시 일어나 앉으며,

"형님, 이러다 북쪽과 남쪽이 서로 총질하고 싸우는 건 아니겠죠?"

하는 것이었다. 501은 서울에 있는 가족들이 걱정이 되는 모양이었다. 그런 501을 쳐다보며,

"그럴 수도 있겠지. 옛날부터 소련은 겨울이 되면 항구가 다 얼어버려서 이쪽에는 겨울에 쓸 항구가 없거든, 그래서 옛날부터 자꾸 우리 땅을 넘보고 있었지. 그러니까 이참에 지네들 말을 잘 듣는 정부를 북쪽에 세우면 소련은 어부지리가 생기는 거지. 그리고 소련하고 미국하고도 별로 사이가 좋지 않으니까…. 북한 정부 뒤에서 소련이 전쟁을 일으킬 수도 있지.”

라고 말하자, 501은 걱정스러운 표정으로,

"형님, 혹시 그럼 북한에 정부가 들어서면 우리는 어떻게 돼요? 우리는 변하는 게 없어요?"

하는 것이었다. 501은 북한 정부가 새롭게 세워지면 혹시라도 죄수들에게도 무슨 특사가 없을까 하는 생각을 하는 것 같았다. 나는 501에게 헛된 꿈 빨리 깨라는 투로,

"야, 인마. 죄인들이 나라가 바뀐다고 죄가 없어지냐?"

라고 한마디 하고는 다시 드러누워 버렸다. 501은 혹시나 하는 마음이 있었는지,

"아니, 형님. 그래도 혹시 모르잖아요."

하며 입을 삐죽하고 내밀었다.

'북한에 정부가 들어서도 죄수들은 변함이 없을 것이다. 이 지옥에서 사는 방법은 나 스스로 만들어야 한다.'

라고 생각했다. 그런 생각을 하니 앞일이 더 막막해졌다. 그리고 몸도 제대로 움직이지 못하시는 홀어머니 모습이 눈앞에 선했다. 어머니가 면회를 못 오는 것도 벌써 반년이 훨씬 넘었다. 지난봄에 왔을 때는 너무 여위어서 어머니 얼굴을 알아보기도 어려웠다. 이틀을 꼬박 걸려 면회 오신 어머니는 면회시간 내내 눈물만 훔치셨다. 깊게 패고, 쪼글쪼글 주름진 눈에서 어찌나 그렇게 많은 눈물을 흘리시는지…. 내가 아무리 걱정하지 말라고 몇 번을 말해도 그저 고개만 끄덕이며 연신 눈물만 훔치시던 어머님. 그때는 어머니의 그 모습이 내 심장을 더 먹먹하게 만들었었다. 그렇게 눈물 흘리던 어머니의 모습이 오늘따라 더 눈앞에 선했다.

잠시나마 어머니 생각에 눈시울이 붉어지려는 순간, 공장에서 사이렌이 울렸다. 우리는 다시 어기적어기적 작업장으로 발길을 옮겼다. 그리고 그때, 저쪽 앞에서 걷고 있는 596의 등이 내 눈에 들어왔다. 왠지 지금은 596을 보기만 해도 알 수 없는 뭔가가 명치 끝에서부터 목까지 치솟았다. 그가 하는 모든 행동이 가식 덩어리

로 보이며 거슬렸고, 그를 보는 것만으로도 화가 났다. 뭐든 시빗거리가 없는지를 눈여겨보고 있는데, 그럴수록 시빗거리도 없게 행동하는 것이 더 얄미웠다. 그런 596을 볼 때마다,

'596이나 김갑술 같은 놈들은 이 땅에 살 가치가 없는 놈이다. 그런 놈들은 다 쳐 죽여서 더 이상 나 같이 상처 입는 사람이 나오지 않게 해야 한다.'

라고 생각하곤 했다. 악을 처단해서 선을 지켜야 한다는 일종의 의무감 같은 것을 느끼고 있던 것이었다. 사회악을 처단해서 사회를 지켜야 한다는 강한 의무감.

감방으로 돌아오는 길에는 영혼 없는 시체들이 줄을 지어 걷고 있었다. 누구 하나 말하는 사람도 없고, 옆 사람과 묶인 팔을 신경 쓰는 사람도 없었다. 다만 녹초가 된 몸을 앞으로 숙이니 안 넘어지려고 다리가 앞으로 나오고, 또 앞으로 숙이니 다른 다리가 앞으로 나오는 것의 반복이었다. 이런 살아있는 시체들의 행렬은 운동장에 도착할 때까지 계속되었다. 운동장에 모인 후, 땅바닥에 앉아 있는 죄수들의 인원 점검이 끝나고 물소 간수장의 일장 연설이 있었다. 그런데 박 간수장의 목소리가 이전과 달리 더 쩌렁쩌렁했다.

"내일은 우리 민족이 경축해야 할 대단히 경사스러운 날이다. 지난 9월 2일, 최고인민회의가 소집되어, 우리 민족 최초의 헌법이 상정됐고, 오늘 최고인민회의에서는 만장일치로 최종 결정하였다. 그래서 이제부터 소련 군정은 사라지고 조선민주주의인민공화국 내각이 설립되었다. 이를 경축하여 내일 작업은 없다. 또한, 위대한

인민공화국 내각에서는 너희들에게도 내각 설립을 경축하는 특별 사면을 내려 주셨다. 특별 사면 해당자들은 내일 개별적으로 불러 통지한다."

이렇게 이야기하는 것이었다. 간수장은 노트에 적혀있는 글을 읽는데도 땀을 삐질삐질 흘렸다. 간수장의 갑작스러운 발표에 죄수들은 얼굴을 서로 쳐다보며 웅성거렸다. 아마 죄수들의 귀에 들어왔던 단어는 내일 작업이 없다는 것과 특별 사면이라는 말뿐이었으리라고 생각했다. 내 옆에 앉아 있던 501도 눈이 동그래지며,

"형님, 특별 사면. 방금 특별 사면이라고 했어요?"

하며 내게 물었다. 나도 내 귀가 의심스럽다는 표정으로 그저 501을 쳐다만 보았다. 이렇게 웅성거리는 소리를 들은 물소 간수장은 더 목청을 높여서,

"다들 조용히 햇!"

하고 일갈했다. 눈을 부릅뜬 물소 간수장은 금세 조용해진 죄수들을 향해,

"그럼 지금부터 면회자를 부르겠다. 면회자는 앞으로 나오고 나머지는 각 방으로 입실한다."

라고 말하며 번호를 불렀다. 이미 내 귀에는 아무런 소리도 들리지 않았다. 오직,

'특별 사면이 있다면, 나도 해당되는 것인가? 혹시 내가 더 빨리 이 지옥을 나갈 수 있을까?'

하는 생각뿐이었고, 갑자기 심장이 쿵쾅거렸다. 그때 나는 어떻

게 감방으로 돌아왔는지도 몰랐다. 어느샌가 나는 감방 안에 앉아 있었다. 감방으로 오는 길에 501이 내 옆에서 뭐라고 했던 것도 같은데 그의 말이 귀에 들리지 않았다. 감방 안에서도 죄수들이 삼삼오오 둘러앉아 생쥐가 감자를 갉아먹는 듯이 소곤소곤 얘기를 했다. 다들 특별 사면에 관한 이야기뿐이었다. 호랑이 방장마저도 이런 광경을 보며 아무 말이 없었다. 방장의 표정을 봐도 이런저런 생각을 하는 것 같았다. 이렇게 쭈욱 방 안을 훑어보던 내 눈에 무심코 596이 들어왔다. 596을 발견하자 갑자기 핏발이 서며,

'저놈도 당연히 좋겠지. 특사를 받아 여기를 빨리 나가면 여자들을 다시 본다는 생각에 히죽대겠지.'

하는 생각이 들었다. 그런데 당연히 히죽댈 것이라 기대했던 생각과는 달리 596의 표정이 매우 이상했다. 아니, 이상하다 못해 마치 석고상이라도 된 것처럼 아무 표정이 없었다. 다른 죄수처럼 좋아하기는커녕 핏기 하나 없는 얼굴로 뭔가를 깊게 생각하고 있는 것처럼 보였다. 가끔 어금니를 깨물기도 하였고 미동도 하지 않는 그의 모습은 어쩌면 심각하게까지 보였다. 그런 596의 모습에,

'좋으면서도 애써 좋은 것을 드러내지 않고 있을 뿐일 것이다.'

라고 여겼다. 물소 간수장의 특사 발표에 소곤거리던 죄수들은 누가 재촉하지 않아도 잽싸게 움직였고, 바로 잠자리에 들었다. 죽음을 앞둔 사람이 살 수 있다는 희망을 느끼게 되면 육신의 고통도 사라지는 것인가? 그날 감방 안에서는 아무런 신음이나 기침 소리도 들리지 않았다. 그런데도 나는 좀처럼 잠이 오지 않아 여러 번

을 뒤척였다. 그러다가 나도 모르는 사이에 잠에 빠졌다. 그러다 갑자기,

"헉 허억!! 으허헉!"

하는 외침과 함께 눈을 번쩍 떴다. 얼마나 심한 악몽이었는지 내가 덮고 있던 모포가 발아래에 돌돌 뭉쳐있었다. 나는,

'또 악몽이구나….'

하며 얼굴을 쓸어내리며 정신을 차렸다. 감방의 칠흑 같은 어둠은 끝없이 떨어지는 지옥 구덩이를 닮았다. 악몽에서 깨도 눈을 떴는지 감고 있는지조차 구분이 안 되었다. 그리고 머리맡에 있던 물을 벌컥벌컥 마시고서야 정신이 들었다. 이마의 식은땀을 훔치며,

'새벽이 오려면 아직 많이 남은 것 같은데… 더 자야지.'

하는 생각으로 모포를 머리까지 끌어올리며 창이 달린 벽 쪽으로 돌아누웠다. 검 푸르스름한 새벽어둠이 아직 쇠창살 사이를 비집고 들어오고 있었다. 어둠에 차츰 익어가며 감방 안의 모습도 서서히 눈에 들어왔다. 그러자 온통 까맣게 보이던 벽 쪽에 시커먼 형체가 드러났다. 서서히 드러나는 시커먼 형태는 사람의 모습이었고 어깨를 들썩이며 앉아 있었다. 나는 본능적으로,

'저 자리는 596인데….'

하고 알 수 있었다. 지난 몇 달 동안 김갑술을 생각하면 596이 떠올라서 그쪽은 보고 싶지도 않았고 그래서인지 금세 알 수 있었다. 596은 벽을 향해 앉아서 어깨를 들썩이고 있었다. 어찌 보면 좋아서 어깨를 들썩이며 히죽히죽 웃는 것 같기도 하고, 어찌 보면 어

깨를 들썩이며 울고 있는 것 같기도 했다. 그런데 이상한 것은 아무런 소리도 들리지 않는 것이었다. 나는 어깨를 들썩이는 596을 보면서,

'저놈이 특별사면 이야기에 자다 일어나 좋아서 웃고 있는 건가? 아니면, 울고 있는 건가? 아니지. 특사 이야기에 울 일은 없지! 다들 좋아하는데 저놈만 울 이유가 없잖아.'

하는 생각이 들자, 머릿속에선 금세 정답을 찾았다.

'그럼 그렇지. 당연히 저놈도 좋겠지. 이 지옥에서 하루빨리 나간다면 무슨 짓인들 못 하랴. 저놈도 특사 이야기에 좋은 것이 분명해. 그런데 죄수들 눈에 띄게 좋아하면 괜히 미움받으니까, 몰래 저렇게 히죽히죽 웃는 거야.'

하는 생각이었다. 그런 596을 보면서 좋으면 좋다고 표현도 하지 않고, 숨어서 히죽히죽 웃고 있는 모양이 더 미웠다. 아니 미운 것을 넘어서 음흉하고 불순한 놈처럼 보였다. 그러자 내 맘속에서,

'어쩌면 더럽고 음흉한 것까지 김갑술과 똑같은 놈이다.'

라는 생각이 떠올랐다. 그런 맘이 들자 복수심이라는 망치가 내 머리통을 한 대 갈겼다. 그리고선 나는 복수의 화신으로 변해 어깨를 들썩이는 596을 한참 동안 노려봤다. 그런데 그 복수심 속에서도 이내 다시 잠들어 버렸다.

새벽 인원 점검이 끝나고 죄수들은 어김없이 똥간 앞에서 다투었고, 어기적거리며 모포도 접고, 한 종지의 물을 마시고 있었다.

그래도 오늘은 다른 날과 달리 똥간에서 심하게 다투는 사람이 없었다. 땟물에 찌든 꾀죄죄한 죄수들의 얼굴이었지만, 오늘은 뭔가 빛이 나고 있었다. 그런 죄수들의 눈빛을 보면서,

'희망이라는 놈은 다 죽은 얼굴에도 빛을 내게 하는구나….'

하는 생각이 들었다. 죽어가던 죄수들은 특사라는 한마디에 어제와 다른 희망의 눈빛을 보여주고 있었다. 나는 언뜻 새벽 일이 떠올라 596을 찾았다. 596은 여느 아침과 다름없이 구석에서 조용히 앉아있었다. 나는 앉아 있는 596의 얼굴을 마치 징그러운 뱀을 쳐다보듯이 천천히 훑어보았다. 596은 눈이 부었다는 것만 빼고는 무표정한 표정으로 눈을 감고 있었다.

그날 온종일 감방은 명절 같은 분위기였다. 배급된 아침밥부터 달랐다. 감방이 생긴 이래 처음으로 주먹밥과 함께 삶은 달걀이 나왔다. 주먹밥도 흰쌀이 조나 옥수수보다 훨씬 많았다. 아침밥을 보던 죄수들은 눈이 휘둥그레지며 순식간에 밥과 달걀을 먹어 치웠다. 점심 배급에서도 감자가 두 개씩이나 나왔다. 그런데 많은 죄수들은 감자 두 개만으로도 포만감을 느끼는 듯했다. 점심이 끝나고 나서는 운동 시간을 대신해서 한 명씩 밖으로 불려 나갔다. 불려 나갔던 죄수는 이내 다시 감방으로 돌아왔다. 돌아온 죄수 중 어떤 이는 히죽히죽 웃기도 하고, 어떤 이는 불만 섞인 얼굴을 하기도 했다. 나도 마음 졸이며 기다리고 있는데 드디어,

"613 나와."

하는 간수의 목소리가 들렸다. 나는 떨리는 맘으로 감방 문을 나

서 간수 뒤를 따랐다. 간수가 안내하는 곳은 면회실로 쓰이던 곳이었고, 면회실 의자에 앉은 나를 향해 간수가 글을 읽었다.

"죄수 613. 상해 치상죄 10년 형. 남은 기간 8년 4개월 11일. 위대한 조국 조선 인민민주주의 공화국 내각에서는 헌법 선포 및 내각의 출발을 경축하고, 613의 그간의 수형 생활을 참고해, 죄수 613의 남은 형기를 3년 4개월 11일로 5년을 감형한다. 죄수 613은 남은 형기 동안 위대한 조국을 위하여 열심히 노동하며, 갱생에 최선을 다하라. 이상!"

나는 김갑술과 군정 감독관의 횡포로 엄청난 형기를 받았기에, 어쩌면 특사 대상이 되지 않을지 모른다는 생각도 했었다. 하물며 번호가 호명돼 걸어오는 동안에도 일말의 희망과 더불어 김갑술의 억지로 혹여 간수로부터,

'죄수 613. 당신은 죄질이 나빠서 이번 특사 대상이 아니다.'

라는 말을 듣지나 않을까 해서 엄청 불안했다. 일말의 희망과 엄청난 불안감을 동시에 품고 있던 내게 간수의 감형 통지문은 마치 천사의 노래처럼 들렸다. 이 노랫소리로 인해서 나는 구름 위를 걷는 듯한 기분으로 감방으로 돌아왔다. 그때는 지옥 같던 감방도 마치 안방처럼 느껴졌다. 꿈을 꾸는 듯한 표정을 하고 있는 내게,

"형님? 어떻게 되었어요? 나는 이제 2년 9개월만 있으면 나갈 수 있대요."

하며 501이 물었다. 나는 501에게 한껏 웃는 표정으로,

"동생아, 나도 이제 3년 4개월만 있으면 나간다."

하며 말하자 501은 마치 자기 일처럼 좋아하며,

"우와! 형님은 5년이나 감형되었네? 축하합니다. 형님."

하면서 소리 나지 않는 물개박수를 쳤다. 그런 501을 향해서,

"고마워, 너도 축하해."

하며 나도 소리 없는 물개 손뼉을 쳤다. 그런데 그때 596이 내 눈에 들어왔다. 아직 번호가 불리지 않은 596은 여전히 구석에서 눈을 감고 있었다. 내가 596을 한참 쳐다보자 501도 눈치를 챘는지,

"형님, 오늘 596 저놈이 좀 이상해요. 아침부터 봤는데요. 글쎄, 아침밥, 점심밥을 다 옆에 있던 죄수에게 줘버리더라고요. 아예 물도 한 모금 안 마셨어요. 말도 한마디 안 하구요."

라고 말했다. 나는 501을 바라보면서,

"그래?"

하면서 별 관심 없는 척했다. 그리고 다른 죄수들도 차례대로 불려가고 596도 불려 나갔다. 596이 다시 방으로 돌아왔을 때, 그의 얼굴은 여전히 아무 표정이 없었다.

저녁 배급이 들어왔을 때, 감방 안은 다시금 소란스러워졌다. 커다랗게 뭉쳐진 주먹밥에 기름기가 흐르는 보리개떡이 두 개씩 나왔다. 그리고 국물에는 돼지비계까지 둥둥 떠 있었다. 이곳에선 감히, 꿈에도 생각지 못했던 진수성찬이었다. 밥 배달을 하는 당번까지도 군침을 연신 삼키며 바쁜 손을 움직였다.

진수성찬을 받은 죄수들은 주먹밥과 보리개떡을 게걸스럽게 먹어 치웠고, 국물은 한 방울도 흘리지 않게 조심스럽게 다 마셨다.

특히나 먹는 것에 욕심이 많던 농부 838은 다 마신 국그릇까지 핥고 있었다. 나는,

'이건 내일 아침에 먹자, 내일부터는 또 배고플 테니까.'

하는 생각으로 보리개떡 하나를 소매 속에 감췄다. 소매에 보리개떡을 넣으면서도 501의 말이 생각나서 596을 한번 힐끔 보았다. 그런데 596 앞에는 빈 그릇뿐이었다. 나는

'벌써 다 먹었나?'

하는 생각에 입 주변도 살폈다. 그런데 596은 입술을 다물고 있었고, 그 입술은 메마르고 갈라져 있었다. 596이 밥을 주었는지 옆에 있던 191과 457은 연신 596에게 고맙다고 인사하며 먹을 것을 입에 쑤셔 넣었다. 나는 그런 596의 모습을 보며,

'저놈이 오늘은 이상하네….'

하고 생각했지만 그다지 신경 쓰지 않았다. 내 머릿속엔 오직 남은 3년 4개월과 지금 먹고 있는 기름 국물, 그리고 내일 아침에 먹을 보리개떡만 가득했다.

명절 같던 하루는 새벽까지 그 여운을 남겼다. 오랜만에 기름기를 먹은 죄수들은 너나 할 것 없이 밤새 똥간을 들락거렸다. 발 디딜 틈도 없는 감방에서 발로 비집어 똥간으로 가는 죄수와 그 발에 밟혀 소리치는 죄수의 비명이 밤새 끊이질 않았다. 그런데도 죄수들은 여느 날과는 달리 행복한 표정들이었다.

나는 잠들기 전에 소매 속에 감췄던 보리개떡을 베개 밑에 숨겼다. 잠든 새 무심결에 팔을 휘젓다가 다른 데로 날아가기라도 한다

면 찾을 수도 없기 때문이었다. 손으로 베개 밑 개떡을 천천히 만지면서,

'내일 새벽에 몰래 먹어야지….'

하는 행복한 생각을 하는 사이에 어느 틈엔가 잠이 들었다.

새벽이 밝았다. 그러나 감방 안의 풍경은 변치 않았다. 죄수들은 어깨를 늘어뜨린 채 감방 문 앞에 늘어서 있었다. 그리고 몇 명은 똥간 앞에 있었고, 그 속에 501도 배가 아픈지 쩔쩔매며 앞사람을 밀치고 있었다. 그런 죄수들의 군상을 보면서 나는 천천히 모포를 접고, 머리맡에 있는 베개를 들추었다. 그런데,

'허거덕! 없다.'

어젯밤에 애지중지 숨겨 두었던 보리개떡이 없었다. 땟물에 찌든 베개 아래 곱게 두었던 보리개떡이 없어진 것을 다시 한 번 확인한 나는 죄수들을 훑어보았다.

'어떤 놈이지? 내 떡을 훔쳐 먹은 놈이 도대체 어떤 놈이지?'

하면서 방장부터 차례로 훑어보았다. 그런 내 눈에는 모두가 도둑놈처럼 보였다. 아직 잠자리에 누워있는 방장, 침을 수건으로 닦고 있는 727. 그리고 방장 옆에서 멍하니 앉아 있는 739. 모포를 접고 있는 838과 457. 똥간 앞에서 다투고 있는 죄수 몇 명과 그곳에 서 있는 501. 그리고 감방 문 앞 죄수들.

'설마 501은 아닐 거다.'

이런 생각을 하는 틈에 596과 이야기를 하고 있는 191이 눈에 들어왔다. 그리고 직감적으로,

'596? 그래 596이 먹었을 것이다. 어제 저놈은 아무것도 먹지 않았지. 그리고 모든 죄수가 잠든 새벽에 일찍 일어나 운동을 하는 놈이지. 다들 자고 있을 때, 일찍 일어난 저놈이 내 떡을 먹은 것이 분명해.'

이런 생각이 들자, 나는 서서히 596에게 다가갔다. 그놈의 입 주변을 살피기 위해서였다. 느릿한 걸음으로 596 앞으로 걸어가면서 입술을 찬찬히 보았다. 그리고,

'어제 저놈 입술은 바싹 말라 있었어. 그런데 지금은 마르지가 않았어. 내 보리개떡을 처먹었기 때문이겠지. 너 잘 걸렸다.'

라고 생각한 내 발걸음은 점점 빨라졌고, 이내 앉아 있는 596의 면상을 냅다 걷어찼다. 596은 내 발길질에 뒤로 구르며 뒹굴었다. 나는,

"내 떡을 훔쳐 먹은 놈이 너지?"

하면서 숨을 몰아쉬었다. 뒹굴었던 596은 일어나지도 못했고, 갑작스러운 소란에 모두가 갑자기 굳어져 나를 보았다. 596과 이야기 중이던 191은 눈알이 튀어나올 것처럼 놀란 눈으로 나를 바라볼 뿐이었다. 나는 쓰러져 있는 596을 향해서,

"배게 밑에 두었던 보리개떡, 네놈이 훔쳐 먹었지?"

하면서 소리쳤고, 내 말에 596은 천천히 앉으며 나를 쳐다보기만 했다. 그런데 그 앞을 191이 양팔로 막아서며,

"613 아저씨, 왜 그러세요? 596 선생님이 뭘 잘 못 했다고 그러세요?"

하는 것이었다. 191의 말에 순간 내 귀를 의심했다.

'596 선생님?'

나는 양팔로 앞을 막고 있는 191을 째려보면서,

"596 선생님? 너 지금 596을 선생님이라고 했냐?"

라며 다그쳤다. 나의 위압적인 눈빛에 191은 잠시 머뭇머뭇하더니 다 기어들어 가는 목소리로,

"네."

하고 대답하는 것이었다. 191의 그 대답이 내 화를 더 돋웠다.

'사기꾼에 남의 여자 후리고 다니는 놈을 선생님이라고?'

더욱 화가 치민 나는,

"머 이런 개자식이 있어? 머라고 선생님이라고?"

하면서 주먹으로 191의 면상을 날렸다. 191은 '억' 하는 소리와 함께 뒹굴었고, 앉아서 지켜보고 있던 596이 급히 191의 얼굴을 살폈다. 596의 그런 모습까지 나를 더 미치게 하였다. 화가 치밀 대로 치민 나는,

"이제 보니 네놈들이 짜고 내 떡을 훔쳐 먹었구나. 그렇지 이 새끼들아."

하면서 발길질을 시작했다. 갑자기 일어난 일이라 죄수들은 아무도 말리지도 못하고 있었고, 596은 191 위를 덮어 내 발길질을 오롯이 다 맞고 있었다. 이렇게 한참 발길질을 하고 있을 때,

"야!"

하는 방장의 외침이 들려왔다. 소란한 소리에 잠에서 깬 방장이

외친 소리였다. 나는 금세 방장의 목소리임을 알아차렸다. 그리고 내지르던 발을 멈추고 고개를 돌려 방장을 보았다. 방장은 여태껏 보지 못한 가장 무서운 얼굴을 하고 우리 쪽으로 서서히 걸어왔다. 죄수들은 모두 어쩔 줄 몰라 쩔쩔매고 있었고, 596은 입에서 흐르는 피를 닦으며, 191을 감싸고 있었다. 우리 앞에서 걸음을 멈춰 선 방장 919는,

"어떤 새끼야? 새벽부터 싸움질하는 새끼가… 앙?"

하며 말했고, 낮고 음산한 방장의 말소리에선 죽음의 냄새까지 배어 나왔다. 나는 방장에게,

"596 저놈이 내 떡을 훔쳐 먹어서 한대 줘…"

하고 말했지만 내 목소리는 나에게도 들리지 않을 만큼 적었다. 그런데 그때, 596이 내 말을 끊으며,

"방장, 죄송합니다. 제가 그만 큰 실수를 했는데, 613이 지금 저에게 잘하라고 타이르고 있었습니다. 다음부터 조심하겠습니다."

라고 말하는 것이었다. 얼굴을 얻어맞은 191은 일어나 앉으며,

"그게 아니고, 갑자기 613이 다가와서 596 선…"

이라고 말하는 순간, 급하게 596이 191의 입을 막으며,

"아닙니다. 제가 큰 실수를 해서 그런 겁니다. 다시는 이런 일 없게 하겠습니다."

하며 더 크게 말했다. 나는 여전히 방장 앞에서 씩씩대기만 했다. 방장은 천천히 그리고 더 낮은 소리로,

"이런 일 다시없도록 해라. 어제 다들 좋은 일이 있었기 때문에 그

냥 넘어가는 거다. 다시 이런 일이 생기면 두 놈 다 죽여 버릴 거야"
라고 말하며 내 얼굴에 방장의 얼굴을 들이댔다. 나는 다시 기어 들어 가는 소리로,
"네. 방장!"
하고 대답하였고, 596과 191은 고개만 푹 숙였다. 방장이 죄수들을 훑어보자 모든 죄수들은 눈을 깔며 고개를 푹 숙였다. 방장은 천천히 자기 자리로 가 감방 문 열리기를 기다렸고, 나도 내 자리로 돌아갔다. 자리 앉아서도 나는 596과 191을 매섭게 노려보았다. 191이 뭐라고 596에게 이야기했는데 잘 들리지 않았고, 596은 연신 고개만 가로저었다. 그 둘을 매섭게 보고 있던 나는 방장의 무서움에 더 이상 어쩌지는 못했지만, 596을 팼다는 쾌감보다 그놈이 훔쳐 간 떡이 더 아쉬웠다. 그리고,
'596…, 내 목숨 같은 떡을 훔쳐 먹었지. 다시 걸리기만 해봐라. 그때는 아주 저 세상으로 보내주마.'
라고 작정하듯이 어금니를 꽉 깨물었다.

7장
불구덩이 지옥이 더 낫다

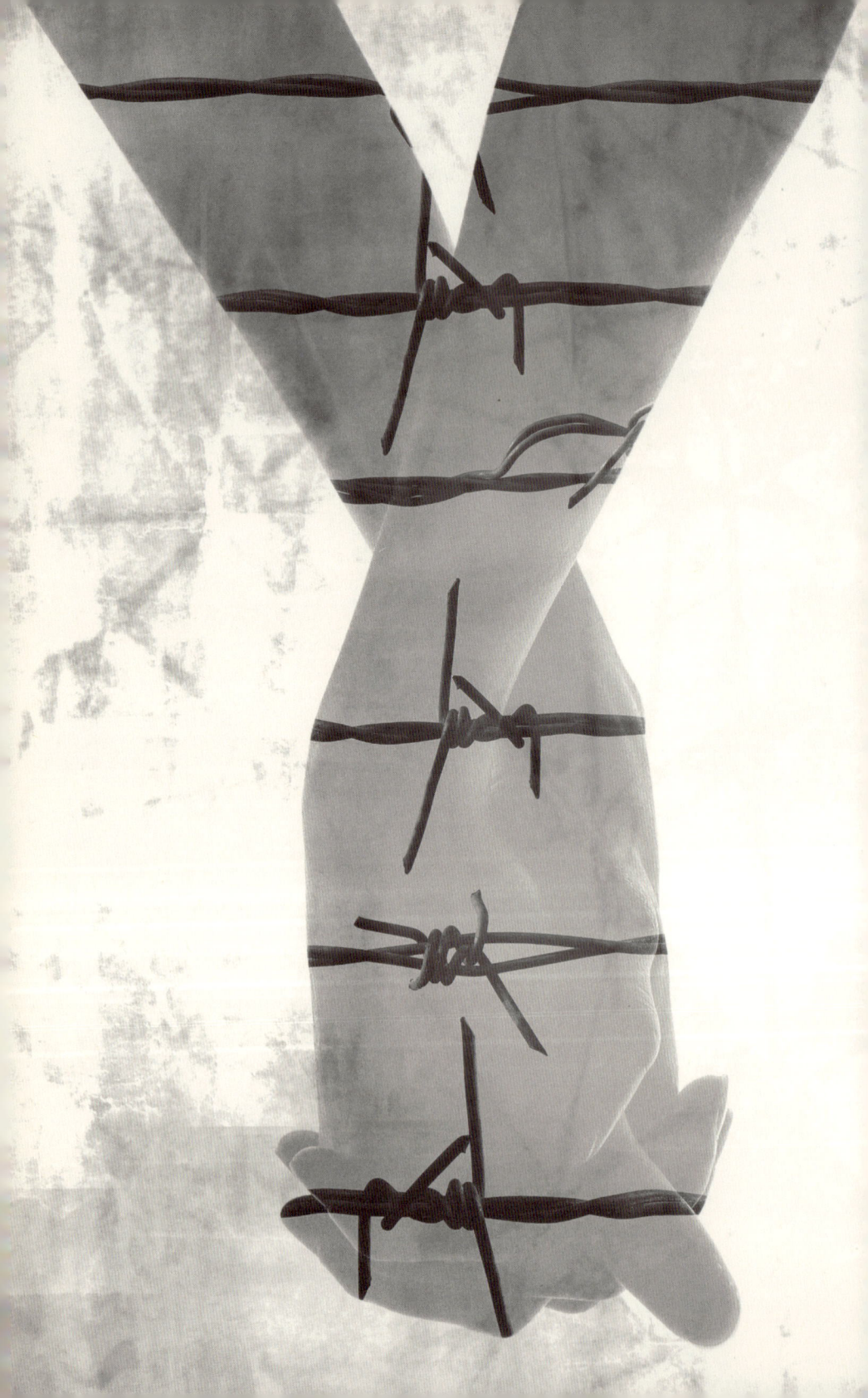

그날 이후부터 내 눈에 가득 찬 것은 596에 대한 분노뿐이었다. 596은 이런 내 눈빛을 알기라도 하듯이 항상 말 없이 그저 조용히 지내고 있었다. 그리고 가끔 면회 후에 사식으로 가지고 들어오는 미숫가루를 떡으로 나누어 감방의 죄수들에게 나눠주고 있었다. 그런 596의 행동도 내 눈엔 그저 여인의 눈물로 죄수들을 기만하는 것으로만 비칠 뿐이었다. 방장 919도 이런 나와 596을 의식했는지 우리를 항상 멀리 떼어놓았다. 이렇게 596에 대한 분노 속에 두 달쯤 지났을 때, 내 머릿속에는 점점 다른 걱정거리가 떠오르기 시작했다. 그것은 다름 아닌 며칠 새벽에 내리기 시작한 서리 때문이었다. 흥남의 지독한 겨울이 시작된 것이었다.

흥남은 해안가에 있다. 지난 일 년을 돌아보면, 여름에는 장마철 비가 많았다. 그런데 가을이나 겨울, 그리고 봄엔 거의 비나 눈이 많이 오지 않았다. 장마철을 빼고 비나 눈이 많지 않고 흥남항이 바로 코앞이어서 왜놈들이 여기에 비료 공장을 지었나 보다고 생각했다. 그리고 여기는 내가 살던 온성에 비하면 겨울이 덜 추웠다. 고향 온성의 겨울은 지독하리만치 춥다. 영하 20도를 내려가는 한겨울에는 밖에 다니기도 어려웠다. 그곳에 비하면 흥남의 겨울은 덜 추운 편이지만 그래도 영하 10도를 넘나드는 매서운 추위였다. 특히 새벽녘 산에서 불어오는 차가운 바람은 감방의 바닥 틈새로 스멀스멀 기어 올라와 뼛골까지 파고들었다. 흥남 감옥의 마룻바닥은 말 그대로 완전 얼음 바닥이 됐다.

작년 겨울에는 아픈 몸에도 면회 왔던 어머니가 겨울 외피를 가져다줘서 그나마 살아서 넘길 수 있었다. 그런데 그 외피도 암모니아 비료의 인산독에 다 해어지고 터져버렸다. 그리고 더 이상 면회 오지 못할 어머니를 기대하기도 어려웠다. 나는 선반 위에 둘둘 말려있는 헤진 외피를 올려다보면서,

'지옥을 가더라도 얼음 지옥보다는 차라리 불구덩이 지옥이 더 낫지, 저걸로 올겨울을 어떻게 보내지….'

하는 걱정에 한숨만 쉬곤 했었다. 새벽 점검을 위해 매일 운동장에 모여 알몸이 될 때마다 점점 차가워지는 바람에 더 걱정이 앞섰다. 501도 겨울이 걱정이 되는지 새벽에 모여 있을 때,

"형님. 올겨울은 더 추울 것 같은데요."

하는 것이다. 나는 501에게,

"그래, 벌써부터 서리가 많이 내린 것으로 봐서는 올겨울은 더 추울 것 같다. 넌 작년에 입었던 겉옷은 괜찮지?"

하고 물었다. 501은 간수장을 한번 힐끗 보더니 말 없이 그냥 고개만 끄덕였다. 물소 간수장이 이쪽을 매부리 눈으로 쳐다보고 있

었기 때문이다. 이쪽을 한참을 쩨려보던 물소 간수장은 인원 점검이 끝난 것을 확인하고,

"모두 잘 들어라. 오는 25일부터는 감방에서 외피를 착용할 수 있다. 외피를 갖고 있는 사람들은 25일 아침부터 외피를 입고 밖으로 나와도 된다. 알겠나?"

하는 것이었다. 이미 물소 간수장과 모든 간수들은 두꺼운 외투를 입고 있었다. 죄수들은 덜덜 떨리는 얼굴로,

"네!"

하면서 물소 간수의 말에 입을 맞추어 대답하였다. 그러자 물소 간수는,

"이상이다. 전체. 일어서 각 방으로 입방!"

하고 외쳤다.

이곳 죄수들의 겨울은 더욱더 비참했다. 춥고 배고픈 서러움이 뼈 마디마디에 아로새겨지는 계절이 겨울이었다. 털이 달린 운동화라도 차입 받은 죄수들은 그나마 밖에서 버틸 수 있는데, 가족이나 지인으로부터 차입도 없는 죄수들은 감방에서 배급받은 고무신으로 눈과 얼음 위에서 살아야 했다. 고무신을 신고 있는 죄수들은 갖고 있는 모든 버선을 겹쳐 신고, 고무신에도 천을 둘둘 감아 맸다. 그렇게 천으로 칭칭 감아도 대부분의 죄수들은 동상에 걸렸다. 작년에 어떤 죄수는 동상이 심해서 발목이 썩어 죽은 죄수도 있었다.

머리에도 두꺼운 모자를 뒤집어써야만 견딜 수 있었다. 두꺼운 외피와 모자가 없는 죄수들은 거의 다 겨울을 못 넘기고 트럭에 실

려 북망산으로 떠났다. 특히 한겨울 새벽 점호 시간, 모든 옷을 다 벗는 소지품 검사 시간은 온몸이 꽁꽁 얼어붙었고, 벌벌 떨리는 그 순간에는 차라리 지옥에 가더라도 불구덩이가 낫겠다는 생각이 간절했다.

　11월 마지막 일요일, 신입 죄수들이 들어오는 날이었다. 그런데 우리 감방에는 다행인지 불행인지 죽은 죄수가 없어 신입 죄수는 들어오지 않았다. 신입 죄수가 없는 우리 감방은 죄수들이 삼삼오오 모여서 흥남의 겨울 이야기를 하고 있었다. 올해 들어온 죄수 중에 아직 겨울을 경험하지 못한 죄수들은 오래된 죄수들에게 이것저것 물었다. 그런데 감방 안을 천천히 훑어보고 있던 내 눈에 596 주변에 모여 있는 죄수들이 눈에 들어왔다. 그리고 이들 손에는 작년에 입었던 시커멓게 때에 찌든 터지고 헤진 외피 옷을 들고 있었다. 나는,

　'저놈들은 터지고 해어진 외피 옷을 들고 저기서 뭐 하지?'

　하며 생각하는데, 그때 501이 내 옆에 앉으며,

　"형님. 596이 뭘 하는지 궁금하죠?"

　하고 물었다. 501은 방금 전까지 596 옆에서 그를 지켜보고 있다가 지금 막 내 옆으로 오는 길이었다. 나는 궁금했지만 별 관심 없다는 듯이,

　"글쎄…."

　하며 말꼬리를 흐렸다. 그러자 501은 재미있는 이야기라도 하듯이,

"저놈 596 있잖아요. 어떻게 만들었는지 굵은 철사를 끊어서 바늘을 만들었어요. 그래서 그 바늘로 저 사람들 외피를 꿰매주고 있는 거예요."

하는 것이었다. 나는 501을 바라보면서,

"뭐? 바늘을 만들어?"

하고 묻자, 501은 싱글싱글 웃으며,

"네. 그렇다니까요. 글쎄 굵은 철사를 이빨로 끊어서 그걸 도락꾸 레일에 올려놓고 납작하게 만든 다음에, 끝을 돌에 갈아서 바늘을 만들었대요. 596 저놈. 철사를 끊을 때, 이빨까지 조금 깨졌대요. 그리고 방장도 596이 바늘을 만들었다는 것을 알고 있는데도 자기 옷을 꿰매줘서 아무 말 않고 그냥 넘어갔대요. 내일부터는 외피를 입을 수 있잖아요. 다들 찢어진 외피를 걱정하고 있는데, 저놈이 자청해서 꿰매주겠다고 하니까, 다들 줄 서서 기다리는 거예요. 그런데 참, 형님 외피는 괜찮아요? 올봄에 봤을 때는 다 헤지고 터졌던데?"

이렇게 묻는 501에게 나는

"응. 괜찮아. 내가 살던 고향에 비하면 여기 겨울은 겨울도 아닌데 뭘⋯. 그런데, 저놈, 실은 어디서 났대?"

하고 호기를 부리며 501에게 다시 물었다. 그러자 501은,

"아, 실은요. 베갯속 솜을 꺼내서 가늘게 말았더라구요. 596 저놈이 머리는 좀 있는 거 같아요."

하였다. 나는 501에게,

"하긴 뭐, 임자 있는 부녀자를 후리려면 나쁜 머리론 어렵지."
하면서 입을 삐죽거렸는데, 이때 불쑥,
"자네도 596에게 외피 좀 꿰매달라고 하지그래?"
하면서 727이 우리말에 끼어들었다. 727의 말에 난 있는 힘을 다해 눈을 치켜뜨며, 방장을 따라 하듯 낮고 음침한 목소리로,
"미친 소리 그만하세요. 내 목에 칼이 들어와도 난 저런 놈은 상대 안 해요. 난 저놈과 한방에서 같이 숨 쉬는 것도 미칠 것 같거든요."
하고 말했다. 이런 내 말에 727은 실실 눈웃음을 치며 슬그머니 돌아앉았다. 나는 속에서 부글부글 타오르던 불길이 눈으로 옮겨가는 것을 느끼며 다시 596을 보았다. 596은 고개를 숙이고 바느질만 열심히 하고 있었다. 그런데 자세히 보니 그냥 바느질만 하는 게 아니고, 터진 베갯속 솜을 조금씩 뽑아서 외피에 붙여가며 외피를 더 두툼하게 만들고 있었다. 바느질이 끝나 옷을 돌려받은 죄수는 596에게 연신 고개를 숙였고, 596은 그런 사람에게 손사래를 치며 웃고 있었다. 나는 속으로
'내가 596에게 바느질을 부탁한다는 것이 말이나 돼? 저놈 쳐다보는 것만도 부아가 치미는 데. 혀를 깨물고 죽었으면 죽었지 저놈한테 부탁은 못 해.'
하고 생각했다. 그러면서도 한편으론 그의 손에서 춤추고 있는 도톰한 바늘만큼은 부럽기 한량없었다. 특히 반복되는 새벽 점호와 찬바람 속에 공장까지 걸어갈 생각을 하니 가슴이 더 답답했다.

그렇지만 아무리 답답해도 어쩌할 수 없었다. 추위와 죽음에 대한 공포보다도 나를 더 미치게 했던 것은 원수를 갚겠다는 내 분노였고, 분노가 나를 더욱 미치광이로 만들어 분노라는 감옥에 날 가두었다. 닥쳐올 얼음 지옥의 현실을 부정하려고 애쓰고 있는 내 눈에는 596에게 부탁하러 외피를 들고 가는 죄수들의 늘어진 줄만 보였다. 흥남의 추운 겨울을 잘 아는 방장도 오늘만큼은 죄수들의 돌아다니는 것을 눈감아 주며 부방장과 이런저런 얘기만 했다.

다음날 새벽, 운동장에 모인 죄수들 모습은 한눈에도 달랐다. 죄수들이 외피를 입고 있었기 때문이었다. 바지 외피와 더불어 대다수 죄수들이 입고 있는 외피는 한복의 두루마리처럼 만들어져 있다. 무릎까지 길게 늘어진 외피를 입고, 양쪽이 벌어지지 않게 달린 작은 끈으로 서로 꽉 묶었다. 추위를 견디기 위해 만들었기 때문에 안에는 솜을 누벼서 마치 바짝 뭉개진 솜이불을 도포로 입고 있는 것처럼 보였다. 그리고 올해 들어온 죄수들 외피는 아직 깨끗한데, 작년 겨울을 넘긴 죄수들 외피는 검은 때에 푹 찌들고 다 해어져 있었다. 그나마 아직도 외피를 차입 받지 못한 죄수들은 겨드랑이에 손을 넣고 발만 동동 굴렀다. 이런 운동장 풍경은 마치 백로들과 까마귀들이 논에 섞여서 발만 동동 구르고 있는 것처럼 보였다.

나는 다 째지고 해졌지만 안 입는 것보다는 낫다는 생각에 선반에서 외피를 내려 걸쳤다. 아무리 찢어진 곳을 손으로 잡아도 해진 곳으로는 찬바람이 솔솔 들어왔다. 아침을 먹은 후, 다시 운동장에 모여 공장까지 걷는 시간에는 다행히 바람이 불지 않았다. 밤새 산 쪽에서 불던 바람이 바다 쪽에서 부는 바람과 교대하는 시간이기 때문이었다. 그런데 작업장에서 일하는 낮에는 바다 쪽에서 습하고 차가운 바람이 불어왔다. 그래도 뜨거운 김을 품어내는 암모니아 비료를 정신없이 퍼 나르다 보면 어느새 추운 줄도 몰랐다. 그래서 작업하는 죄수들은 거추장스러워 모두 다 외피를 벗고 작업을 했다.

감옥으로 돌아오는 길에는 등 쪽에서 불어오는 바닷바람에 떠밀려 걸었다. 그리고 감방에 들어올 때쯤에야 바람은 서서히 줄다가 저녁을 먹을 때쯤에 완전히 무풍이 되었다. 그리고 한 시간쯤 지나면 서서히 얼음 지옥의 찬 냉기가 산을 기어 넘어왔다. 산에서 불어오는 찬바람은 마치 얼음을 뼛속에 하나씩 집어넣는 듯한 통증을 일으켰다. 그래서 잠잘 때에도 죄수들은 외피를 몸에 두르고 그 위에 담요를 덮었다. 그래도 밤새 마룻바닥 틈으로 올라온 차디찬 냉기는 사람의 눈두덩을 심하게 패서, 새벽에 일어난 죄수들의 눈은 항상 탱탱 부어있었다. 외피가 없는 죄수가 흥남 감옥의 밤을 지새운다는 것은 가히 상상도 못 할 일이었다. 외피 없는 죄수는 대부분 새벽에 눈을 뜨지 못하고 옷을 다 벗은 채 시신이 되어 아침을 맞이했다.

지난겨울 새벽 점호 때, 들것에 실려 나오는 시신이 옷을 다 벗고 있는 것을 본 적이 있었다. 그때 선생을 했던 727이 내 옆에서,

"613. 추운 겨울인데 얼어 죽는 사람이 옷을 다 벗고 있는 이유를 알아?"

하고 물었다. 나는 모른다고 대답하자, 727은,

"그건 말이야. 추위에 사람이 동사할 때는 먼저 머릿속에 피가 안 통해서, 죽는 놈은 추위를 전혀 못 느껴 그런 거야. 머리에 피가 안 통하면 서서히 뇌에서 정신착란을 일으키지. 그러면 자기 몸이 오히려 뜨겁게 느껴지게 된다구. 그래서 자기가 입고 있던 옷을 다 벗고 죽는 거야."

하고 이야길 한 적이 있었다. 나는 어렸을 때, 마을 어른들이 산에서 동사한 사람이 벌거벗고 죽는다는 이야기가 모두 지어낸 말인 줄 알았는데, 그때 옷 벗고 죽은 죄수의 모습을 보고서야 믿게 되었다.

외피를 입게 된 첫날은 아직은 심하게 춥지 않기에 견딜 만했다. 그런데 본격적으로 추워지는 동짓달과 섣달을 보낼 생각에 그저 막막하기만 했다. 그날 밤, 이런저런 생각이 머릿속에서 칼춤을 추는 사이, 잠에 빠졌던 나는 다음날 새벽에 눈을 뜨고서 깜짝 놀랐다. 나를 놀라게 한 것은 다름 아닌 단정히 개어져 내 머리맡에 놓인 외피였다. 죄수들은 밤에 외피를 입고 잤지만 난 찢어지고 터져 냄새나는 외피를 선반에 처박아 두었었다. 그런데 그 외피가 단정하게 개어져서 내 머리맡에 놓여 있던 것이었다. 나는 속으로,

'이건 뭐지… 내 외피가 맞는데… 누가 내려놓았지?'

하는 생각을 하며 천천히 외피를 펼쳤다. 그런데 이게 무슨 일인가? 내 외피의 찢어진 곳이 다 꿰매져 있는 것이 아닌가? 꿰매져 있을 뿐만 아니라 솜까지 채워져 있어 더 두툼해졌다는 것을 눈으

로도 금세 알 수 있었다. 나는,

'내 외피가 아니고 다른 사람 건가? 내 외피가 맞는데… 누가 한 거지?'

하는 생각을 하며 감방 안을 두리번거렸다. 눈은 누가 했는지를 찾고 있었는데, 머릿속에서는 누가 했는지가 중요하지 않았다. 내 손에 쥐고 있는 이 외피로 겨울을 무사히 넘길 수 있다는 생각만이 가득 차있었다. 누가 했는지를 찾고 있던 내 눈은 금세 멈춰 버렸고, 따뜻하게 솜으로 누벼 꿰매진 외피를 얼른 몸에 둘렀다. 그리고 순간 직감적으로 떠오르는 사람이 있었지만, 재빨리 생각을 지워버리며,

'이번 겨울을 살아서 넘길 수 있다. 이건 그놈이 해 준 것이 아니고, 집사람이 하늘에서 꿰매 보낸 것이다.'

라는 생각으로 머릿속을 가득 채워버렸다.

따스한 외피 덕분에 매서운 눈보라가 치는 섣달도 살아서 새해 설날을 맞이하였다. 1949년에 맞이한 설날, 추위와 굶주림에 지친 죄수들에게 다시 따뜻한 기름 국과 보리개떡이 배급되었다. 공산당 정부가 설날을 맞아 죄수들에게는 주는 특별 배급이었다. 어제저녁, 물소 간수장의 우렁찬 공산당의 특별 배급에 대한 연설을 다 듣고서야 꽁꽁 언 몸으로 감방에 돌아올 수 있었다. 물론 설날이라 작업도 없었다. 어김없이 죄수들의 짜부라진 위장은 특별 배급된 기름 국을 받아들이지 못했고 설사하는 이들로 똥간만 종일 북적

이었다. 아침에 말끔히 비웠던 뺑끼통도 잠들기 전엔 이미 절반이나 차 있었다. 똥간에 가는 사람들은 아무리 추워도 어김없이 옷을 다 벗고 일을 봐야 했기에, 설날의 죄수들은 설사와 추위의 이중 고통을 감내해야 했다. 지옥에서는 쉬는 것까지 고통이었다.

새해를 맞이했어도 나는 596의 행동을 찬찬히 감시했다. 어쩌면 시빗거리를 찾고 있었기에 더욱 유심히 지켜봐야 했다. 그런데 언제 보아도 596은 변치 않고 차분하게 행동했다. 이른 새벽엔 어김없이 일어나 운동과 명상을 하는 것 같았다. 매일 지켜본 것은 아니지만, 가끔 악몽에 눈을 떴을 땐, 어김없이 596이 벽을 향해 앉아 있든지, 수건으로 몸을 문질렀던 것으로 보아 가히 짐작됐다. 596도 솜으로 누벼진 거무스름한 외피를 입고 있었는데, 다만 조금 다른 것이 있다면 검은색 두꺼운 양말을 신고 있다는 것이었다. 501 말에 의하면 머리카락으로 짠 양말이라서 검은색이라고 했다. 501에게 그 말을 들었을 때,

'머리카락? 머리카락으로 짠 양말이라니. 역시 저놈은 정상적인 놈이 아니다.'

라는 생각도 했다. 그리고 596은 차입 받은 미숫가루나 쌀가루 등을 다른 죄수들과 변함없이 나눠서 먹었는데, 요즘은 그를 선생이라고 부르는 죄수들이 몇 명 더 늘었다.

설날을 대엿새 지난 월요일, 그날도 난 어김없이 아침부터 596을 지켜보고 있었다. 그런데 평소에는 옆 사람에게 미소를 보이던 596의 모습이 싹 바뀌었다. 뭔가 심각한 얼굴로 조용히 있었고, 배

급 나온 밥 덩이도 191에게 줘버리고 아무것도 먹지 않았다. 나는 갑자기 변한 596의 모습에,

'뭐지?'

하고 생각해 보았지만 좀처럼 머릿속에 명쾌한 답이 나오지 않았다. 그런 596의 행동은 저녁에 배급된 밥도 입에 넣지 않았고, 온종일 한마디도 하지 않은 채 잠자리에 들었다. 담요를 뒤집어쓴 나는 감 잡을 수 없는 596의 행동에 머릿속이 복잡했다.

'드디어 저놈이 죽으려고 작정을 한 건가? 아니면 여인네가 변심이라도 한 건가?'

나는 이런저런 생각을 다 해 보았지만 명확한 답을 구하지 못한 채 차디찬 흥남의 꿈나라로 서서히 빠졌다.

8장
처절한 지옥에서

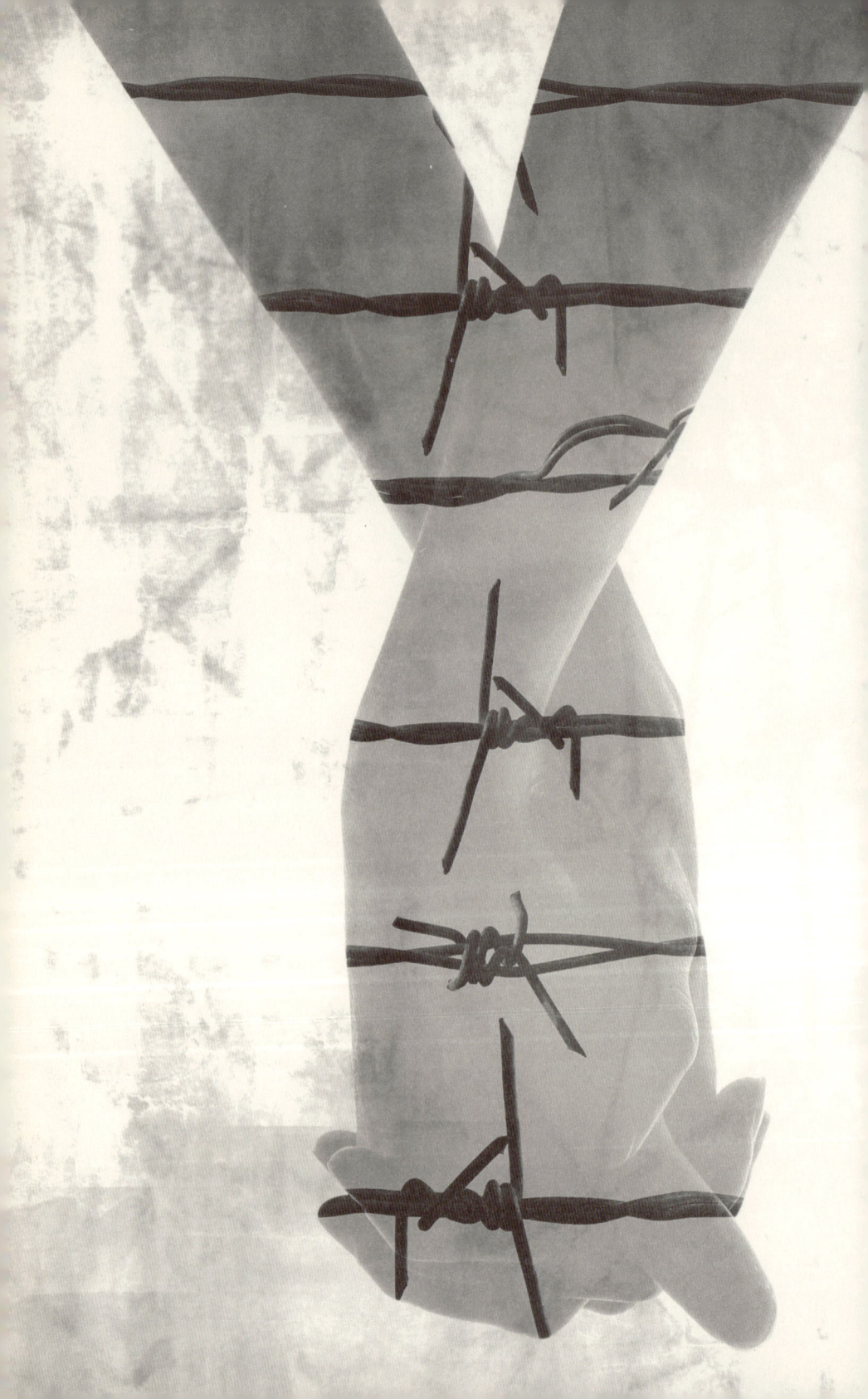

"…삼천리 반도 금수강산 하나님 주신 동산
삼천리 반도 금수강산 하나님 주신 동산
곡식 익어 거둘 때니 사방에 일꾼을 부르네
곧 이날에 일 가려고 그 누가 대답을 할까
일하러 가세 일하러 가세 삼천리강산 위해 …"

찬송가가 울려 나오는 예배당 문을 나는 천천히 열었다. 예배당 안은 아무도 없었고 비어 있었는데, 다만 하얀 치마저고리를 곱게 차려입은 집사람만이 강대상 앞에 앉아 있었다. 나는 두근거리는 마음을 가라앉히려고 크게 심호흡을 했다. 그리고 집사람을 향해서 천천히 걸어갔다. 하얀 옷을 입은 집사람은 강대상 앞에 놓인 촛불 앞에 머리 숙여 기도하고 있었다. 그 모습이 마치 천사가 내려와 기도하고 있는 것처럼 보여 눈이 부실 지경이었다.
나는 집사람을 방해할까 봐 조심스럽게 다가갔다. 그리고 나도 집사람 옆에 조용히 무릎을 꿇고 두 손을 모았다. 한참이 지나 내가 옆에 온 것을 눈치챈 집사람이 나를 향해 천천히 돌아보았다. 집사람의 얼굴은 매우 평온해 보였고, 온화한 빛을 뿜어내고 있었다. 집사람은 천천히 고개를 돌려 내 얼굴을 한참 동안 바라보았다. 내 마음속에선 이것이 꿈이 아니길 비는 마음뿐이었다. 그런데 내 얼굴을 한참 동안 바라보던 집사람이 두 손으로 들어 천천히 내 볼을 만졌다. 나는 집사람의 따뜻한 손길을 느꼈고, 집사람의 손을 내 손으로 살포시 감쌌다. 그러자 집사람은 성전에 걸려있던 십자가로 내 얼굴을 서서히 돌리는 것이었다. 나는 집사람이 하는 대로 내 얼굴을 맡기고, 천천히 눈을 들어 십자가를 바라보았다.

아침 햇살을 등에 업고 빛나던 십자가상이 내 눈에 들어왔다. 그리고 십자가 뒤의 밝았던 햇살이 차츰 희미해지자, 십자가에 걸리신 예수님의 형상이 서서히 드러나 보였다. 그런데 드러난 예수님의 얼굴을 보면서 내 눈이 점점 눈이 커졌다. 십자가에 매달려 있는 예수님의 얼굴에는 가시면류관 밑의 관자놀이에서부터 턱까지 검붉은 피가 한줄기 주르륵 흘렀기 때문이었다. 피를 흘리는 예수님을 보자 무서움과 두려움이 내 가슴에 확 밀려들었다. 나는 너무 놀라서 몇 번이고 눈을 깜박이며 확인하고 또 확인했다. 그런데도 예수님의 얼굴에는 정말로 검붉은 피를 흘린 자국이 그대로 있었다. 나는,

'여보, 예수님이 피를 흘리는데 어찌 된 일이오?'

하는 표정으로 집사람을 바라보았다. 집사람은 아무 말 없이 고개만 크게 끄덕여 보일 뿐이었다. 그런 집사람에게 나는 다그치기

라도 하듯이,

"여보. 어떻게 된 거요. 예수님의 피를 흘리고 있어요."

하며 소리쳤다. 그러자 집사람은 내 말에 아무런 말도 없이 일어서더니 뒷걸음으로 멀어졌다. 나는 멀어져 가는 집사람도 안타까웠지만, 피 흘리는 예수님에 대해서 아무 말도 하지 않는 것이 더 속이 탔다. 그래서 나는 집사람에게 손을 뻗으며,

"여보! 여보"

하며 부르기 시작했다. 그러나 애타게 부르면 부를수록 집사람은 더욱더 멀리 사라져만 가는 것이었다. 나는 매우 절박하게,

"여보!! 여보!! 제발 가지 마오!!"

하며 외쳤고. 끝내 집사람은 어둠 속으로 사라지고 말았다.

"여보, 여보, 여보!"

내가 외치는 '여보'라는 목소리는 내 귓속으로 파고들었고, 그 소리에 나는 벌떡 일어나 앉았다. 그리고 컴컴한 감방을 알고 나서 정신을 가다듬었다.

'아! 꿈이었구나… 또 꿈을 꾸었구나.'

이런 생각에 꿈인 것을 알면서도 사라지는 집사람의 모습이 너무 아쉬워 한참 동안을 숨만 몰아쉬었다. 한참이 지나고 나는 머리맡에 있던 물을 다 마시고서야 정신을 차렸다. 그리고 감방 안을 휘돌아보았다. 여전히 찬바람은 감방을 휘젓고 있었고, 죄수들은 추위에 떨면서 자고 있었다. 그리고 혹시나 하는 맘에 596의 자리도 쳐다봤다. 그런데 596도 잠들어 있는지 그쪽 벽에는 어떤 그림

처절한 지옥에서 123

자도 보이질 않았다. 난 벌렁거리던 심장이 점차 잦아들자,

'대체 이런 꿈이 있나. 집사람이 보여준 십자가에 예수님이 검붉은 피를 흘리고 있다니….'

하고 한참을 생각했다. 그리고 한참이 지난 후에야 비로소 엄습해오는 추위에 모포를 뒤집어쓰며 자리에 누웠다. 내 머릿속에서는

'집사람이 왜 피 흘리는 예수님의 얼굴을 보여준 걸까? 뭔가를 알려주려는 건가? 아니면 다른 뜻이 있는 건가? 대체 무슨 뜻일까?'

하는 생각이 뒤죽박죽이었다. 그런데도 한편으로는 꿈에서라도 집사람을 보았다는 설렘이 있었다. 그리고 그 설렘 한편에 예수님의 피 흘리는 모습에 두려움과 공포가 있었고, 이것들이 서로 뒤죽박죽이 되어갈 무렵 다시금 잠에 빠졌다.

501의 재촉에 잠에서 깬 나는 멍한 표정으로 운동장으로 나갔다. 아직은 이른 봄이라 그런지, 감방 건물 밑에는 잡초가 달빛을 받아 푸르스름하게 빛나고 있었다. 물론 옷을 다 벗은 알몸의 추위는 달빛의 풍경도 금세 잊게 할 만큼 고통스러웠다. 새벽 점호를 받는 내내 나는 밤에 꾸었던 꿈이 뚜렷하게 생각나질 않아 고민하고 있었다. 그만큼 집사람이 더 보고 싶었다. 꿈에선 예배당으로 들어가서 집사람의 얼굴을 본 것 같고, 내 볼에 집사람의 손길이 남아 있는 것 같기는 한데, 그다음부터는 기억이 나질 않았다. 그 다음에 뭔가 있었던 것 같은데 아무리 머리통을 쥐어짜도 기억이 나질 않았다. 나는,

'별 의미 없는 것이겠지. 집사람이 자기 얼굴을 잊어버리지 말라고 내 얼굴을 만졌던 것이야.'

하는 결론을 맺고, 더 이상 기억해내는 것을 접어 버렸다.

1949년은 남북이 따로 정부를 수립한 이래 첫해를 맞이하는 해였다. 그런데 그 첫해의 봄엔 작년 봄 때보다 더 많은 죄수가 겨울을 넘기지 못하고 죽었다. 그것은 2월부터 새로운 노동규칙이 발표되었기 때문이었다. 1월 마지막 날, 작업을 마치고 운동장에 모인 죄수들 앞에서 하늘이 무너지는 내용이 발표되었다. 물소 간수장은 표독한 눈을 치켜뜨고 돼지 멱따는 목소리로,

"조선 민주주의 공화국 내각은 이번에 새로운 노동 규약을 발표했다. 이 규약에 따라 우리는 더 강한 조국을 만들기 위해 불철주야로 노력해야 한다. 새로운 규약에 따라 지금까지 일요일에 쉬었던 모든 공장도 격주로 가동하게 되었다. 따라서 특별 노무자 수용소의 모든 죄수도 위대한 내각의 결정에 따라 일요일도 격주로 노동 순화 작업을 실시한다. 또한, 공장 가동 시간이 늘어남에 따라 작업량도 천사백 가마니로 수정되었다. 모든 죄수들은 반드시 할당량을 채워야 한다. 만일 할당량을 다 하지 못하는 사람들은 다음 날 식량 배급을 삼분의 일로 줄인다. 또한, 작업을 나가지 못하는 환자도 배급량을 절반으로 줄인다. 다들 알아들었나?"

하고 말했다. 이런 말도 안 되는 내용을 발표하는 물소 간수장의 표정이 더 비열하게 비쳤다. 죄수들은 끔찍한 발표에 그저 멍한 눈

을 뜨고 서로 바라보기만 했다. 죄수들이 아무 대답을 하지 않자, 물소 간수장은 목청을 더 높여,

"알겠난 말이다!"

하는 것이었다. 벼락 치는 물소 간수장의 목소리에 정신을 차리고 어쩔 수 없다는 듯이,

"에. 예"

하고 대답했고, 물소 간수장의 호령에 따라 감방으로 들어갔다. 이후 감옥생활은 더욱 깊은 지옥으로 떨어졌다. 정신이 아득할 정도로 일을 해야 겨우 달성했던 작업량이 백 가마니나 더해졌고, 그나마 숨 고르기라도 했던 매주 휴일이 격주로 바뀌어 죄수들의 피로는 한층 누적돼갔다. 새로운 노동 교화 방침이 시행된 다음부터는 감방으로 돌아와 쓰러지는 죄수들이 늘어났고, 쓰러진 죄수는 작업을 못 나가고, 그럼 그다음 날 배급은 절반으로 줄었다. 결국, 밥도 절반밖에 먹지 못하는 죄수는 회복하지 못하고 며칠 후면 시체가 되어 실려 나갔다.

규칙이 바뀌고 나서 죽어 나가는 죄수들이 배로 늘었고, 매월 들어오던 신입 죄수도 그때부터는 아무 때나 들어왔다. 우리 감방도 침 흘리던 727이 심한 감기에 걸리더니 며칠 후에 피를 토하며 죽어 나갔고, 독립운동가의 후손을 자랑하던 457과 광부 출신의 421도 죽었다. 그 외에도 6명이나 더 죽어 그때그때 새로운 죄수들이 들어왔다. 그래도 우리 방은 죽은 사람들이 적은 편이었다. 어떤 감방은 살아남은 자가 열두 명뿐인 곳도 있었다. 신입 죄수도 하루

가 다르게 얼굴과 몸이 말라서 한 달이 지나기도 전에 몰골이 말이 아니었다.

방장 919도 얼굴이 더 까맣게 말랐고, 얼굴에 있던 호랑이 눈물 흉터가 더 길게 늘어져 보였다. 방장 919도 무척 힘이 들었던지 간수의 감시가 소홀한 틈을 타서 죄수들이 눕더라도 아무 말이 없었다. 그래서 그런지 아침 먹는 시간이나 잠자기 전에 죄수들은 몇 명이 둘러앉아 이런저런 이야기도 자유롭게 하게 되었다. 물론 감시가 심해진 간수들의 눈을 피해서 하는 것이다.

나는 더 힘들어진 감옥 생활에서도 살아서 나가겠다는 각오만큼은 더 강했다. 집사람의 원수이고, 내 등을 지옥으로 떠민 김갑술을 꼭 죽이겠다는 맹세 의식도 절대 잊지 않았다. 그리고 김갑술이란 이름이 생각날 때마다 596을 쨰려보는 내 눈빛은 더 강해졌다. 596도 늘어난 작업량과 격주로 쉬게 되어서인지 부쩍 말라 보였다. 말수가 적은 것은 여전했지만, 작고 빛나던 눈이 더 깊숙하게 패어 보였고 코는 더 날카롭게 보였다. 어느 날, 596의 면상을 한참 동안 보고 있는 나에게,

"형님, 그렇게 쨰려보고 있으면 안 피곤해요?"

하면서 501이 옆에 앉았다. 그때 나는 저녁밥을 기다리며 벽에 등을 기대고 596을 쳐다보고 있던 중이었다. 나는 얼른 영일에게 눈길을 돌리며,

"응, 괜찮아. 너도 요즘 더 피곤하지?"

하고 말하자, 501은 감방 안을 한번 휘둘러보더니,

"우리 방도 신입이 아홉 명이나 돼요. 그래도 우리 방은 적은 편이죠."

하며 나를 쳐다보았다. 501의 말을 들으며 곰곰이 생각해 보니,

'작년엔 겨울을 못 넘기고 죽은 사람이 여섯 명. 올해는 아홉 명. 그런데 다른 감방은 여섯, 일곱 명이던 것이, 올해는 스무 명씩이 넘게 죽었다.'

라는 생각이 들었다. 그래서,

"그러고 보니 그러네. 우리 방이 제일 적은 것 같은데"

라고 이야기하자 501은,

"형님, 아까 방장하고 부방장하고 이야기하는 것을 들어보니까. 596이 이 방으로 들어오고 나서부터 이 방에서 죽은 사람들이 제일 적다고 하더라고요. 596이 미숫가루도 나눠 먹고, 사람들 겨울 외피도 꿰매주고, 똥간도 항상 청소해서 냄새도 덜 나고, 병에 걸린 사람도 줄었다고요. 아 참, 그리고 596은 매일 새벽에 빨리 일어나서 운동을 한대요. 형님은 몰랐죠? 그런데 요즘에는 596이 하는 운동을 따라 하는 사람도 있대요. 그래서 죽은 사람들이 적은 거 같다고…."

하며 말꼬리를 흐렸다. 아마 내가 596을 미워하는 것을 알고 있기 때문인 것 같았다. 그런 501의 말에 내가 아무런 대꾸를 안 하자,

"그래서 그런지 요즘은 596에게 선생이라는 별명으로 부르는 사람들도 있대요."

"뭐? 선생?"

"네. 새로 들어오는 죄수들 사이에서 이 감옥에서 살아서 나가려면 596에게 물어보라는 말까지 돈대요."

"뭐? 여기서 살려면 596에게 물어보라고?"

"예. 그래서 596을 선생이라…."

501은 또 말꼬리를 흐렸다. 그리고 내 표정을 한번 살피더니,

"형님, 형님이 596 처음 이 방에 들어왔을 때, 나한테 잘 지켜보라고 해서 저도 틈만 나면 지켜봤는데요. 아무리 지켜봐도 별로 삐뚤어진 데가 없었어요. 596이 생각했던 것보다 그렇게 나쁜 놈 같지는 않던데…."

하면서 내 눈치를 보며 조심스럽게 말했다. 나는 501에게 아무런 말도 할 수 없어서 그냥 쳐다보기만 했고, 그런 내 눈빛이 부담스러운지 501은 엉거주춤 자기 자리로 돌아가 누워버렸다. 501의 말에 기분이 상한 나는 다시 596을 쳐다보았다. 596의 주변에는 항상 붙어 다니는 191과 838 그리고 신입 죄수들이 모여 앉아 이런저런 얘기를 하고 있었다. 596 쪽이 별 볼일 없이 시큰둥해진 나는 천정을 보며 꿈에선 본 집사람의 얼굴을 떠올리려고 노력했다. 그리고 집사람이 따스한 손길로 내 얼굴을 돌려 보여주었던 장면도 기억해 보려고 했다. 그러나 역시 아무런 기억이 나질 않았다.

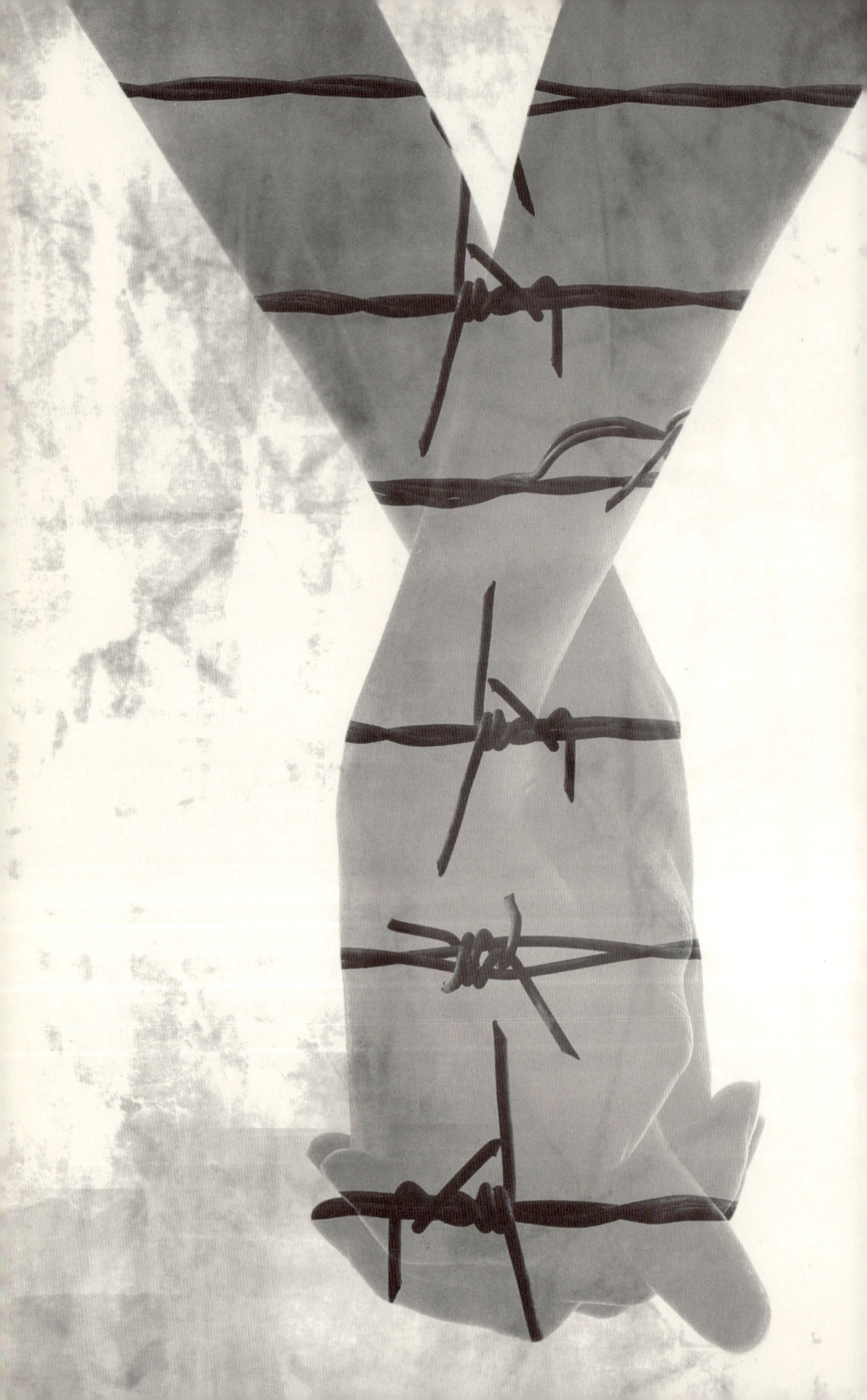

9장
지옥 밑창에서 피는 꽃

날씨가 따뜻한 오월에도 596의 주변에는 십여 명의 죄수들이 모여서 이런저런 이야기를 했다. 대부분이 신입 죄수들이었고 개중에는 596보다 먼저 들어온 죄수들도 몇몇이 있었다. 그런데 가끔 596 곁의 사람들 틈에는 방장의 모습도 보였다. 596과 이런저런 이야길 나누는 방장의 표정은 험악하다기보다는 미소를 보이기도 하였다. 596 앞에서 웃는 방장의 표정을 볼 때마다 내 마음은 이상하게 더 역겨웠다.

그런데 유독 596의 주변에서 떨어지기를 싫어하는 죄수가 있었다. 그는 이번에 새로 들어온 359였다. 신입 359는 오십이 훨씬 넘었는데, 밖에선 평양의 큰 교회의 목사였다고 했다. 공산당 정권이 새워진 후, 교회 목사들이 꽤 많이 흥남으로도 들어왔는데, 공산당은 종교를 아편이라고 해서 말도 안 되는 죄목을 뒤집어씌워 이곳으로 보냈다. 이렇게 흥남 지옥으로 들어온 대부분의 목사들은 서너 달을 넘기지 못하고 죽어 나갔다. 예배당에서 거룩한 설교만 하고 고된 일을 해보지 않았던 사람들이라, 이곳의 중노동과 먹는 것을 견디내지 못하는 것이었다.

그런데 신입 359 목사는 들어와서 바로 596과 며칠 이야기를 나누더니 생활하는 것이 우리와 별반 다르지 않았다. 아니 어쩌면 다른 신입 죄수보다도 더 열심히 일을 했고, 먹는 것도 그다지 집착하지 않았다. 그리고 큰 교회 목사여서 그런지 매주 면회 오는 사람이 있어서 항상 머리맡에는 미숫가루며 쌀가루가 든 자루가 있었다. 그런 목사 359를 보면서,

'목사라는 사람도 우리랑 같이 고된 일도 할 수 있는 사람이구나.'

하고 관심 있게 지켜보았다. 그리고 가끔은 목사 359와 이야기를 나눠보고 싶은 생각이 들었다. 그것은 어쩌면 항상 내 마음에 불타고 있는 김갑술에 대한 복수심을 조금이라도 털어놓으면 맘이라도 편해지지 않을까 하는 생각에서였다.

그러던 초여름으로 접어든 어느 날이었다.

"죄수번호 298. 밖에서는 고기 잡는 배를 탔었습니다. 죄명은 살인죄로 사형수입니다."

작업을 끝내고 쓰러질 듯이 감방으로 돌아오니 신입 죄수가 한 명 있었다. 며칠 전에 학질에 걸려 죽은 죄수 자리를 채우기 위해 들어온 신입이었다. 찬바람이 불기 전까지는 감방에 학질 걸리는 사람들이 끊이지 않았다. 아마도 식수로 배급되는 물에 문제가 있는 것 같았다. 큰 소리로 자기소개를 한 어부 298은 배를 타던 사람이라 그런지 손은 투박하고 거칠었지만, 얼굴은 순박하게 생겼

다. 그런데 298이 사형수라는 말에 대부분 죄수가 머리를 숙이며 그의 눈을 보려고도 하지 않았다.

이곳 죄수들이 눈을 까는 사람은 두 부류가 있었다. 첫째는 방장이고 둘째는 사형수였다. 심지어 방장까지도 살인죄를 지은 사형수는 특별히 대우했다. 그것은 사형수는 이미 살기를 포기한 사람들이라 자기 맘에 안 들면 감옥 안에서도 어떤 일을 저지를지 모르기 때문이었다. 방장은 살인죄로 들어온 사형수 298에게,

"여기서는 사고 치지 말고, 저기 저쪽에 빈자리를 써라. 그리고 개인 물품은 위에 있는 선반에 올려둬."

라고 말하고는 자기 자리에 누워버렸다. 방 안 죄수들은 298과는 눈도 맞추지 않으며 삼삼오오 소곤거렸고, 몇몇은 쓰러져 눕기도 했다. 298은 옷가지와 수건을 선반에 놓고 앉으면서 바로 옆에 있던 죄수에게,

"여기 596번이 있습니까?"

하고 물었다. 어부 298 옆에는 농부 838이 앉아 있었고, 838은 손안에 생쥐를 슬그머니 감추고 그를 쳐다보며,

"예. 596은 저기 앉아 있는데, 왜요?"

하고 대답하였다. 어부 298은 838의 손이 가르치는 쪽을 한번 힐끔 쳐다보더니,

"내가 실은 다른 방에 배치되었었는데, 흥남 감옥에서는 596이 유명하다는 말을 들었습니다. 그래서 어떤 사람이길래 유명한지 보고 싶어서 간수에게 부탁해서 이 방으로 왔거든요."

하는 것이었다. 298의 말에 내 머리가 갑자기 띵했다. 나는 속으로,

'여염집 아녀자나 후리는 596이 다른 감방에서도 유명하다고?'

하는 생각으로 298을 천천히 바라보았다. 298은 838이 알려준 사람 옆으로 걸어가서는,

"반갑습니다. 596번. 난 298입니다. 꼭 만나고 싶었습니다."

하는 것이었다. 596은 아무 말 없이 그를 한참 동안 보더니 이내 자리를 만들어 그를 옆에 앉게 했다. 나는 무슨 일이라도 벌어졌으면 하는 맘이 굴뚝같았다. 그리고 298의 말이 더 잘 들리는 곳으로 자리를 잡기 위해서 똥간에 가는 척하며 근처에 가서 자리를 잡고 앉았다.

596 옆에 자리하고 앉은 298은 596에게,

"선생님, 저는 나진에서 고깃배를 타던 사람입니다. 하루는 선장이 바다에 빠져서 허우적대는 것을 구하려고 했는데, 구하질 못했습니다. 그런데 같은 배를 타고 있던 선장의 동생이 저를 살인범이라고 몰아서 여기로 왔습니다. 선장이 바다에 떨어지기 전에 동생과 싸우던 것을 내가 똑똑히 보았는데, 경찰에게 아무리 이야기를 해도 제 말을 들어주지 않았습니다. 저는 억울합니다. 그리고 꼭 살아서 집에 돌아가야 합니다. 집에는 집사람이 나이 어린 애 셋을 키우며 늙으신 부모님을 모시고 있습니다. 지금은 사형수이지만 꼭 감형을 받아 반드시 집으로 돌아가야 합니다."

하며 훌쩍대는 것이었다. 나는 한바탕 싸움이라도 나서 사형수

298이 596을 흠씬 패주는 것을 기대하고 있다가 허를 찔린 기분이었다. 눈물을 훔치던 298은,

"그런데 여기 와서 들은 이야기가 이곳에서 살아 나가려면 596과 친해져야 한다는 말을 듣고, 방을 옮겨 달라고 간수에게 수십 번을 부탁해서 이 방으로 온 것입니다. 선생님 저는 꼭 살아서 누명도 벗고 부모님도 모셔야 합니다. 선생님 제발 부탁드립니다."

하며 596에게 고개를 숙이는 것이었다. 596은 고개 숙여 부탁하는 사형수 298을 그저 한참 동안 쳐다볼 뿐 아무 말이 없었다. 이때 359 목사가 298의 어깨를 쓰다듬으며,

"여보게 298. 참 많이도 억울하겠네. 그려. 너무 걱정하지 말게. 596 선생 이야기를 잘 듣고 따라 하기만 하면, 자네도 여기서 살아 나갈 수 있을 것이네. 596 선생은 작년에 모범 죄수 상도 받지 않았나. 그러니 자네도 모범수가 되면 감형되지 않겠나? 나도 596 선생이 가르쳐 주는 것을 따라 하다 보니까 이렇게 잘 버티고 있네."

하는 것이었다. 그리고 나서는 596에게도,

"596 선생, 298에게도 여기서 살아가는 데 필요한 이야기를 좀 해주세요. 내가 보기에 참 불쌍한 사람이네요."

하는 것이었다. 그러자 다른 곳에서 힐끔대고 있던 신입 죄수들도 여기저기서 모여 앉으며 이구동성으로,

"예, 선생님. 몇 가지 더 가르쳐주세요."

하는 것이었다. 나는 지금까지 본 적이 없는 광경을 지켜보면서,
'이것이 무슨 일이지?'

하는 마음에 침을 꼴깍하고 삼켰다. 그리고 여태껏 596에게 트집 잡을 생각에 오랫동안 지켜보기는 했지만, 실상 596이 말하는 것을 변변히 들어 본 적이 없었기 때문에 한편으론 호기심도 생겼다. 속으로는,

'596 저놈, 말이나 변변하게 할 줄 아는 놈인가?'

하는 생각도 들어 이참에 말하는 것이나 들어볼까 하는 맘으로 그를 지켜보고 있었다. 그러자 아무 말이 없던 596이,

"그럼 제가 몇 가지만 말씀드려도 될까요?"

하며 천천히 입을 떼는 것이었다. 그러자 596을 에워싸고 있던 죄수들은 이구동성으로,

"예. 선생님, 부탁합니다."

하는 것이었다. 나도 호기심에 귀를 쫑긋 세웠다. 물론 내가 596보다 일 년이나 오래되었기 때문에 이곳 생활은 더 잘 안다고 생각했지만, 혹시 도움 되는 말이 있을지 몰라 들어보자는 생각도 있었다. 596은 반대편의 감방 문과 방 안을 한번 훑어보고 나서는 빠른 말투로,

"이곳 홍남 감옥은 다른 감옥하고는 다른 곳입니다. 다른 감옥은 죄수들이 죄를 뉘우치기 위해서 감옥생활을 시키지만, 여기는 죽이기 위해서 중노동을 시킵니다. 징역을 시킬 목적이 아니고, 죽이기 위해서 노동을 시키는 것이죠."

하는 것이다. 나는 그 첫 마디에 깜짝 놀랐다. 만일 이런 이야기를 간수가 들었다면 족히 한 달은 지하 체벌방에 가둘 것이다. 나

는 지하 체벌방에 대해서는 말로만 들어 본 적이 있었다. 지하 체벌방은 한 사람이 들어가서 똑바로 누울 수 없는 다섯 자가 안 되고 폭이 좁은 방이었다. 감방 안에서 소란을 피우는 죄수는 복도로 끌려 나가, 곤봉으로 죽도록 맞은 후에 체벌방에 수감된다. 나는 체벌방이란 단어가 머리에 떠오르자, 지난겨울에 죽은 457이 일주일간 체벌방을 갔다 와서 했던 말이 떠올랐다.

"그곳에서는 다리를 펴고 누울 수도 없고, 용변기도 없으며, 지하라 창도 없어, 칠흑같이 캄캄해서 눈앞에 있는 손도 안 보여. 그래서 자기가 먹는 것이 밥인지 똥인지 맛도 구분이 안 돼. 목을 매고 싶어도 맬 곳도 없어. 거기는 그냥 관 속이야. 무덤 안의 관. 발도 못 뻗는 관 속."

그때 457의 이야기를 들은 죄수들은 한동안 감방 안에서 매우 얌전히 지냈었다. 방장 919도 간수를 대할 때 눈을 밑으로 깔며 조심했을 정도였다. 그런데 지금 596의 말을 들으면서,

'596, 저놈. 간수가 들으면 바로 체벌방으로 갈 말을 서슴없이 잘도 하네….'

하는 생각으로 동그란 눈으로 596을 지켜봤다. 그런데 되려 596은 전혀 개의치 않는다는 투로 말을 이어 나갔다.

"우리를 죽이기 위해서 이곳으로 보냈기 때문에, 여기서 배급되는 밥은 다른 감옥에서 배급되던 것보다 훨씬 적어요. 그런데 우리 위장은 이곳에 오기 전 먹었던 양이 있어 크기가 큽니다. 그래서 배급 나오는 밥으로는 절대로 양이 안 찹니다. 양도 안 차는 밥

을 먹고, 종일 중노동을 하면서 살아가려고 발버둥 쳐도 절대로 못 삽니다. 살아남을 수가 없어요. 그래서 이곳 있는 사람들이 걸신들린 아귀처럼 보이죠. 그렇기 때문에 여기서 살려면 처음부터 먹는 양을 줄여야 됩니다. 아예 첨부터 양을 줄여서 위장이 밥을 조금만 먹어도 배가 부르다는 느낌이 들도록 만들어야 해요. 그 방법은 처음엔 배급받은 밥의 절반만 먹는 거예요. 이것을 한 달 이상 하게 되면, 위장이 차츰차츰 줄어들어 한 달 후에 배급받은 밥을 다 먹게 되면, 두 사람 분량을 먹는 것 같은 생각이 들게 되어 배고픔을 모르게 됩니다. 그렇게 하면 허기지는 것을 느끼지 못하고 오히려 배가 부르다고 느껴집니다. 그러면 이곳 생활을 견딜 수 있습니다.”

라고 하는 것이었다. 나는 596의 이야기를 들으면서 적잖게 놀랐다. 그리고 596이 이 방에 들어왔을 때, 자기 밥 덩어리의 절반을 191에게 매일 주었던 것이 생각나서,

'아하! 그래서 저놈이 밥 덩어리를 나눠주었구나.'

하는 생각을 하는 동안 596의 말은 이어졌다.

"그리고 여기 있는 사람들은 배가 너무 고픈 나머지 밥을 우물우물해서 꿀떡하고 삼킵니다. 그런데 그렇게 적당히 씹어 삼키는 밥 덩이가 위장으로 들어가면 뱃속에서는 영양가를 다 흡수하지 못하고 변으로 배출됩니다. 먹는 양도 적은데 흡수가 다 안 되는 것이죠. 그래서 밥은 될 수 있는 한 오랫동안 씹으십시오. 맨밥이라도 씹으면 씹을수록 단맛이 나고 완전히 씹어서 삼키면 뱃속에서

완전히 흡수됩니다. 그러면 먹는 양이 충분치 않더라도 최소한 목숨은 이어갈 수 있습니다. 그리고 암모니아 비료에서는 유산이라는 독이 나옵니다. 내가 와세다에서 공부할 때, 가와사키 공장에서 잡부로 일을 한 적이 있습니다. 그때 유산이 들어있던 탱크 속에서 15분 이상 일을 하면 피를 토합니다. 유산이 그렇게 독합니다. 그리고 유산에 살이 닿으면 살도 녹습니다. 그렇기 때문에 절대 살을 내놓고 일을 하지 마세요. 여름에 아무리 덥더라도 소매를 내리고, 바지는 대님을 매서 유산독이 살에 묻지 않게 해야 합니다."

라고 하는 것이었다. 나는 596의 말에 계속 놀랐다. 지금 생각해 보니, 596과 같은 조가 돼서 일 한 적이 수없이 많았지만, 한 번도 596이 소매를 걷어붙이거나 정강이를 본 적이 없었기 때문이었다.

'아하! 그래서 저놈이 항상 바지에 대님을 맸었구나. 그리고 뜨거운 김이 모락모락 나는 비료 더미 속에서도 소매를 내리고 있었고….'

하는 생각을 할 때,

'596 저놈. 이빨이 깨지는데도 두꺼운 철사를 이로 잘라서 바늘을 만들고 솜을 뽑아서 실을 만들었대요. 머리는 좀 있는 것 같아요.'

라고 했던 501의 말이 떠올랐다. 그런데 596이 이야기 속에서 나를 더 놀라게 했던 것은 유산에 관한 이야기가 아니었다. 그것은 596이 동경에서 공부를 했다는 말이었다. 나는 596이 하는 말을 더 듣고 싶었지만, 그가 나를 힐끔힐끔 쳐다보는 것이 마음에 걸려 슬그머니 자리로 돌아왔다. 자리에 앉아서도 596 쪽을 보니 신입

죄수들은 596의 말에 고개를 끄덕이고 있었는데 특히 298은 정신을 쏙 빼놓고 있었다. 나는,

'596 저놈, 동경에 유학까지 했다니….'

하는 생각에 어쩐지 내 모습이 초라해졌다.

푹푹 찌는 여름철에도 쉼 없이 계속되는 힘든 중노동에 특히 신입 죄수들이 많이 죽어 나갔다. 매주 일요일 쉬던 것이 격주로 쉬게 되고, 병자나 할당량을 채우지 못한 이들에게는 밥이 절반으로 줄었기에 죄수들이 줄줄이 죽어 나갔다. 그래서 죽은 숫자만큼 신입 죄수들도 계속해서 들어오고 있었다. 그런데 이상하리만큼 우리 방 신입 죄수들은 잘 버텼다. 그리고 여름철 내내 가끔 방장은 596을 불러 이런저런 이야기를 나누었고, 그 자리에는 부방장 739도 함께했다.

신입 죄수들이 들려주는 바깥의 세상은 많은 변화가 있었다. 어부 298의 이야기로는 자기가 살던 나진 항구에는 큰 화물선이 낡은 소련제 탱크며 무기들을 실어 왔다고 했다. 그리고 다른 신입 이야기로는 삼팔선 근처에서는 가끔씩 총소리도 들리게 되었다고 했다. 평양이든 개성이든 모든 거리에는 붉은색 인공기가 걸려있고, 어린이들은 공산당을 찬양하는 노래를 부르고 다닌다고 했다. 대부분 청년들은 인민군대에 강제로 징집당해서, 농사일을 노인들과 애들이 하고 있다고도 했다. 이런 얘기를 들을 때마다 난 직감적으로,

'인민정부가 뭔가 계획하고 있는 것 같은데…, 혹시 이러다 전쟁이라도 터지는 것 아닌가?'

하는 불안감이 몰려왔다.

여름을 넘기며 선선한 바람이 불기 시작한 어느 때부턴가 방장과 부방장과 596이 같이 이야기하는 날이 점점 많아졌다. 그리고 오랜만에 찾아오는 9월의 마지막 일요일 오후에 방장이 방에 있는 죄수들을 모두 불러 모았다. 이때 부방장은 감방 문의 개구멍으로 어디서 구했는지 조그마한 거울로 간수가 오는 것을 망봤다. 감방 안 죄수들을 불러 모아놓고 방장은 밖에서는 들리지도 않게 조그마한 목소리로,

"내가 너희들에게 하고 싶은 말은 아무것도 없다."

라고 말하는 것이다. 무슨 중요한 일인가 하고 귀를 쫑긋 세우고 있던 죄수들 속에서는 실없는 방장 말에 피식피식 웃었다. 웃고 있는 대부분은 방장 919의 무서움을 모르는 신입 죄수들이었다. 나는 호랑이 방장의 무서움을 너무나 잘 알기에 더 긴장하며 방장을 쳐다보았다. 방장은 이런 반응이 아무렇지 않다는 듯이,

"내가 할 말이 없지만, 너희들 모두, 지금부터 하는 596의 이야기는 다 들었으면 한다. 며칠 동안 서로 많은 이야기를 했는데, 너희들이 596의 말을 꼭 들어볼 필요가 있다고 생각했다. 그럼 조용히 하고, 596의 말을 들어보자."

라고 하는 것이었다. 나는 방장이 596을 비호하는 말에 눈에 불이 튀었지만, 뭐라 말할 수 없어서 조용히 듣기만 했다. 596은 빙

둘러앉아 있는 죄수들의 가운데에 앉아서 조심스럽게 말을 꺼냈다. 신입 죄수들은 똘망똘망한 눈빛으로 596을 쳐다보고 있었고, 오래된 죄수들도 무슨 이야길 하나 들어보기나 하자는 표정으로 앉아있었다. 596은 특유의 빠른 말투로,

"시간이 없기 때문에 간단하게 말씀드리겠습니다. 지금 북쪽에는 소련이 지원하는 인민정부가 들어서 있고, 남쪽에는 미군이 지원하는 한국 정부가 들어서 있습니다. 그런데 모든 정세를 보았을 때, 앞으로 남북 간에 전쟁이 터질 것 같습니다. 그런데 전쟁이 터지기 전, 인민정부는 우리 죄수들을 더 사지로 몰아넣을 것입니다. 우리가 매일 작업장에서 나르는 비료는 흥남항에서 소련으로 갑니다. 그리고 소련에 갔던 배에는 많은 소련제 무기들이 들어오고 있습니다. 지방 도시들도 이미 두꺼운 시멘트 길을 다 깔아 놓았다고 합니다. 이것은 30톤이 넘는 땡크가 쉽게 지나가도록 만든 겁니다. 이것도 역시 전쟁을 위한 준비입니다. 전쟁이 터지기 전에는 지금보다 작업 할당량도 더 늘어날 것이고, 식량 배급은 더 줄 것입니다. 그렇게 되면, 아마 여기 있는 사람 중에서 살아서 집으로 돌아가는 사람들도 결코 많지 않을 것입니다. 그래서 이제부터는 여기 있는 우리끼리 힘을 합쳐서 함께 살아야 한다고 봅니다."

라고 말했다. 나는 596의 이야기가 매우 논리적이며 앞뒤가 맞는 말이라고 여겼다. 어차피 인민정부는 우리 같은 죄수들을 살려둘 필요가 없기에, 더 힘들게 노동을 시킬 것이 뻔한 이치였다. 내가 신입 죄수들에게 들었던 말도 이런 정황과 비슷했기 때문에 어

쩔 수 없이 공감했다. 그래서 나도 꼭 살아서 나가야 한다는 생각만큼은 간절한데, 그 방법이 없어서 점점 희망을 잃어가던 중이었다. 특히 최근 며칠간은 직감적으로,

'이러다가 웬수 김갑술을 죽이지도 못하고 내가 먼저 죽는 것이 아닌가.'

하는 생각에 잠까지 설친 적이 있었다. 그런데 지금 596이 감방에서 죄수들끼리 서로 힘을 합쳐서 같이 살자는 말을 하고 있는 것이었다. 나는 속으로는 이치에 맞는 이야기라고 생각하면서도 그 방법이 궁금했다. 이런 내 마음을 읽기라도 하듯이 596은 잠시 뜸을 들이더니,

"우리끼리 힘을 합쳐서 살기 위해서는 서로가 조금씩 희생해야 합니다. 먼저 작업장에서는 우리 방 사람끼리 같은 조를 만들어 일을 하는 것이 좋습니다. 그래야 서로가 서로를 도와서 작업량을 마칠 수 있습니다. 모르는 사람과 일을 같이하면 손발이 맞지 않아 작업시간이 훨씬 많이 걸립니다. 그래서 같은 방 사람, 서로 잘 아는 사람끼리 조를 짜는 것이 좋습니다.

그리고 병이 나서 작업을 못 하는 사람에게는 우리 모두가 밥알을 조금씩 떼서 병든 사람이 많이 먹을 수 있게 해야 합니다. 병자에게는 배급 식량도 절반밖에 안 됩니다. 절반의 밥으로는 병에서 회복이 안 되고, 병자가 죽어 나가면 새로운 사람이 들어오는데, 그렇게 되면 또 손발이 안 맞아 작업이 느려집니다. 그래서 할당량을 다 못하면, 밥은 또 삼분의 일로 줄어듭니다. 이렇게 악순환이

계속됩니다. 여기 있는 누구도 병에 걸릴 수 있습니다. 그래서 병자를 위해서 서로가 조금씩만 밥을 떼어서 모아주면 병자도 빨리 회복될 것입니다.

그리고 이제 조금만 있으면 곧 겨울이 닥쳐옵니다. 겨울에 마룻바닥에서 올라오는 한기는 보통 사람도 얼어 죽게 합니다. 그러니까 내일부터 작업을 마치고 돌아올 때, 조금씩이라도 진흙을 소매 속에 넣어 오십시오. 그 진흙으로 벌어진 마룻바닥 틈을 다 메워야 합니다. 그리고 어디 있든 떨어져 있는 천 조각이 있으면 꼭 주워 오십시오. 터진 옷은 제가 다 꿰매 주겠습니다. 그런데 덧댈 천 조각이 없으면 바느질도 못 합니다. 그리고 마지막으로 차입 들어오는 모든 미숫가루나 쌀가루 등 먹을 것은 방장과 부방장에게 맡겨서 관리합니다. 그래서 먹을 때는 날짜를 정해서 모두 함께 나눠 먹으면 좋겠습니다."

라고 매우 진지한 표정으로 말했다. 그의 말에 모든 죄수는 심각한 표정으로 고개를 끄덕이며 들었다. 그렇지만 마지막으로 미숫가루 이야기를 할 때에는 조금 얼굴을 찌푸리는 사람도 있었다. 잠시 596이 말을 끊고 죄수들을 한 명씩 둘러보고 있는데, 목사 359가,

"나는 찬성이오. 신자들이 매주 차입으로 넣어주는 미숫가루를 나만 먹으니까, 미안하기도 하고 바라보는 여러분들이 눈에 들어와 미숫가루가 목에 넘어가질 않더이다. 나는 지금 당장, 내가 갖고 있던 미숫가루 자루를 방장에게 다 맡기겠소."

하는 것이었다. 이 말에 비교적 차입이 많던 신입 죄수들도

"나도 좋소."

"나도"

"좋습니다."

하는 것이었다. 오래된 죄수들은 내어놓을 것이 없어서 그런지 그저 미안한 눈으로 이들을 보고만 있었다. 그때 838이,

"저도 좋습니다. 그런데 내가 키우는 돼지가 한 마리 있는데, 방장이 키워주실라우?"

하는 것이었다. 838이 키우는 돼지는 새끼 쥐였고, 이것을 다 아는 죄수들은 838의 엉뚱한 말에 한바탕 웃음이 터졌다. 웃음소리가 너무 컸는지 부방장이 놀란 토끼 눈을 하며 이쪽을 향하여 조용히 하라는 투로 양손을 저었다. 모두는 부방장의 손짓에 얼른 입을 막았다.

내가 이 감방에 들어온 지 2년이 넘었는데 처음으로 모든 죄수들이 함께 웃는 모습을 보았다. 누구 하나 할 것 없이 모두가 죄를 짓고 감방에 들어오기에 서로가 서로를 믿지 못할 뿐만 아니라, 밖에서 살던 버릇이 있어 다투는 일이 끊이지 않았던 감방이었다. 하루에도 몇 명씩이 죽어 나가고, 먹다 죽은 동료의 입에서 씹던 밥까지 손으로 긁어내어 먹던 아귀들이 지금 웃고 있는 것이었다. 그런 죄수들의 웃음소리를 듣는 것은 내게는 이상한 느낌까지 들게 했다.

모두가 방장의 손짓에 따라 제자리로 돌아가 조용히 앉자마자 물소 간수장이 방 안을 유심히 살펴보고 사라졌다. 나는,

'어차피 나는 아무것도 손해 볼 것이 없다.'

라는 생각과 596을 편애하는 듯한 방장을 생각해서 따르기로 하였다. 그러면서도 한편으로는 일 년 넘게 벙어리처럼 말 한마디 변변히 않고, 묵묵히 일만 하던 596의 언변에 새삼 놀랐다. 그래서 죄수들이 그를 선생이라고 부른다는 말이 기분은 나쁘지만 약간 이해는 되었다. 그날 밤 모포를 뒤집어쓴 나는 오늘 있었던 일을 다시금 떠올렸다. 그러자 죄수들이 환하게 웃던 모습이 눈앞에 선선했다.

'지옥의 밑창에서 웃음꽃을 피게 하다니… 596은 대단한 놈이다.'

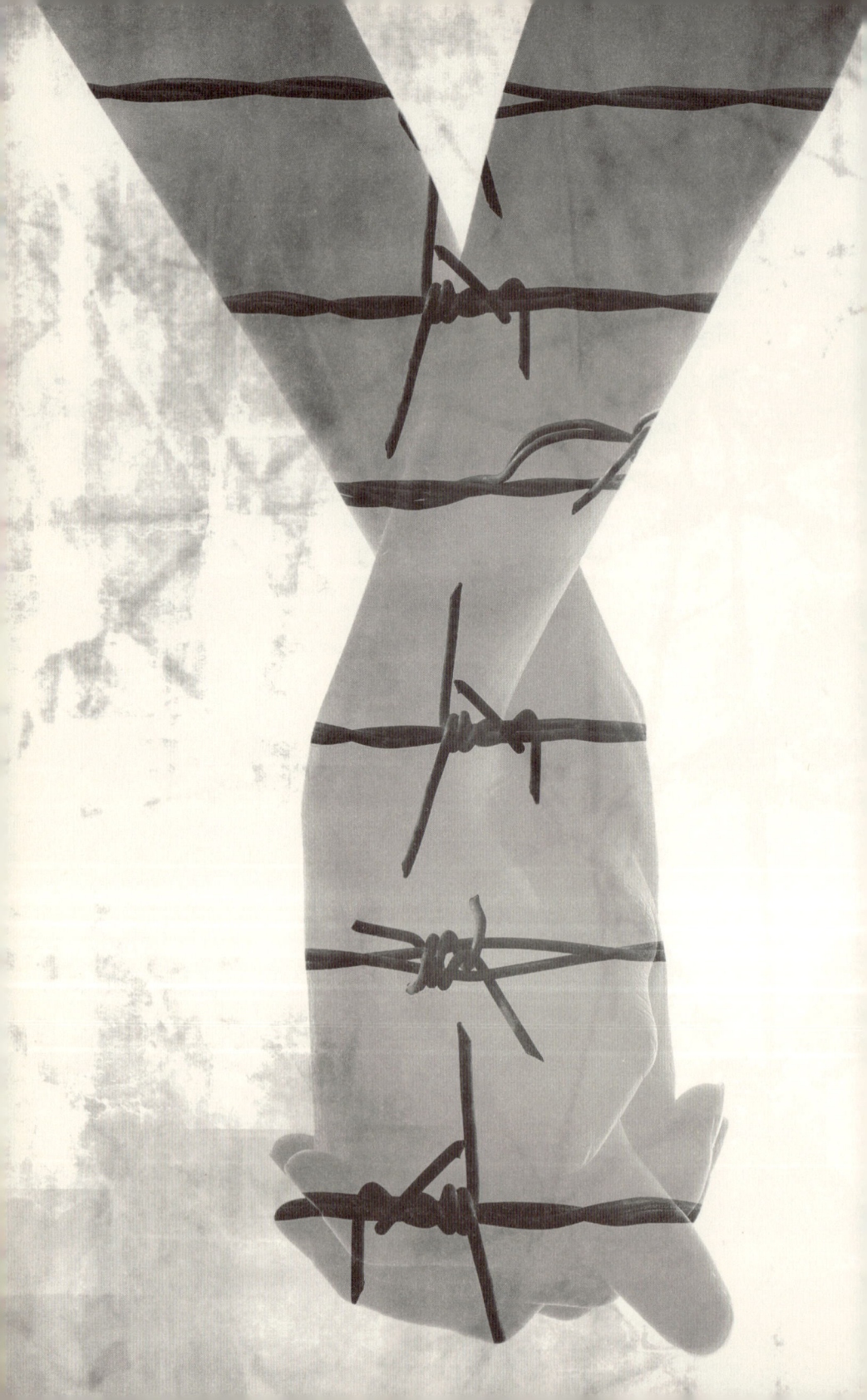

10장
살아남기 위하여

다음날부터 감방의 생활이 달라지기 시작했다. 359 목사와 몇몇 죄수들은 차입 받은 미숫가루를 방장에게 다 맡겼고, 똥간 앞에서 서로 다투던 모습도 사라졌다. 작업장에 나가는 사람들은 모두 대님을 매고 있었고, 우리 방 죄수끼리 같은 조가 되어 작업을 했다. 신입 죄수가 손이 느리면 오래된 죄수는 빨리하는 방법을 알려주었고, 힘이 없는 죄수는 포대 잡는 일로 돌리고, 힘 있는 죄수들이 어려운 일을 맡아서 했다. 596은 이곳저곳을 다니면서 작업하는 요령도 가르쳐주었다. 나는 같이 일하는 죄수들이 뭔가 모르게 손발이 척척 맞아 가는 것을 느꼈다. 그리고 왠지 모를 희망이 느껴졌다.

우리 방 죄수들은 점심 후에도 드러눕기보다는 주변을 거닐며 떨어진 천 조각이 있는지도 살폈다. 나도 바닥에 떨어진 천 조각을 찾고 있었는데 그때 359 목사가 눈에 들어왔다. 속으로 나는,

'목사 359와 이야기를 좀 해보고 싶은데….'

하는 생각만 하면서도 쉽게 용기가 나질 않았다. 물끄러미 359

목사를 바라보고 있는 내 곁으로 501이 다가오면서,

"형님, 어제 596 이야기 듣고 어땠어요?"

하는 것이다. 나는 별로 관심 없는 척하며 딴청을 피웠다.

"응? 596… 아! 어제 방장이 이야기했던 거?"

"아니요. 형님. 방장이 이야기한 것 말고 596이 이야기했던 거요. 서로 도우면서 살면 감방에서 살아갈 수 있다는 이야기요."

딴청 부리는 내게 501은 단도직입적으로 이야기했다. 나는 마지못해,

"으응. 596이 머리는 좀 있는 것 같더라. 그리고 나이에 비해 경험도 많은 것 같고…."

하며 말꼬리를 흐렸다. 왠지 내 입으로 596이 잘한다는 말은 차마 하고 싶지 않았기 때문이었다. 꼬리를 흐리는 내 말에 501은,

"그렇죠? 형님. 제가 보기에도 596은 많이 배우고, 머리도 좋고 똑똑한 사람 같아요. 그리고 신입 죄수들 때문에 감방 안이 험악하게 될 수도 있는데 596 때문에 서로 잘 돕는 것 같고요. 이만하면 감방생활도 살만하지 않겠어요?"

하는 것이었다. 나는 감방도 살만하다는 501의 말에 인상을 찌푸리며,

"야. 아무리 우리가 서로 도우며 살아도 감방이 감방이지 별반 다르겠냐?"

하면서도 눈을 바닥으로 내렸다. 내 눈동자를 보았는지 501이,

"형님. 이쪽에는 천 쪼가리 하나도 없어요. 내가 이미 다 봤어요."

살아남기 위하여 151

하면서 이죽거렸다. 나는 속이 들킨 것처럼 얼굴이 화끈해지며,

"야, 요즘 이쪽에는 먹을 만한 풀뿌리가 하나도 없네."

하면서 그냥 바닥에 풀썩 주저앉았다. 그러자 501은 주머니 속에서 조그마한 천 조각을 하나 꺼내면서,

"형님. 저는 저쪽 변소 뒤를 봤더니 요거 하나 있길래 주워왔어요. 596에게 갖다 주려구요."

하는 것이었다. 나는 501이 보여주는 천 조각을 보면서,

"그래 잘했다. 서로 도와서 같이 살자는데 찬성했으니 할 수 있는 것은 해야지."

라고 말하며 하늘을 보고 드러누웠다. 내 말에 501도 빙그레 웃으며 옆에 같이 누웠다. 하늘에 흘러가는 구름도 어쩐지 조금 여유롭게 비쳤다.

죄수들이 주워 모은 천 조각은 596에게 다 모아졌다. 모아진 천 가운데는 찢어진 포대 쪼가리나 작업복 찢어진 천 쪼가리가 대부분이었고, 가끔 도락꾸를 덮는 갓바천도 있었다. 596은 모아진 천 쪼가리를 형태별로 모으기도 하고, 재질별로 모으기도 했다. 그리고 죄수들 옷이 터지면 맞는 형태나 재질을 봐가며 꼼꼼히 바느질을 해주었다. 그래서 그런지 우리 방의 죄수들은 다른 방 죄수들과 금세 구분이 됐다. 다른 방 죄수들은 터지고 삭아서 구멍 난 옷을 입고 있었지만, 우리 방 죄수들의 여기저기 덕지덕지 덧붙여진 옷을 입고 있었다. 가끔 다른 방의 죄수가 부러워서,

"나도 그 방에서 살았으면 좋겠다."

라는 말도 했다. 우리 방에서는 매주 수요일 밤과 토요일 밤이 되면 모든 죄수들이 모여서 미숫가루로 떡을 만들어 먹었다. 잠들기 전에 배급되는 식수를 모아서 한 그릇에 네 명씩 먹을 수 있는 미숫가루 떡을 여덟 그릇 만들었다. 미숫가루를 그릇에 적당히 붓고, 물을 조금 부은 다음, 나무 숟가락으로 계속해서 돌리며 저었다. 그렇게 한참을 저으면 미숫가루는 차지게 되고 마치 경단 같은 크기로 빚을 수 있게 되었다. 모두가 하나씩 갓난아기 주먹만 한 미숫가루 떡을 입에 물고는 조용히 잠자리에 들어가 천천히 녹여 먹었다. 차입으로 들어오는 미숫가루 맛은 제각각이었지만, 어느 것 하나 맛이 없는 것이 없었다. 함께 잠자리에 누워 조금씩 떼먹는 미숫가루 떡을 먹는 시간은 아무것도 부러울 것이 없었다.

겨울을 재촉하는 가을비가 오는 날이면 우리 방 죄수들은 다른 방 죄수들과는 달리 서로에게 눈치를 보냈다. 조금씩 진흙을 모아야 하기 때문이었다. 소매 속에 진흙 한 덩어리를 넣어 방으로 들여오는 사람도 있고, 감방에 들어와서 신발에 묻은 진흙을 긁어모으는 사람도 있었다. 이렇게 조금씩 모아진 진흙은 쩍쩍 갈라진 마룻바닥 틈 사이로 계속해서 쑤셔 넣었다. 감방의 마룻바닥은 밑에는 작은 각목을 밑에 대고, 세로로 판을 대충 붙였기 때문에 시멘트 바닥과 마루에는 각목 높이의 틈이 있었다. 그리고 긴 마루 판자도 서로 맞지 않아 그 틈으로 찬바람이 스멀스멀 기어 올라왔다. 그래서 시멘트 바닥과 떠 있는 마루 틈을 다 메우려니 적잖은 진흙이 필요했다.

가을 장마철에는 꾀 많은 진흙을 가져올 수 있어서 마루 메우는 작업을 많이 진행했다. 그리고 10월 말이 되었어도 밤에 올라오는 찬 기운이 별로 없었다. 596은 이 작업도 바깥벽 쪽의 마루부터 시작했고, 점차 감방문이 있는 곳으로 넓혔다. 감방은 점차 찬바람이 뚫고 들어올 구멍이 없게 진흙으로 꽉 찬 바닥이 되었다. 이렇게 바닥이 메워지자 삐걱대던 마루 소리도 싹 사라졌다. 그리고 가끔 새벽에 똥간에 가는 사람이 밟아 삐걱거리는 소리에 등골이 오싹하던 것도 사라졌다.

이렇게 죄수들이 손발을 맞추어 가며 함께 살아서 나가자고 생활하는 동안에도 나는 359 목사와 이야기를 할 시간을 찾고 있었다. 내 마음속에서 삶에 대한 희망이 생기면, 어김없이 복수심도 함께 되살아났고, 이런 복수심은 또 다른 지옥으로 나를 끌고 가고 있었다. 그래서 359 목사에게 내 맘을 조금이라도 털어놓으면 위안이 될 것 같았다. 그런데 359 목사는 항상 596과 함께 이야길 나누며 그의 곁을 떠나질 않았고, 늘 596 곁에 붙어 있었기에 좀처럼 틈이 나질 않았다. 내가 596을 돕는 것은 감옥을 살아서 나가는 데 도움이 되기 때문이었을 뿐, 나는 아직도 596의 얼굴을 쳐다보기도 싫고 말도 섞고 싶지도 않았다.

그런데 어느 날 오전, 작업장에서 점심을 먹은 후, 멍한 눈으로 하늘을 쳐다보고 있는데, 359가 내게 다가왔다. 나는 359가 다가오는 것도 모른 채, 하늘에 흘러가는 구름만 바라보고 있었다. 곁에 다가온 359는 조용히 앉으면서,

"613 선생, 요즘 무슨 걱정 있습니까?"

하는 것이었다. 나는 옆에 앉은 359 목사의 목소리에 벌떡 몸을 일으키며,

"아이코, 목사님 오셨습니까?"

하며 앉았다. 나는 뜻밖에 359 목사가 나를 찾아온 것에 고맙기도 하고, 갑자기 찾아온 기회에 놀라기도 했다. 놀란 눈을 하고 보고 있는 나를 359 목사는 지극한 눈빛으로,

"613 선생, 제게 하고 싶은 이야기가 있나요?"

하는 것이다. 나는 얼른 자세를 고쳐 앉으면서 기회는 이때다 싶어,

"네. 목사님. 실은 목사님께 제 마음을 털어놓고 싶은 것이 있어서 기회를 보고 있었습니다만 좀처럼 틈이 없었습니다. 그런데 이렇게 목사님께서 찾아주시니 정말 고맙습니다."

하고 인사를 하자, 359 목사님은,

"저에게 털어놓고 싶은 것이 있다구요? 점심시간이 많이 남지는 않았지만, 천천히 이야기를 해 주시지요."

하면서 내 말을 듣고 싶다는 표정으로 나를 바라보았다. 그 눈빛이 마치 어렸을 때 돌아가신 아버지의 눈 같아서 나를 더욱 편안하게 해 주었다. 나는 359 목사를 바라보면서,

"목사님. 저는 독실한 신자는 아닙니다. 그래도 집사람을 따라서 주일에 예배당을 찾곤 했습니다. 지금 집사람은 이 세상 사람이 아닙니다. 그리고 요즈음 집사람이 제 꿈에 나올 때면 항상 예배당에

서 기도하는 모습으로 나타납니다. 그런데 꿈에 집사람을 보고 나면 제 맘은 곧바로 복수심에 끓어올라 잠을 자기도 어렵습니다. 저를 이렇게 복수심에 떨게 하는 놈은 바로 김갑술이라는 놈입니다. 김갑술은 저와 집사람의 행복을 밟아버린 원수입니다. 이 원수를 생각할 때마다 저는 바닥없는 지옥에 더 깊이 떨어지는 것만 같습니다. 어떻게 하면 좋을까요?"

하면서 될 수 있으면 짧은 시간에 마음속에 있는 것을 다 말하고 싶었다. 그러다 보니 자초지종은 다 빼먹고 두서없이 이야길 했다. 그런데도 359 목사님은 이런 내 마음을 이해한다는 듯이 지그시 눈을 감고 다 들어주었고, 나는 머릿속 기억을 더듬으며 좀 더 자세히 이야기하려고 노력했다. 두서없이 왔다 갔다 하는 내 이야기를 다 들은 359 목사는 내 어깨에 손을 올리며,

"613 선생의 사정을 들으니 제 가슴도 먹먹해집니다. 그래서 선생님이 제게 613 형제의 이야기를 좀 들어주었으면 한다는 말을 하신 것 같습니다."

하는 것이었다. 나는 359 목사님의 이야기를 듣고서는 바로 눈을 들어 359 목사를 바라보았다. 그리고 이해하기 힘든 표정으로,

"저의 이야기를 들어주라고 말했던 선생님이 있다구요?"

하며 359 목사님에게 물었다. 359 목사님은 고개를 끄덕이며,

"그렇습니다. 저는 그 선생님이 613의 이야기를 들어주었으면 한다는 부탁을 받고 지금 여기에 온 것입니다."

하는 것이었다. 내 머릿속은,

'도대체 누가 나에게 359 목사님을 보냈단 말인가?'

하는 의문으로 가득 찼다. 그래서 다그치듯이 359 목사에게 물었다.

"대체 누가 목사님을 제게 보냈단 말이십니까?"

이런 나의 물음에 359 목사는 난처하다는 듯이 주저주저했다. 나는,

"목사님 그러지 마시고, 말씀해 주십시오. 제게 목사님을 보내신 이가 누구입니까?"

하며 보채자, 359 목사는 마지못해,

"누군 누구겠습니까? 바로 예수님이죠. 예수님께서는 613 형제의 고통을 아시고 저를 보내신 것입니다."

라고 말했다. 359 목사의 이야기에 가만히 보고만 있는 나에게,

"613 선생, 지금 선생이 겪었던 고통이 선생을 더 아프게 만들고 있습니다. 지금부터는 그 고통 속에서 조금씩 해방되어야 합니다. 부인이 저 세상에 가서 많이 기도하는 것이 무엇이겠습니까? 그것은 바로 선생이 그 고통에서 빨리 벗어나기를 바라는 것이지요. 그러니 이제부터는 복수심보다는 선생을 위해 기도하고 있는 부인을 더 많이 생각하시고, 원수까지도 사랑하라셨던 예수님의 말씀에도 귀를 기울이는 것이 어떠신지요. 부인의 기도에 선생의 노력이 더 해진다면 지옥 같은 마음에서 더 빨리 해방되지 않겠어요?"

하는 것이었다. 359 목사의 말에 나는 고개를 숙인 채 그저 눈물만 뚝뚝 떨어트리고 있었다. 목사님의 물음에 아무 대답을 할 수

없었기 때문이다. 대답하기 어렵다기보다는 목사님의 말에 갑자기 집사람의 얼굴이 눈앞에 아른거렸기 때문이었다. 내가 말 없이 눈물만 흘리고 있을 때, 사이렌이 울렸고, 우리는 말 없이 작업장으로 걸었다. 그때 359 목사는 고개 숙이며 걷고 있는 내 어깨를 계속해서 토닥거렸다. 그날 이후, 난 359 목사의 말에 따라 김갑술에 대한 복수심보다는 나를 위해 기도하는 집사람을 생각하려고 더 노력했다. 그리고 나를 위해 기도하고 있는 집사람만이 복수심이란 지옥에서 나를 구원해 줄 유일한 사람이라고 생각하게 되었다.

11장
떠나는 사람과 남는 사람

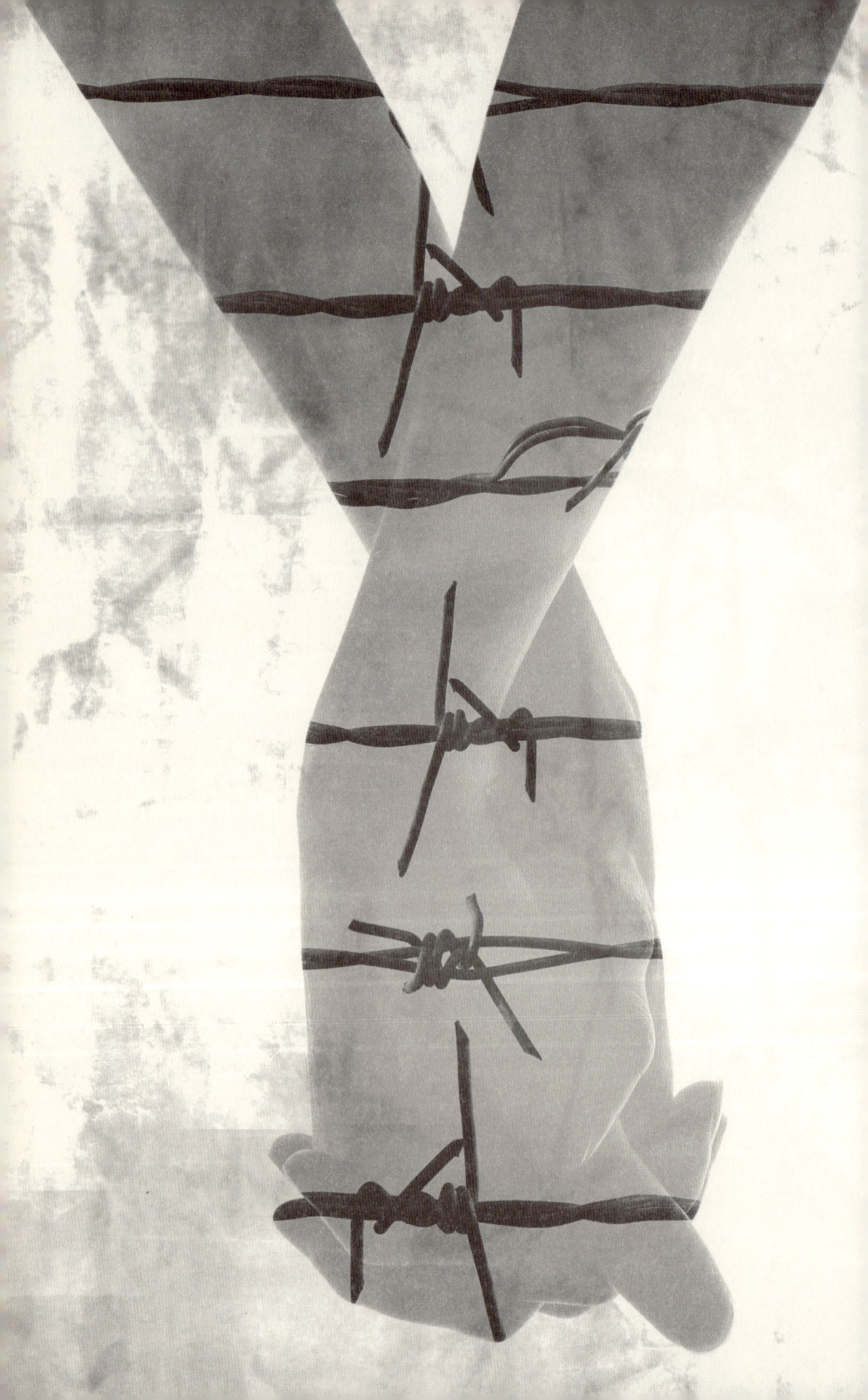

찬바람이 제법 불기 시작한 11월이 되었다. 찬 서리가 내렸는데도 우리 방은 그다지 춥다는 느낌이 들지 않았다. 그것은 죄수들이 조금씩 모은 진흙으로 마룻바닥 밑을 다 매웠기 때문이었다. 그리고 방에서는 두 달째 매주 이틀은 미숫가루 떡이나 쌀가루 떡을 만들어서 함께 나눠 먹었다. 격주로 찾아오는 쉬는 날이 되면 서로 옹기종기 모여 앉아 이를 잡아주기도 하고, 농부 838이 잡아서 기르던 꿀꿀이를 나눠 먹기도 했다. 물론 꼬리까지 깨끗하게 먹어 치웠기 때문에 간수 눈에 띌 일은 전혀 없었다. 그리고 가끔은 838이 잡아온 벌레로 시합도 벌였다.

838이 잡아온 벌레는 콩벌레라는 발이 많이 달린 벌레였다. 이놈은 습한 곳에서 기어 다니며 사는데, 손으로 잡으면 몸을 둥그렇게 감아서 공처럼 만들었다. 동글동글하게 뭉치고 있는 모습이 꼭 검은콩 같아서 콩벌레라고 하는 것 같았다. 838은 이 콩벌레를 귀신같이 잘 찾았다. 그리고 쉬는 날에는 콩벌레 서너 마리를 세워놓고 경주를 시켰다. 죄수들은 자기가 선택한 콩벌레가 달리지 않으면 응원은 하고 싶은데, 소리는 낼 수 없어 손으로만 빨리 가라고 저었다. 이런 모습은 마치 험악한 사람들이 공연하는 무언극 같아서 보는 사람들은 손가락으로 가리키며 많이 웃었다.

전에는 콩벌레도 바닥의 마루 틈으로 곧잘 기어 올라왔는데, 지금은 진흙으로 다 막아버려서 그런지 밖에서 주워왔다. 이렇게 죄수들이 어울려서 서로 웃고 하다 보니, 예전에는 번호만 불렀던 죄수들도 자연스럽게 번호 뒤에 선생 또는 형님이라는 호칭도 붙게 되었다. 방장에게도 방장님이라고 깍듯하게 불렀다. 자연스럽게 서로서로 형 동생으로 호칭을 정리했지만 모든 죄수들이 한결같이 선생이라고 부르는 사람은 596이었다. 그런데 596은 오히려 선생이란 호칭이 부담스러운지 선생이라고 불릴 때마다 손사래를 치곤 했다.

몸이 아파 작업을 못 하는 사람이 생기면 그 사람의 배급이 반으로 줄었다. 그런데 우리 방에서는 그 사람을 위해서 밥알 몇 알씩을 걷어서 그에게 주었다. 서른 명이 몇 알씩의 밥알을 모으니까 그것도 꽤 많았고, 원래 배급된 절반과 합쳐 놓으니 보통 사람들이 먹는 것보다 더 많았다. 병든 죄수는 미안한 마음으로 그 밥을 천천히 씹어 먹었고, 며칠 후에는 어김없이 회복되었다. 다른 감방 병자들은 십중팔구는 죽어 나갔지만, 우리 방에서는 아직 병으로 죽어 나간 사람이 없었다. 그래서 그런지 서로를 위하는 마음도 훨씬 강해졌고, 가끔은 한방을 쓰는 가족이나 형제처럼 느끼게 되었다.

감옥의 하루는 변한 것이 없었지만, 할당량은 더 많아졌다. 지금

은 하루에 열 명이 천오백 가마니를 묶어서 운반했다. 나는 비료 포대를 도락꾸에 실으며,

'전쟁 준비를 하려니 소련으로 보내는 물량이 더 많이 필요하겠지….'

하는 생각을 했었다. 그리고 작업장을 한번 훑어보았을 때, 다른 방의 죄수들은 할당량을 채우기 위해 일사불란하게 움직이면서도 신입 죄수들이 서툴면 핀잔을 주기 일쑤였다. 오래된 죄수들은 편한 일만 찾았고, 어려운 일들은 신입 죄수들을 시켰기 때문에 늘 핀잔을 받았다.

그리고 그렇게 핀잔받던 죄수들은 한 달쯤 되어서 어디론가 사라지고 없었다. 그리고 살아남은 죄수들의 얼굴도 형편이 말이 아니었다. 다른 방의 죄수들은 많은 사람들이 오래가지 못했고, 또다시 신입 죄수로 채워졌다. 그리고 신입 죄수는 또 손이 서툴고, 핀잔을 받아 사라지고… 또 신입이 들어오는…. 지옥의 악순환이 계속되고 있었다.

다행히 우리 방 죄수들은 작업장에서도 같은 조가 되어 일사불란하게 움직였다. 손발이 척척 맞아 서로에게 맞는 역할을 잘 분담하였다. 그래서 그런지 우리 방 죄수들은 매일 항상 할당량을 제일 먼저 끝냈다. 그리고 시간이 나면 천 조각을 줍기도 하고, 풀뿌리를 캐거나 먹을 수 있는 풀들을 찾았다. 이렇게 찾은 풀들도 혼자서 먹지 않고 소매 속이나 바지 속에 넣어 감방으로 가져왔다. 그리고 방장에게 다 내어놓고는 저녁밥과 함께 조금씩 나눠 먹었다.

정말로 죄수들이 한 형제처럼 지내고 있었다. 이런 우리 방을 다른 감방 사람들은 부러워하기도 했다. 나는 가끔 우리 감방을 부러워하는 사람들의 말을 들을 때면,

'지옥도 부러워하는 지옥이 있구나.'

하는 생각이 들었다. 이렇게 서로 도와가며 생활하면서 죽어 나가는 사람이 없는 우리 감방을 어떤 간수는 좋아하기도 했지만, 뭐가 두려운지 몹시 싫어하는 간수도 있었다. 특히 그중에서도 농부 출신인 물소 간수장이 제일 싫어했다. 그래서 물소 간수장은 트집 잡을 만한 것이 없나 하는 눈으로 항상 꼬장꼬장하게 우리를 지켜보았다.

시월의 어느 비 오는 날, 진흙을 소매 속에 넣고 감방으로 들어오던 501을 물소 간수장이 갑자기,

"야 501. 잠깐 서."

하고는 501의 옷을 뒤지기 시작했었다. 그리고 501의 소매 속에서 진흙이 한 움큼 나오자, 눈을 치켜뜨며,

"너 이거 뭐야. 진흙을 왜 소매 속에 숨겼나?"

하는 것이었다. 501은 갑자기 닥친 일이라 아무 말도 못 한 채 얼어 있었다. 나도 갑작스러운 일에 어떻게 할 수 없어 그만 얼어붙고 말았었다. 나는 순간적으로 501이 머리가 터질지도 모른다고 직감했다. 그때, 물소 간수장은 앞으로 더 다가오면서 몽둥이를 고쳐 잡으며,

"501! 귀가 먹었나? 왜 대답을 못 하는 거야?"

하고 다그쳤었다. 이때 501이 어쩔 줄 몰라 우물쭈물하고 있었는데, 갑자기 596이 501을 향해서,

"501! 또 먹으려고 챙겼어요? 아무리 배가 고파 미쳤어도 그건 진흙이에요. 먹는 밥이 아니고 진흙이라구요. 제발 정신 좀 차리세요."

하며 소리를 질렀었다. 596이 501의 멱살을 잡으면서 외치는 소리에 501도, 물소 간수장의 손에 들린 진흙 덩어리를 손으로 낚아채며,

"내 밥. 내 밥 내놔! 내 밥이야."

하며 입에 넣으려고 했었다. 진흙 덩어리를 입에 넣으려는 501을 보면서 물소 간수장은 어처구니가 없는 표정을 지었었다. 596은 이런 501의 손을 잡으며,

"501 미치려면 곱게 미쳐야지 진흙을 먹으면 죽어요."

하면서 501이 입에 넣으려던 진흙을 빼앗아 바닥에 던져 버렸다. 물소 간수장은 501이 미친놈으로 보였는지 슬슬 뒤로 물러섰다. 501은 바닥에 던져진 진흙을 보며,

"어, 내 밥. 내 밥…."

하면서 말꼬리를 흐렸고, 이런 501을 596이 끌고서 감방으로 들어갔었다. 나도 596을 따라 얼른 감방으로 들어왔었고, 그런 우리를 간수장은 미친 사람 쳐다보듯이 멍하니 바라보았었다. 감방으로 돌아온 501과 596 그리고 나는 '휴'하며 한숨을 몰아쉬었고, 감방 구석에 가서 서로를 보며 한참을 소리 없이 웃었다. 이때 나는 596이 웃는 모습을 처음 보았었다. 596의 웃는 얼굴은 천진난

만했고 웃으니까 작은 눈이 아예 보이질 않았었다. 물소 간수장의 잔인함을 너무 잘 아는 501은 연신,

"선생님 고마워요. 물소 앞에서 뭐라고 해야 하는데도 아무리 생각해도 아무 생각이 안 났어요. 그리고 이젠 머리통이 터지겠구나 했는데, 그때 선생님 말씀이 들리는 거예요. 그래서 나도 얼른 밥에 걸신들린 놈 행세를 했죠. 하마터면 큰일 날 뻔했습니다. 정말 고맙습니다."

라고 말했다. 나도 596에게 동생을 살려줘서 고맙다는 말을 하고 싶었지만 입이 쉽게 떨어지지 않았다. 그런 내 맘을 읽었는지 596이 먼저,

"아닙니다. 서로를 위해서 진흙을 가져오다 그런 것이니, 서로 지혜를 짜내지 않으면 큰일 나죠. 어찌 됐던 간수장은 더 조심해야겠습니다."

하면서 묵례를 하고는 자기 자리로 갔다. 나와 501도 그런 596에게 가볍게 머리를 조아리고는 우리 자리로 돌아왔다. 그런 일이 있어서인지 지금은 501도 596을 선생이라고 부르며 가끔 마주 앉아 이야길 나누곤 했다. 가끔은 501이 596과 친하게 지내는 모습을 볼 때면 얄밉기도 했지만, 한편으로는 부럽기도 하였다. 물론 나는 아직 596과 이야기를 해 본 적이 없었다. 그것은 지난 일 년 넘게 596하면 김갑술 같은 놈이라는 말이 떠올랐고, 어떤 때는 김갑술의 얼굴이 596으로 보였을 만큼 그를 미워했기 때문이었다. 지금은 359 목사님 말처럼 분노보다는 나를 위해 기도하는 집사람을

더 생각하며 살고 있었기 때문에 596에 대한 미움도 많이 누그러졌지만, 완전히 사라진 것은 아니었다.

겨울을 재촉하는 늦은 가을비가 한바탕 내리고 감방에서는 겨울 준비로 부산했다. 그리고 지금까지 쥐를 키워 먹기도 하고 풀뿌리를 캐 먹으며 살아남은 농부 838의 출감일도 일주일 앞으로 다가왔다. 사람들은 838을 부러워하기도 하고, 838을 보면서 살아나갈 희망도 품었다. 감방 사람들의 부러움을 받는 838은 홀쭉해진 얼굴로 연신 싱글거렸다. 그리고 838은 여태껏 풀어 본 적이 없는 보자기를 선반에서 내려 사람들에게 나눠주었다. 그가 나눠준 것은 박주가리 열매를 잘 말려놓은 씨도 있었고, 큰조롱 풀을 말린 것과 마른 쑥도 있었다. 그는 이것을 나눠 주면서 몸이 약할 때 조금만 씹어 먹으라고 했다. 모두들 도대체 어디서 이런 것을 구했는지 알 수는 없었지만 다들 무척 고마워했다. 약이 전혀 없는 이곳에서 약을 만든 838이 참 대단하다고 칭찬하기도 했다.

838은 남은 이삼일 동안에 많은 쪽지를 건네받았다. 죄수들은 출감하는 838에게 자기 부모나 형제들에게 전해달라는 쪽지를 연이어 건넸다. 물론 838이 모든 쪽지를 다 전해줄 수 있는지 아무도 모르지만, 다만 가족에게 쪽지라도 전하지 않으면 안 될 것 같은 생각으로 썼다. 특히 신입 죄수들은 838에게 여러 번 부탁하면서 쪽지를 건네곤 했다. 그들은 한결같이 이제 곧 닥쳐올 겨울에 입어야 할 외피가 필요한 사람들이었다.

감방에서는 겨울에 죽는 사람들이 훨씬 많았다. 추위와 배고픔 그리고 고된 작업과 간수들의 폭행, 추운 새벽 운동장에서 하는 맨몸의 소지품 검사까지… 어쩌면 살기보다 죽기를 더 바라는 사람이 나올 정도였다. 특히나 마룻바닥에서 올라오는 한기는 새벽을 맞을 때가 가장 추웠고, 새날의 햇빛을 못 보고 영원히 잠드는 사람도 많았다. 그렇게 혹독한 추위에서도 얼어 죽은 사람의 외피만큼은 누구도 입지 않았다. 먹다가 죽는 사람의 입에 남은 밥은 손가락으로 파먹었지만, 죽은 사람의 옷만큼은 절대 벗겨 입지 않고 그대로 입혀주었다. 죽어 마지막으로 입은 옷, 그것은 수의였고 그 사람 일생의 마지막 유품이기도 했다. 그래서 그것만큼은 어느 누구도 깨트리지 않는 감옥의 불문율이었다.

838이 나가는 날은 11월의 첫 번째 쉬는 날이었기에 작업이 없었다. 아침밥을 받은 838은 아무런 말도 없이 밥 덩이를 옆에 있던 191에게 슬그머니 주었다. 그리고 말 없이 그냥 앉아만 있었다. 우리도 출감하는 838에게 어떤 말을 해야 할지 몰라 말이 없었다. 아침 식사를 다 마치고 조금 앉아 있으니 열 시가 다 되었다. 열 시가 되면 간수가 불러내고 838은 이 방을 나가는 것이었다. 별것도 없는 작은 보자기를 만지작거리던 838이 눈앞에 놓인 자기 외피를 보더니, 천천히 일어나서 내게 다가와서는,

"613 동상. 이것 입어요."

하는 것이었다. 나는 조용하던 방에 갑자기 울린 그의 말에 놀라기보다는, 그가 내민 외피에 더 놀랐다. 사실 난 이번 겨울을 넘길

외피가 없었다. 지난겨울 누군가 꿰매줬던 외피도 다 낡고 해져서 더 이상 입을 수가 없게 되었다. 겨우내 걸레짝이 다 되도록 입고 나니 봄을 맞이했었다. 건네주는 838의 외피를 받아 든 나는 고맙다는 말을 하고 싶었지만, 감방 안이 너무나 고요해서 차마 말을 꺼내기가 힘들었다. 그래서 나는 깊이 고개를 숙여 고마움을 표했다.

838이 챙긴 보따리는 작고 보잘것없었다. 아마도 덕지덕지 기워진 옷과 사용했던 속옷이 전부였다. 감방 안은 아무 소리도 없이 고요했고, 모두 출감 시간이 다가오는 것만을 기다리고 있었다. 그런데 그때, 제일 뒤에 있던 596이 일어났다. 그리고 선반에서 조그만 보따리를 꺼내 들었다. 그 보따리는 며칠 전 면회를 마치고 들어온 596의 손에 들려있던 것이다. 다른 손에도 어김없이 미숫가루가 들려있었는데, 그 미숫가루 보따리는 방장에게 주고 다른 보따리는 선반 위에 올려놓았었다. 그런데 지금 그 보따리를 내리는 것이었다. 그리고서는 838을 향해서,

"838 아저씨, 이 옷을 입고 가세요."

하는 것이었다. 침묵을 깨는 596의 말소리에 다들 흠칫 놀라며 그쪽을 쳐다보았다. 감방문 앞에서 번호가 불리기를 기다리고 있던 838도 놀라며 뒤를 돌았다. 그런데 596 손에는 깨끗한 옷 한 벌이 들려있었고, 그것을 838에게 내밀고 있었다. 596은 돌아선 838에게,

"이제 나가시면 식구들을 만나실 텐데 그렇게 입고 가실 수는 없잖아요. 이 옷으로 갈아입고 나가세요."

하는 것이었다. 838은 감히 상상도 못 했던 이야기에 어안이 벙벙한 듯 그저 가만히 서 있었다. 그러자 옆에서 보고 있던 501이,

"838 형님. 그렇게 하세요. 그렇게 나가시는 모습에 우리들도 맘이 많이 상했습니다. 얼른 새 옷으로 갈아입으세요."

하는 것이었다. 나는 501이 838을 형님이라고 부르는 것도 신기했고, 귀한 새 옷을 아무렇지 않게 입으라고 주는 596도 신기했다. 뭔가 이상한 공간에 있는 듯한 느낌마저 들었다. 838은 흐르는 눈물을 훔치며 새 옷으로 갈아입었다. 새 옷은 838에게는 조금 큰 작업복같이 보였지만 그래도 깔끔하게 보였다. 옷을 다 갈아입은 838은 콧물을 훌쩍이며,

"596 선생님. 정말로 감사합니다. 감방을 나가도, 꼴이 거지꼴이어서 어떻게 고향까지 가야 하나하고 걱정했는데… 이렇게까지 맘을 써주니 정말로 감사합니다."

하며 깊게 허리 굽혀 인사를 했다. 그런데도 596은 여전히 말 없이 그저 빙긋이 웃기만 하였다. 이때,

"838 출감!"

하는 간수의 구령에 따라 838이 감방문으로 걸어나갔다. 천천히 걸어가는 838의 뒷모습을 모든 사람은 묵묵히 보고만 있었고, 838은 미안해하는 건지 아니면, 고생으로 등이 굽은 건지, 알 수 없는 등만을 보이며 멀리 사라졌다. 838이 내 옆을 지날 때, 나는 그의 눈에서 연신 굵은 눈물을 흘리는 것을 보았다. 그런 838의 모습에 나도 뭐라 표현하기 힘든 복잡한 심경이 되었다. 기쁘기도 하고,

축하도 해주고 싶은데, 감방에 남아 있는 내 모습이 억울하기도 하고, 속상하기도 하면서도 다시 부러워지는 복잡하고 묘한 마음이 계속 교차했다.

838이 감방 문을 나가고 철컹하는 소리와 함께 감방문이 잠겼다. 잠시 838과 함께 감방문을 나가고 있던 내 영혼도 '철컹' 소리와 함께 내게로 다시 돌아왔다. 그리고 감방에 남겨진 나를 확인하고는 내일부터 시작되는 지옥을 현실로 맞아들였다. 이런 기분을 어떻게 알았는지 방장이 큰소리로,

"야! 오늘은 좋은 날이니까 특별히 미숫가루 떡 만들어 먹자."

하는 것이었다. 나는,

'미숫가루 떡은 어제도 만들어 먹었는데….'

하는 생각할 틈도 없이 감방은 금세 잔칫집이 되었다. 그리고 미숫가루 떡을 만드는 사람들은 일부러 더욱 부산을 떨었다. 나는 조용히 벽에 기대어 838이 준 비교적 깨끗한 외피를 만져 보았다. 솜이 누벼진 외피는 내 손에도 따스하게 느껴졌다. 그리고 조용히 외피를 접어서 선반에 올려놓으며 596을 잠깐 바라보았다. 596은 아무 일 없던 사람처럼 감방의 친구들과 이런저런 얘기를 나누고 있었다. 나는 그런 596을 보면서,

'대체 저 사람은 어떤 사람일까….'

라는 생각을 처음으로 진지하게 해보았다. 그리고 자리에 앉아 벽에 등을 기대며, 미숫가루 떡을 만들고 있는 사람들 틈으로 596을 다시 바라보는데,

떠나는 사람과 남는 사람

'596은 남의 여자를 후리던 사기꾼인가? 아니면 내가 뭘 오해하고 있는 것인가?'

라는 생각이 들었다. 그리고 596이 들어왔을 때부터 지금까지를 천천히 떠올리고 있는데, 내 머리를 스쳐는 일이 생각났다. 그것은 작년 9월에 머리맡에 둔 내 보리개떡을 596이 훔쳐 먹었던 일이었다. 그때 나는 596의 면상을 두들겨 팼었고, 596은 자기가 잘못했다고 말했었다. 그때의 일이 머리에 스치는 순간,

'맞아. 저놈은 사기꾼이 분명해. 내가 맞게 본 거야 저놈은 사기꾼에 도둑놈이야. 새 옷을 838에게 준 것은 아마도 838에게 뭔가를 부탁해서 그 대가로 준 것이야. 내 직감이 맞아.'

라는 생각이 들자, 숨겨져 있던 분노가 서서히 목구멍으로 치밀어 오르는 것을 느꼈다. 그날 이후 내 눈은 차츰 596을 증오하는 눈빛으로 다시 바뀌고 있었다.

12장
그해 겨울

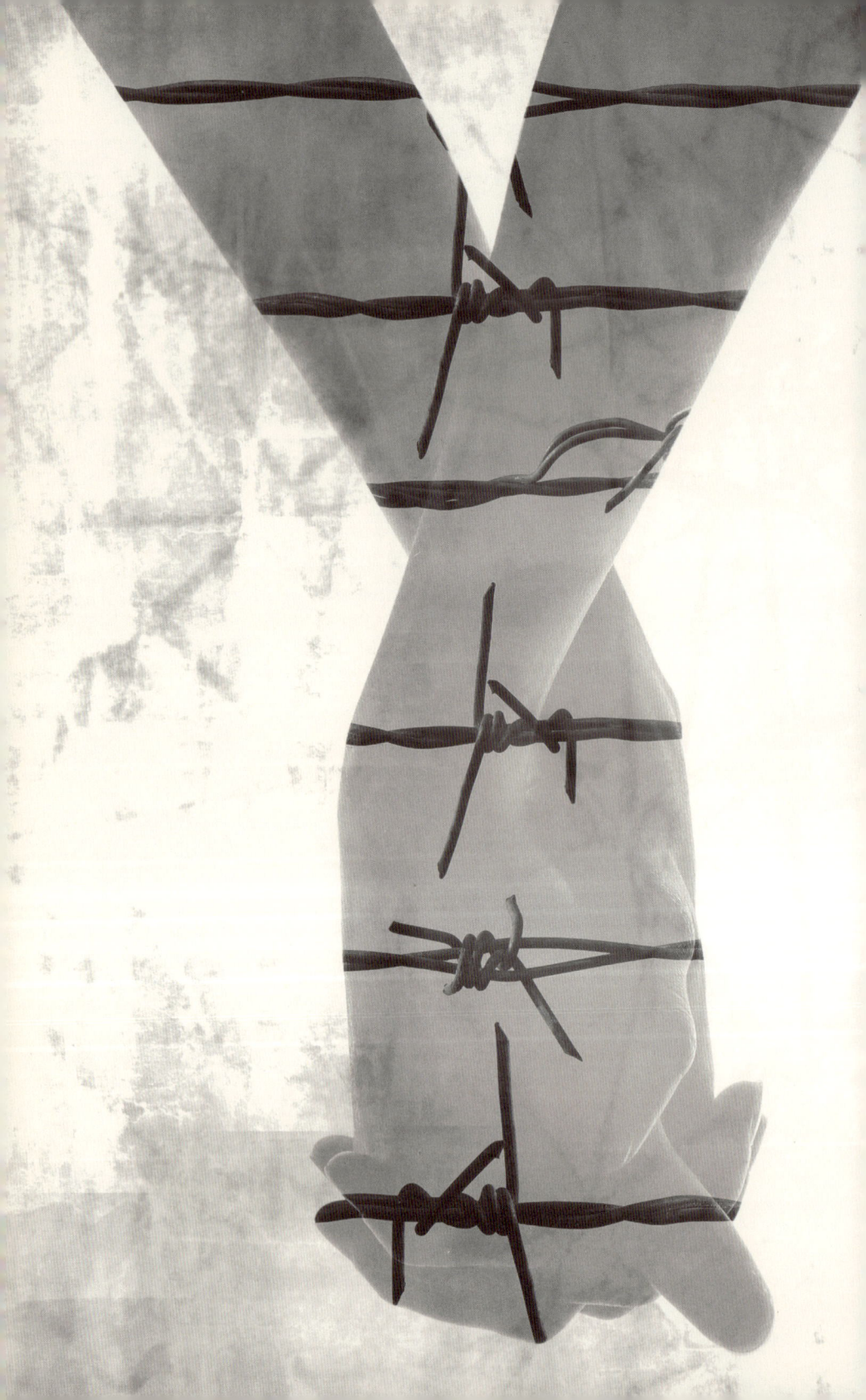

838의 빈자리는 금세 신입 죄수로 매워졌다. 신입 죄수는 평양에서 시계포를 했던 사람이었다. 그런데 장물 시계를 싸게 사서 팔다가 잡혀서 이곳으로 오게 되었다고 했다. 평양에서 장사를 하던 사람이어서 그런지 세상이 돌아가는 형세를 잘 알고 있었다. 평양은 인공기가 이전보다 더 많이 걸려있고, 어린이들은 트럭을 타고 다니면서, 인공기를 흔들며 군가를 부른다고 했다. 그리고 평양시 외곽에도 군사시설이 많이 늘었고, 남쪽으로는 시멘트로 만든 튼튼하고 넓은 길이 여러 곳으로 깔렸다고도 했다. 그리고 18세 이상 남자들은 무조건 인민군에 징집되었고, 군용트럭이 하루에도 수십 대씩 남쪽으로 내려간다고 했다. 이런 이야기를 들으면서 나는,

'뭔가 정말 전쟁이라도 곧 터질 것 같다.'

라는 생각을 하였다. 그것은 비단 나뿐만이 아니라 감방에 있는 모든 죄수들도 다 느끼는 것 같았다. 겨울이 닥치는 데도 불구하고 작업량은 줄어들 기미가 안 보였다. 아니 오히려 작업량은 더 늘어

났고 간수들도 이전보다 더 포악해졌다. 그래서인지 몇몇 죄수들은 모여 앉아 소련 군정 시절이 지금보다 좋았었다는 이야기를 하기도 했다. 그리고 11월 말에,

"내일부터는 외피를 입고 나와도 좋다. 이상 입감!"

하며 물소 간수장이 모여 있는 죄수들을 향해 외쳤고, 죄수들은 서로 밀치면서 감방으로 들어왔다. 나는 838이 주고 간 외피 덕에 올겨울도 살 수 있다는 생각을 하면서 감방으로 들어왔다. 감방 안은 작년과 비교해서 훨씬 춥다는 느낌이 들지 않았다. 확실히 마룻바닥 밑까지 진흙으로 다 막아둔 보람이 있었다. 바닥이 춥지 않아서인지 외풍도 심하지 않았다.

죄수들은 저녁으로 나온 밥을 천천히 씹어 먹고 잠자리에 들었다. 나도 잠자리에 누워서 선반에 있는 외피를 보며 838에게 감사했다. 사실 나는 838이 몰래 기르고 있던 생쥐를 잡아먹었었다. 그때 838은 길길이 날뛰며 501에게 맞기도 했지만, 그냥 모른 체하고 넘어갔었다. 꼭 살아 나가야겠다는 생각에 했던 행동이었는데, 838이 준 외피를 보면서 미안한 생각도 들었다. 그리고,

'내일부터는 따뜻한 외피를 입을 수 있다.'

라는 생각을 하면서 서서히 잠이 들었다.

다음날 새벽, 추위에 벌벌 떨며 옷을 홀렁 벗고 검사를 다 마친 후에 감방으로 돌아왔다. 그리고 외피를 벗어 선반에 올리고 아침 먹을 준비를 하려는 때였다. 외피를 벗어 선반에 올리려는데 외피 속에 달린 주머니에서 뭔가 부스럭거렸다. 나는,

'어? 뭐지?'

하며 속주머니에 손을 넣어 보았다. 그랬더니 속주머니에서 접혀있던 쪽지가 나왔다. 그 쪽지는 서툰 글씨로 838이 내게 남긴 편지였다. 나는 생각지도 못했던 쪽지를 천천히 읽어 보았다.

613 동상에게,

이 글을 읽을 때쯤이면 나는 아마 감방을 나가고 없을 겁니다. 613 동상에게 미안한 마음에 이 글을 씁니다. 작년 613의 베개 밑에 두었던 떡은 내가 먹었습니다. 실은 내 꿀꿀이를 먹은 것이 613 동상이라는 것을 알고 일부러 그랬습니다. 정말 미안합니다. 이 옷으로 그 떡을 대신하고 나를 용서해주세요. 꼭 살아서 다시 만납시다.

838 씀

838의 편지를 읽고 난 후에, 나는 한참을 멍하게 서 있었다. 그런 나를 본 501이,

"형님 무슨 일 있습니까? 왜 그렇게 서 있습니까?"

하는 말에 정신을 차리며,

"으응. 아무것도 아니야."

하고는 얼른 편지를 다시 주머니에 쑤셔 넣고 자리에 앉았다. 그리고 밥알을 씹으면서 838의 편지를 다시 떠올렸다.

'내 보리개떡을 훔쳐 먹은 사람이 596이 아니고 838이었다고?'

이런 생각이 떠오르는 순간, 나는 596을 쳐다보았다. 596은 평상

시와 전혀 다름없이 눈을 감고 밥 덩이를 꼭꼭 씹고 있었다. 596을 보고 난 후에 내 머리는 격랑에 빠졌다.

'개떡을 훔쳐 먹지도 않았는데 596은 왜 나에게 미안하다고 했을까? 자기가 먹지 않았다고 대들만도 한 대. 왜? 아무 말 않고 그냥 맞았던 걸까?'

도저히 답을 찾을 수 없는 질문들이 내 머릿속을 더 어지럽혔다. 공장으로 가는 길에도, 작업을 하는 동안에도, 내 머릿속은 온통 그 생각으로 가득 차 나를 괴롭혔다.

'왜? 596은 맞기만 했을까? 왜? 왜?'

이런 생각에 오전 일을 마치고, 홀로 떨어져서 삶은 감자를 한입 베어 물었다. 그때 마침 359 목사가 눈에 들어왔다. 나는 얼른 감자를 입에 털어 넣고 359 목사 곁으로 갔다. 359는 내게 옆자리를 내주며 천천히 감자를 먹고 있었다. 나는 359 목사에게 소곤거리는 말로,

"359 목사님, 저 잠시 말씀드릴 일이 있는데요. 괜찮으시겠어요?"

라고 묻자 359 목사는 조금 남은 감자를 입에 털어 넣으면서,

"잠시 물 좀 마시고 올게. 잠시만 기다려주겠나?"

하는 것이었다. 나는,

"물론입니다. 여기서 기다리고 있겠습니다."

라고 대답하였고, 내 말이 끝나기가 무섭게 359 목사는 물이 있는 드럼통에 가서 물을 마시고 돌아왔다. 359 목사가 옆자리에 앉자마자 나는,

"목사님, 짓지도 않은 죄를 뒤집어쓰는 사람이 있습니까?"

하고 느닷없이 물었다. 그러자 359 목사는 예상치 못한 질문이었는지 눈이 동그래지면서,

"물론이지. 짓지도 않는 죄를 뒤집어쓰는 사람이 있었지. 그분이 바로 예수님이시네."

라고 대답했다. 나는 듣고 싶던 대답이 아니기에 머리를 흔들면서,

"아니요. 예수님이 아니고, 지금 이 시대를 살고 있는 사람 중에서 그런 사람이 있냐는 말입니다."

하고 재차 물었다. 그러자 359 목사는 대체 무슨 일이냐는 눈빛으로,

"예수님이 아니고 지금 살고 있는 사람 중에 그런 사람이 있냐니…, 대체 무슨 말인가? 처음부터 천천히 이야기를 해 보게."

하는 것이었다. 나는 생각나는 대로 자초지종을 설명했다. 작년에 838이 키우던 쥐를 잡아먹었던 이야기부터, 내 떡이 없어진 이야기며 596을 때린 이야기, 그리고 596이 분명히 자기가 잘못했다고 방장에게 했던 말도 빼놓지 않았다. 그리고 오늘 새벽, 외피 속에 있던 838의 편지까지 359 목사에게 보여주었다. 359 목사는 838의 편지를 천천히 다 읽어보고 나서 나를 보며,

"이 보게. 자네 혹시 596 선생을 사기꾼이나 도둑놈으로 보고 있는 것 아닌가?"

하고 묻는 것이었다. 나는 속이 뜨끔했지만, 목사님 앞이라 거짓말을 할 수 없어, 잠시 머뭇거리다가,

"네. 저는 596이 들어오는 날부터 모든 행동이 다 미웠습니다. 그리고 사회질서 문란 죄란 말을 듣고 여염집 아낙들을 후리고 다니는 사기꾼이라 여겼습니다."

라고 대답했다. 그러자 359 목사는 심각한 표정을 지었다가 한참 후에,

"613 형제. 내 말을 잘 듣게. 나는 596 선생이 감옥에 들어왔던 이유에 대해서는 조금은 알고 있네. 나도 마찬가지지만 596 선생도 하나님을 믿는다는 것 때문에 이곳에 끌려온 걸세. 지금 공산당 인민정부는 종교를 아편이라고 하지. 그래서 예수님을 믿는 사람들이 감옥에 많이 갇혔네. 그중에는 매 맞아 죽고, 총살당한 사람들도 많지. 596 선생도 그런 사람 중 한 명이라네."

하면서 멀리 떨어져 앉아 있는 596을 한 번 보았다. 그러고 나서 359 목사는,

"내가 이곳에서 처음 그를 보았을 때, 596 선생은 내게 하나님에 관한 이야기나 예수님에 관한 이얄 한 적이 한 번도 없었네. 그런데 들어온 지 며칠이 안 된 새벽에 그가 눈물을 흘리면서 기도하는 소릴 들었었네. 그때 그 기도가 너무 슬퍼서 나도 같이 눈물을 흘렸었다네. 그다음 날 나는 596 선생에게 아침밥으로 나온 주먹밥에 붙은 콩 두 쪽을 달라고 했네. 그러면 그 대가로 밖에 나가면 소 한 마리 값을 주겠다고 했지. 그랬더니 596 선생은 그 소 값을 고아들에게 주세요 하면서 내게 밥을 나눠주었다네. 나는 그 후 596을 선생으로 생각하며 많이 배우고 있다네. 참, 내가 지난번에

자네와 처음으로 이야길 나눈 적이 있지? 그때 내가 한 말 기억하는가? 선생님이 나를 당신에게 가보라고 했던 말 말일세. 실은 당신의 이야길 들어주라고 말했던 이가 바로 596 선생이었다네. 나는 596 선생의 말에 따라 당신과 처음으로 대화를 나누었던 것이야."

하는 것이었다. 나는 359 목사의 말이 너무 뜻밖이었고, 상상도 못 했던 말이기에 눈만 멀뚱멀뚱하고 있었다. 이런 나를 359 목사는 인자한 눈빛으로,

"짓지도 않은 죄를 뒤집어쓰는 사람이 있냐고 물었나? 만일 596 선생이 그리했다면 나는 충분히 이해하고도 남네. 그 사람은 남을 위해선 자기가 죄를 뒤집어쓰고도 남을 사람이지."

하는 것이었다. 그러면서,

"596 선생에 대해서 뭔가 오해를 하고 있다면 언젠가 선생과 마음을 열고 이야기를 나누어 보게. 내가 장담하건대 596 선생은 절대 자네를 탓하지 않을 것이네."

하고 말했다. 나는 359 목사의 말에 뭐라 말도 못하고 그저 멍하니 땅만 쳐다보고 있었다. 그때 사이렌이 울렸고, 우리는 마지못해 작업장으로 향했다. 작업장으로 향하는 내 발걸음은 천근만근 무거웠고, 내 머릿속은 폭풍이 몰아치듯이 뒤죽박죽이 되어 버렸다. 내 눈동자는 이미 초점을 잃었고,

'이게 뭐지? 무슨 일이지? 어떻게 하지? 뭘 해야지?'

하는 생각들이 소음이 되어 내 머릿속 여기저기서 메아리치고

있었다.

나는 그 후, 어떻게 작업을 마치고 감방으로 돌아왔는지 기억도 나질 않았고, 저녁을 먹었는지조차 기억이 나지 않았다. 다만 머리에선 이상한 소음만 잔뜩 들렸다. 그리고 어찌해야 할 바를 모른 채, 모포를 두 손으로 꼭 잡고 눈을 질끈 감고 있었다. 생각을 정리하려고 몸부림치면 칠수록 머릿속은 더 혼란했고, 알 수 없는 메아리들이 머릿속에서 계속 울렸다.

머릿속 메아리는 며칠 동안 계속해서 나를 괴롭혔다. 나는 잠시도 596의 얼굴을 쳐다보기 어려웠고, 어떤 날은 말 한마디도 않고 지내기도 했고, 고개를 들지도 못했다. 이런 내가 너무나 이상했는지 501이,

"형님 어디 아프세요? 요즘 말도 없고, 고개만 푹 숙이고 다니시고. 어디 아픈 거예요?"

하며 걱정스러운 눈빛으로 내게 물었다. 나는 꼴 같지 않게 자존심을 세우며,

"으응? 아니 아무것도 아니야."

하며 아무 일 없다는 듯이 설렁거리며 말했다. 그런 내가 더 이상하다고 여겼는지 501은,

"형님, 무슨 일 있으면 나한테 먼저 이야기해주세요. 난 무슨 일이든 항상 형님 편이니까요"

하는 것이었다. 나는 501에게는 다 털어놓을까 하다가 그만두고 말았다.

일주일을 넘게 괴롭히던 머릿속의 메아리가 조금 잦아들자 가끔씩 596을 쳐다보게도 되었다. 그리고 가끔 본 596은 여전히 죄수들에게 둘러싸여 있었고, 죄수들은 596이 옷을 꿰매는 것이며, 596이 해주는 재미있는 이야기를 웃으며 들었다. 그 자리에는 501과 방장이 함께하기도 했다. 그리고 어김없이 596 옆에는 359 목사와 어린 191이 함께 있었다. 나는 596에게 뭔가를 해야 한다는 것만 머리에 떠오를 뿐, 실제로는 아무것도 못 한 채 하루하루를 보냈다.

그러던 섣달 첫눈이 내리기 시작한 때, 596에게 이상한 일이 벌어졌다. 596의 얼굴이 창백해지더니 몸을 몹시 떨기 시작했다. 내 눈에는 독감이 든 것처럼 보였다. 다음날도 그렇게 보였는데도 596은 공장으로 나갔고, 그다음 날도 나갔다. 창백한 얼굴에 몸을 떨면서도 매일 공장에 나갔다. 그리고 596은 이전에 비해 느려진 손이지만 쉬지 않고 일을 했다. 그런 596을 나는 시간만 나면 유심히 살펴보았다.

그러던 어느 날 엄청난 눈이 내린 아침, 운동장에 모여 공장으로 갈 준비하고 있을 때, 나는 재빨리 옆 사람과 자리를 바꾸어 596의 옆에 섰다. 간수는 596의 오른팔과 내 왼팔을 줄로 묶었고, 나는 처음으로 596의 체온을 피부로 느낄 수 있었다. 그때 내가 느낀 596의 손등은 차갑다 못해 얼음장 같았다. 나는 작은 소리로 596에게,

"596 선생. 혹시 독감에 걸린 것 아니오?"

라고 물었다. 그런데 596은 말 없이 고개만 가로저었다. 그래서 나도 더 이상 아무 말도 못 하고 걷기를 시작했다. 밤새 퍼부었던 눈 때문인지 길 양쪽은 눈이 수북이 쌓여 있었고, 죄수들은 꽁꽁 언 얼음 길 위를 조심스럽게 걸었다. 손이 서로 묶인 채 걸어야 하는 우리도 조심조심 발길을 옮겼다. 그런데 함께 묶여 있는 내 손에 전해지는 596의 팔에는 아무 힘이 없었다. 마치 내 팔에 허수아비의 손을 묶고 있는 듯한 느낌이었다. 그런데 그렇게 한참을 걷고 있을 때, 간수들이 조금 멀리 있는 것을 확인한 596이 조용히 내게,

"613 아저씨, 제가 몸에 열이 높아요. 지독한 감기 같아요."

하는 것이었다. 나는 596을 곁눈으로 힐끔힐끔 바라보았다. 596은 간수에게 들키지 않게 고개를 숙여 땅을 쳐다보면서,

"남들에겐 옮기지는 않게 하고 있는데, 지금 제가 너무 어지러워요. 혹여 내가 쓰러지기라도 하면 613 아저씨도 혼날 것 같은데요. 혹시 묶여 있는 팔에 제가 좀 의지해도 될까요?"

하는 것이었다. 나도 간수들이 눈치채지 않게 땅을 보며,

"물론이요. 팔이 서로 묶여 있으니까. 그쪽 팔을 내 팔 안으로 돌려서 꽉 잡아요."

라고 말하자, 596은 미안해하면서 팔을 내 팔 안쪽으로 돌렸고, 나도 팔을 돌려서 서로 손을 맞잡았다. 꽉 잡은 596의 손은 얼음장처럼 차가웠다. 나는 본능적으로 다른 손으로 596의 손을 덮어 잡았다.

공장에 도착한 다음에도 나는 596과 같은 조가 되어 일했다. 나는 어느 때보다 열심히 작업하면서 596이 조금이라도 편하게 일할 수 있는 곳을 맡겼다. 596은 굳이 삽질을 하려고 했지만 그런 몸으로 삽질을 하면 쓰러질 것 같았다. 그래서 포대 잡는 일을 맡겼다. 포대를 잡을 때도 허리를 숙여서 잡지 않고 그냥 앉아서 잡을 수 있게끔 큼지막한 돌덩이도 깔아 주었다. 그런 내게 596은 한 사코 고개를 숙였고, 종일 묵묵히 포대를 잡았다.

그날 이후부터, 나는 무슨 일이 있어도 596 옆에서 함께 걸었고, 596과 함께 작업했으며, 돌아오는 길도 596과 함께 했다. 빙판길에 미끄러져 넘어져도 함께 넘어졌고, 서로가 넘어지지 않으려고 발버둥 칠 때도 함께 발버둥을 쳤다. 596은 섣달이 다 지나고 새해를 맞이하고 나서야 점차 열도 내리고 손에도 힘이 들기 시작했다. 이렇게 이십여 일을 596과 함께 지낸 나는 그사이에 596과 많은 이야기도 나누었고, 건강을 회복한 596과 재미있는 이야기도 웃으면서 나누는 사이가 되었다.

감방 죄수들도 596 걱정을 많이 했지만 어찌할 수 없어 마음만 애타했다. 그런데 오히려 596은 찬 겨울을 보내고 있는 다른 죄수들을 걱정했다. 어느 날은 596이,

"우리가 이번 겨울을 넘기려면 서로가 서로를 따뜻하게 품어야 합니다. 그래서 두 명이 쓰는 모포를 합쳐 네 장 중에서 두 장은 깔고 두 장을 덮으면서 한 사람은 다른 사람의 등을 껴안고 자는 것이 어떻습니까?"

하는 것이었다. 그런데 감방에서 죄수들이 서로 껴안고 잔다는 것은 말도 안 되는 것이었다. 죄짓고 들어온 죄수들은 서로가 서로를 미워했고, 하찮은 일에도 주먹다짐하는 일이 다반사였다. 그런 죄수들이 어떻게 서로를 껴안고 잘 수 있을까? 말도 안 되는 596의 제안에 이번엔 방장도 고개를 절레절레 흔들었다. 그런데도 596은 굽히지 않고,

"서로가 죄인이라는 생각이면 절대로 껴안고 자지 못합니다. 그런데 지금 옆에 있는 사람이 고향 집 동생이고 아저씨고 형이라고 생각합시다. 그렇게 생각하면 얼마든지 껴안고 잘 수 있습니다. 우리는 여기서 살아서 나가야 합니다. 서로 못 믿는 것도 다 접어놓고, 힘을 합쳐 살아서 나가자는 생각을 하지 않으면 이번 겨울을 넘기기 어려운 사람이 생깁니다."

하는 것이었다. 596의 완강한 설득에 처음에는 중얼중얼 불평하던 사람들도 일단 며칠 시간을 갖고 더 이야기하기로 했다. 심한 독감에 머리가 뜨거운 데도 불구하고 596은 열심히 주변 사람들을 설득했고, 596의 주변 사람들이 먼저 짝을 지어 등을 껴안고 자는 일이 벌어졌다. 그런데 짝을 지어 잠을 잤던 사람들이 밤새 따뜻했다는 말에, 너나없이 맘이 맞는 사람들끼리 짝을 지어 껴안고 잠을 자게 되었다. 결국 방장도 부방장을 껴안고 잠을 자게 되어, 우리 방은 모두가 잠잘 시간이 되면 서로의 짝을 찾느라고 한바탕 소동이 벌어지기도 했다.

그렇게 서로를 껴안고 자게 된 우리는 유난히 추웠던 그해 흥남

의 섣달 한겨울을 버틸 수 있었다. 뒷산을 넘어온 얼음 같은 찬바람도 감방 안 죄수들의 희망까지는 얼릴 수 없었다. 그리고 1950년, 새해 설날을 맞이했다. 설날에 배급된 2개의 보리개떡도 모두가 하나씩을 방장에게 맡겼다. 359 목사의,

"누군가가 뭘 먹고 있으면 더 배고픔을 느끼게 됩니다. 그러니까 다 함께 보리개떡을 하나씩 남겨 두었다가 같은 날 함께 먹읍시다."

라는 제안에 따른 것이었다. 물론 설날에 나온 돼지비계 국물은 많은 사람들을 설사에 시달리게 했고, 똥간을 갈 때마다 596에게,

"선생님… 미안합니다… 제가 너무 급해서…"

하는 말과 함께 바지춤을 내리자마자 일을 보는 죄수들의 많았다. 그럴 때마다 596은 항상 벽 쪽에 붙어 앉으며,

"괜찮아요. 걱정하지 말고 빨리 누세요."

라고 말하며 미소를 보였다. 오후에 596 옆에 아무도 없는 것을 본 나는 그와 이야기를 하고 싶은 마음에,

"501 동생, 596 선생과 얘기라도 할까?"

라고 물었다. 그러자 501도 기다리고 있었다는 듯이 596 쪽을 한 번 보더니,

"좋죠, 형님. 선생 옆에 아무도 없으니까 지금이 좋겠네요."

하는 것이었다. 우리는 슬금슬금 596의 옆으로 다가갔다. 596은 바느질용 실을 꼬며 앉아있었다. 내가 아직 596과 서먹서먹할 것으로 생각한 501은 앞장서서,

"596 선생님. 실 만들고 있어요?"

하며 말을 걸었고, 596은 미소를 보이며 우리를 올려다보았다. 우리는 실을 꼬고 있는 596의 손을 보며 그의 옆에 앉았다. 596도 잠시 실 만들기를 멈추고, 우리 쪽으로 몸을 돌리면서,

"두 분은 배 안 아파요?"

하고 물었고, 나는 배를 톡톡 치면서,

"내 배는 끄떡없습니다. 하하."

하며 웃었다. 그리고 셋이서 함께 감방 생활에 대해서 이런저런 이야기를 나누었다. 596은 이전보다 많이 야위었지만 그래도 많이 회복되어 웃는 얼굴이 밝았다. 나는 이런저런 이야기를 나누던 중에, 갑자기 작년에 설날 지나고 며칠 안 되어서 596이 종일 밥을 안 먹었던 일이 생각났다. 그래서,

"596 선생. 작년에 설날이 며칠 지나서, 아무것도 안 먹은 날이 있었죠?"

하고 조심스럽게 물었다. 그랬더니 596은 약간 놀라는 눈으로 나를 잠시 보더니, 이내 웃으면서,

"그걸 어떻게 아세요?"

하고 되묻는 것이었다. 나는 그 당시 트집을 잡으려고 유심히 보았다고 말할 수 없어 그냥 머리만 긁적거렸다. 그러자 596은,

"그날은 제 생일이었습니다. 그런데 내 생일을 기억하는 어머니께서 감옥에서 생일을 보내는 나를 생각하고 가슴 아파할 것을 생각하니 목에 밥이 넘어 가질 않았어요. 그래서 밥을 먹을 수가 없

었답니다."

하는 것이었다. 이 말에 501은,

"596 선생님. 생일이었어요? 어? 그럼 조금 있으면 또 생일이네요?"

하며 물었고, 596은 그냥 멋쩍은 미소만 보였다. 나는 속으로,

'아… 생일이었구나. 생일인데… 어머니 생각에 먹질 못했구나…. 그런데 나는 오히려 내 직감만 믿고 그를 미워했으니… 내가 너무 미안한 짓을 했네….'

하고 생각하고 있었다. 그런 나를 잠시 바라보던 596은,

"생일이면 고향에 계신 어머니께 더 미안한 생각만 듭니다. 난 어머니에게는 정말 못 된 아들입니다."

하며 고개를 떨어뜨리며 돌돌 감고 있던 실뭉치만을 바라보았다. 어머니 이야기에 갑자기 숙연해진 596의 모습에 우리도 더 이상 말을 할 수 없어, 서로 눈치를 보며 조용히 자리로 돌아가 앉았다.

새해를 맞이하고 나서도 다른 방 죄수들은 많이도 죽어 나갔다. 다른 방 죄수들이 죽어 나가는 것은 새벽 4시 반에 있던 새벽 점호에서 알게 됐다. 감방마다 죄수들의 숫자가 눈에 띄게 확연히 줄고, 매일 얼어 죽은 시신들 7, 8구씩이 들것에 실려 나와 트럭에 실렸다. 1950년의 겨울은 이전 겨울에 비해 더 혹독하게 추웠다.

설날 596과 대화를 한 이후, 나와 501은 몇 차례 596에 관한 얘기를 서로 나누었다. 그리고 501과 함께 방장 919와 부방장 739와 함께 이야기도 나누었다.

"네. 방장님…. 그렇다니까요. 그러니까… 그날… 몰래…."

이런 나의 속삭임에 방장과 부방장은 고개를 끄덕였고, 501은 눈치를 보며 다른 사람들이 듣는지 망을 보았다. 이야기를 마친 나와 501은 방장에게 눈으로 인사하고 자리로 돌아와 뒤를 돌아봤더니, 방장과 부방장도 뭔가 서로 귓속말을 주고받고 있었다.

설날이 지나고 6일째를 맞이하는 2월 22일은 수요일이었고, 다 함께 미숫가루로 떡을 만들어 먹는 날이었다. 밤에 먹을 떡 생각에 죄수들은 서로를 깨워가면서 추운 새벽을 맞이했다. 나는 새벽 점호를 마치고 감방으로 돌아와, 어수선한 감방을 휘돌아보며 방장 919에게 갔다. 방장은 기다리고 있었다는 듯이 내게 조심스럽게 종이뭉치를 건넸다. 방장과 나는 다른 사람들이 눈치채지 못하도록 최대한 조심했다. 나는 얼른 그것을 바지 속 깊은 곳에 숨기고 조심스럽게 자리로 돌아왔다. 그리고 아침으로 나온 밥 덩이를 씹으며 596을 잠깐 보았는데, 역시나 596은 아무것도 먹지 않았고, 밥 덩이를 옆에 앉은 죄수에게 나눠줬다. 나는 입속에 있던 밥알을 씹으면서,

'정말로 밥을 먹지 않을 생각이구나….'

하는 생각이 들면서도,

'심한 독감을 앓고 난 뒤라 아직 다 회복되지도 않았을 텐데… 밥도 먹지 않고… 추운 밖에서는 오한이 들 텐데….'

하며 측은한 맘이 들었다. 공장으로 가는 길에도 596은 평상시보다 많이 넘어졌다. 넘어지는 596을 보면서 나는,

'아무것도 먹지 않아 다리에 힘이 없기 때문이겠지….'

하고 생각했다. 오늘은 나 대신 501이 596 옆에서 손을 붙잡고 갔었다. 그런데 501이 아무리 안간힘을 써도 둘이 함께 미끄러지기 일쑤였다.

겨우 도착한 공장에는 어김없이 김이 모락모락 나는 암모니아 비료가 우리를 맞았고, 죄수들은 간수들의 매서운 눈빛 속에서 작업을 시작했다. 오전 내내 뜨거운 암모니아에 땀을 흘렸고, 숨이 턱에 찰 즈음에서야 점심을 알리는 사이렌이 울렸다. 땀과 비료에 범벅이 된 죄수들은 맥이 풀린 채 감자를 받아 여기저기로 흩어졌다.

596은 받은 감자를 일찌감치 191에게 주고, 조금 떨어진 곳에 홀로 앉아있었다. 나와 501, 그리고 방장과 부방장은 서로 눈치를 보면서 재빨리 감자를 먹고 슬금슬금 모였다. 그리고 간수들의 눈치를 살피면서 596이 앉아있는 곳으로 다가갔다. 596은 우리가 다가가는 것도 모른 체 두 눈을 지그시 감고 있었다. 우리는 596 옆에 살그머니 앉았고, 나는 바지 속 깊은 곳에 손을 넣어, 종이로 둘둘 말려진 조그마한 뭉치를 꺼냈다. 바지 속에 있던 뭉치는 완전히 땀에 찌들어 있었다. 땀에 찌든 뭉치를 보면서 방장과 501은 난처한 표정을 지었고 부방장은 하늘을 쳐다보았다. 나는 눈을 지그시 감고 있는 596을 조용히 불렀다.

"596 선생. 596 선생"

내가 속삭이는 말에 596은 눈을 뜨며 우리를 바라보았다. 갑자

기 나타난 우리 모습에 적잖이 놀라는 눈치였다. 596이 크게 눈을 뜨고 우리를 보자,

"596 선생. 이거…"

하면서 나는 종이 뭉치를 슬그머니 내밀었다. 596은 놀라는 눈으로 우리와 종이 뭉치를 번갈아 바라보면서,

"613 아저씨. 이게 뭡니까?"

하고 물었다. 나는,

"그게… 그러니까… 이것은… 그러니까…."

하면서 말을 흐리자. 501이 말을 가로채며,

"596 선생님. 오늘이 선생님 생일이죠? 그래서 우리가 상의해서 596 선생이 드시라고 미숫가루 떡을 만들었습니다."

라고 말했다. 그러자 596은 더욱더 커진 눈으로 말도 못하고 그냥 보고만 있었다. 그러자 방장이,

"596 선생. 오늘이 생일인데. 어머니 생각에 아무것도 못 먹는다는 얘기를 들었습니다. 그런데 생일에 아무것도 안 먹는 아들 모습을 어머니가 알면 아마도 더 속상할 겁니다. 그러니 우리가 만든 떡이 맛이 없더라도 좀 드십시오."

하며 조용히 말했다. 그러자 596은 방장과 부방장 그리고 501과 내 얼굴을 차례로 훑어보더니, 이내 머리를 푹 숙였다. 우리는 뭔가 잘못됐나 싶은 마음에 서로를 쳐다보았다. 그런데 한참 고개를 숙이고 있던 596의 어깨가 들썩였다. 우리는 어찌 된 일인지로 몰라서 서로 바라만 보고 있었는데, 한참 후에 596이 얼굴을 들었다.

그제야 우리는 596의 얼굴을 바로 볼 수 있었다. 그의 눈은 얼마나 울었는지 빨갛게 충혈되어 있었고, 고개를 든 눈가에서 남아있던 눈물이 볼을 따라 흘렀다. 우리는 뭐라 말하기 어려운 심정에 그저 멍한 눈으로 596을 바라볼 수밖에 없었다. 그러자 596이 눈물을 훔치면서,

"아저씨들 정말로 감사합니다. 이렇게 내 생일을…"

하며 또 눈에서 눈물을 흘렸다. 그래서 나는 재빨리,

"596 선생, 이게… 좀… 바지 속에 넣어 왔더니 땀에 절었어요. 맛이 없을 텐데 미안해요"

하며 596의 손에 종이 뭉치를 쥐여주었다. 시간이 좀 지나고, 596은 눈물을 훔치더니 조심스럽게 종이 뭉치를 풀었다. 종이 뭉치 속의 미숫가루 떡은 말로 표현하기 힘든 모양을 하고 있었다. 땀에 절어서인지 색깔도 까맣게 보였다. 그런데 596은 쾌쾌하게 냄새나는 미숫가루 떡을 조심스럽게 다섯 개로 나눴다. 그러더니,

"우리 같이 먹어요."

하는 것이었다. 우리는 손사래까지 치며 방금 감자를 먹어서 우린 괜찮다고 했지만 596은,

"생일 떡은 서로 나눠 먹어야 복이 온대요."

하며 눈물 자국이 있던 얼굴에 미소를 보였다. 우리는 마지못해서 596이 주는 떡 조각을 하나씩 나눠 먹었다.

지옥 같은 흥남, 사형수의 처형장 같은 작업장에서 나눠 먹는 미숫가루 떡은 말로는 표현하기 힘들게 맛있는 떡이었다. 우리는 떡

을 나눠 먹으며 세상을 다 가진 형제 같은 기분으로 서로를 바라보며 웃었다.

13장
차가운 봄

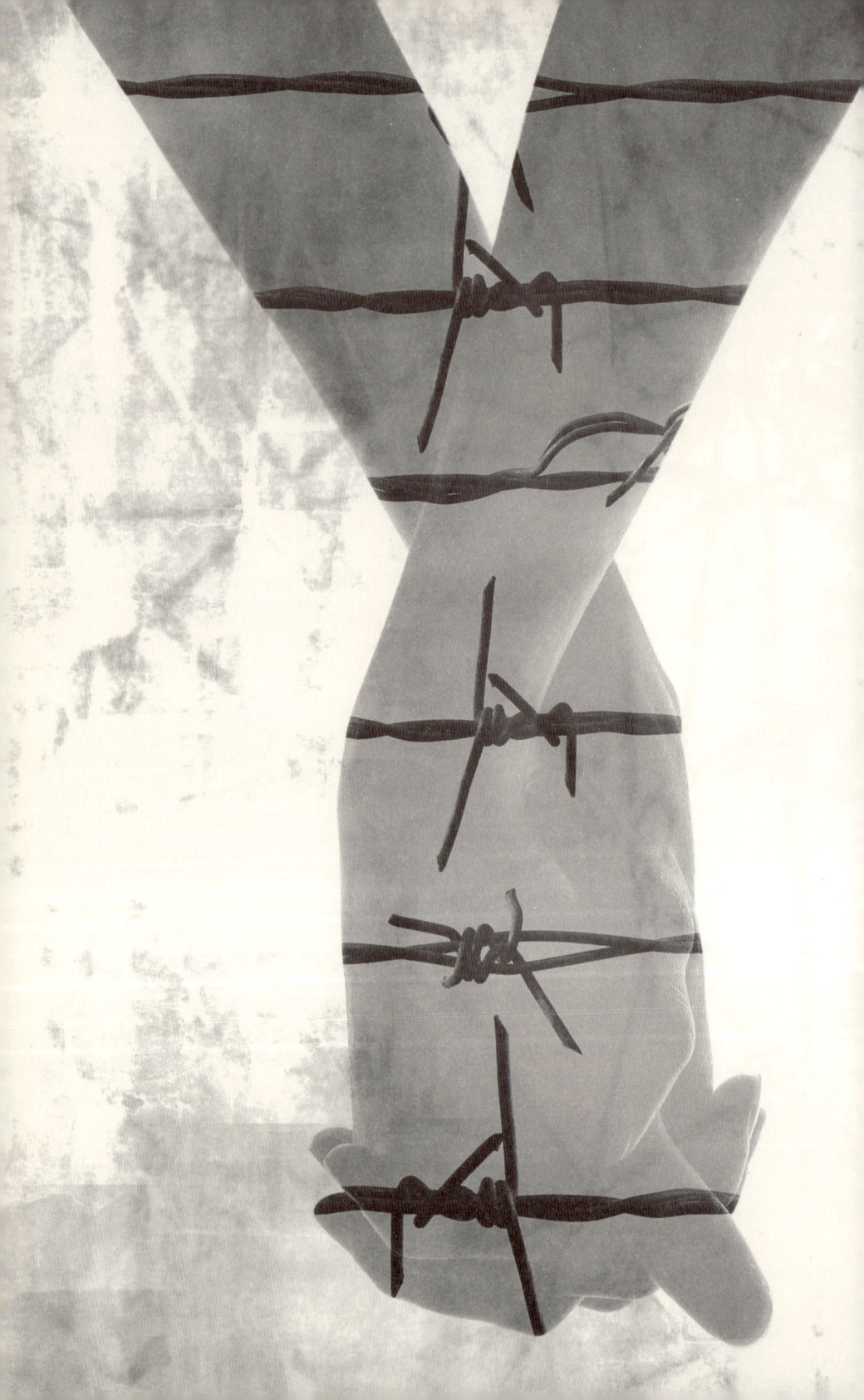

1950년 4월, 봄은 맞이하였지만, 알몸으로 검사받는 새벽 점호는 죄수들의 온몸을 얼어붙게 할 만큼 충분히 추웠다. 그런데 새벽의 운동장 풍경은 많은 변화가 있었다. 가장 많이 변한 것은 다름 아닌 죄수들이 바뀐 것이었다. 다른 방의 죄수들은 대부분 추운 겨울을 넘기지 못했다. 죄수의 미숫가루를 뺏어 먹던 못된 방장들까지도 죽어 나갔다. 그만큼 이번 겨울은 노동도, 추위도, 식사 배급도 그 모든 것이 혹독했다. 다행히 우리 방은 많은 사람이 겨울을 넘길 수 있었다. 그래도 두 명이나 트럭에 실려 나갔다.

포수였던 1403 할아버지와 1012 아저씨였다. 1403 할아버지는 겨울을 두 해나 넘겼던 할아버지였고, 꼭 살아서 손녀딸을 봐야 한다던 억센 사람이었다. 그런데 출감을 한 달 남기고 심한 감기를 앓더니, 우리가 모아준 밥 덩어리도 소용없이 새벽에 일어나지 못했다. 새벽 점호를 위해 감방을 나서던 모든 사람들은 발걸음을 멈추고, 할아버지가 실려 나가는 들것을 그저 바라보기만 했었다. 개

차가운 봄

중에 할아버지와 친했던 죄수는 눈물을 흘리며 훌쩍이던 사람도 있었다. 그리고 또 한 명, 포목상을 한다던 1012 아저씨는 들어온 지 일 년을 넘기지 못하고, 기침을 며칠간 계속하더니 작업 중에 피를 토하고 죽었다.

우리 감방도 두 명의 신입 죄수가 들어왔지만 다른 방에는 거의 모든 사람이 신입 죄수로 채워졌었다. 그래서 그런지 요즈음 새벽 점호에 많은 시간을 보냈고, 물소 간수장은 더 심하게 눈알을 희번덕거리며 죄수들을 노려보았다.

추운 겨울을 보내는 동안에 전에는 보기 어려웠던 일도 있었다. 내 기억에는 한 번도 면회가 없었던 방장이 수차례 면회를 했다. 방장 면회는 한 달에 한 번씩 꼭 있었고, 그때마다 손에는 미숫가루가 든 큰 자루를 들고 들어왔다. 방 안의 사람들은 방장을 면회 온 사람이 누구인지 아무도 몰랐다. 그런데 항상 면회를 마치고 돌아온 방장은 미숫가루를 선반 위에 올려놓고 부방장과 함께 596의 자리로 가서 뭔가를 속삭였다. 나는 무슨 이야기를 하는지 무척이나 궁금했지만 꾸욱 참았다.

봄이 되면서 감옥을 지키는 간수들도 많이 바뀌었다. 특히 눈에 띄는 것은 젊은 간수들이 사라지고 이제 갓 스물 된 나이 어린 간수들이 많아졌다. 가끔은 아직 스물도 넘지 않아 뵈는 간수들도 눈에 띄었다. 우리 감방을 담당했던 간수도 어린 간수로 바뀌었다. 어린 간수들이 많아져서 그런지 물소 간수장의 포악질은 더욱 심해졌다. 그는 나이 어린 간수에게 막말과 욕까지 해가면서 일을 부렸다. 새로 온 간수들은 물소 간수장이 시키는 일에만 충실한데도, 물소 간수장은 햇병아리 간수들이 맘에 들지 않는지 항상 욕을 하며 이것저것을 지시했다.

그리고 무엇보다도 감방 안에도 변화가 있었다. 596이 노래를 만든 것이다. 왜정시대에 시내에서 일본군이 행진할 때 항상 부르던 군가에 가사를 바꾸어서 부르는 노래였다. 왜정시대에 어디서나 울려 퍼지던 군함 행진곡이라는 노래가 있었다. 그 노래는 힘찬 행진곡이었는데 나팔 소리에 따라 불렀다.

'딴 따따 딴딴따 따따딴따라….
마모루모 세무루모 구루가네노
우카베루 시이로죠 타노미나루…'

이 노래는 일본군의 대표적인 군가였다. 물론 왜정 때는 어디서나 들었던 노래였기 때문에 죄수들은 누구나 다 알았다. 1403 할아버지가 죽은 날, 그날부터 596이 혼자 중얼거리며 불렀던 것을 감방 죄수들이 재미로 따라 부르게 되었다. 596은 행진곡에 가사를 붙여 불렀었다.

'6천 년의 원한의 터 싸움의 동산 승리의 한 중심을 세우시려고…'

나도 노랫말 속에 원한과 싸움이라는 말이 맘에 와 닿아서 몇 번 듣고는 금세 다 외워버렸다. 그래서 가끔씩 작업 중에도 흥얼거리

차가운 봄 199

면서 부르기도 했다. 감시하는 간수들도 나이가 어리고 새로 와서 인지, 아니면 우리가 불쌍해서 인지 흥얼거리면서 노래를 불러도 별 간섭이 없었다.

봄비가 내리던 어느 날, 저녁밥을 다 먹고 노동교화 책 읽기까지 다 끝내고, 분주히 잠자리를 준비하고 있을 때였다. 방장이 부방장에게 눈짓을 하자, 부방장은 감방 문틈으로 밖을 두리번거렸고 부방장이 오케이 사인을 하자, 방장은 사람들을 모이라고 했다. 그러자 모든 죄수는 둥그렇게 원을 그려 방장을 중심으로 일사불란하게 모였다. 방장은 모인 죄수들에게 조용히 앉으라는 신호를 했고 모두 신속하고도 조용히 앉았다.

"오늘 밤에 잠깐 이야기해 둘 것이 있다. 시간이 없으니까 조용히 들어."

그러고 나서 방장은 손짓으로 596을 불러 자리를 만들어 주었다. 596은 침착하게 가운데 서서 주위를 한 번 둘러보고는 말을 꺼냈다.

"지난겨울 내내 방장을 면회 왔던 사람은 작년 가을에 출감했던 838 아저씨였습니다. 838 아저씨는 매달 한 번씩 미숫가루를 싸 들고 면회를 왔습니다. 그리고 밖에서 벌어지고 있는 일 여러 가지를 알려주었습니다. 그 내용을 모두 알아야 하겠기에 방장과 부방장과 함께 의논해서 말씀을 드립니다."

나는 596의 말에 방장을 면회 왔던 사람이 838이었다는 사실에 내심 놀랐다. 그리고 마른침을 삼키며 596을 지켜보았다.

"지금 인민정부는 엄청난 인민군을 남쪽 휴전선 쪽으로 배치했습니다. 그리고 18세 이상 청년은 모두 강제 징집해서 총검술 훈련을 하고 있답니다. 이곳을 지키던 청년 간수들은 휴전선 쪽으로 보냈고, 이곳은 나이 어린 군인으로 배치했습니다. 지금의 여러 가지 상황을 보건대 멀지 않아서 남북 간에 큰 전쟁이 일이 날 것으로 보입니다. 그렇게 되면 우리 죄수들은 더 힘들어지게 됩니다. 가장 먼저 배급 식량을 줄이고, 면회도 금지하게 될 것 같습니다. 그렇게 되면 매주 수요일과 토요일 함께 먹었던 떡도 못 먹습니다. 그래서 앞으로는 떡 먹는 날도 일주일에 한 번으로 줄여 식량을 아끼고, 서로를 더 많이 챙겨야 할 것 같습니다. 그리고 만에 하나라도 전쟁이 터지면 방장 이야기를 잘 따라야 합니다. 방장은 전쟁 경험이 많으니 절대 따라야 합니다. 우리끼리는 서로 힘을 합쳐서 반드시 함께 살아나갑시다."

나는 596이 심각하게 하는 말을 들으며 앞으로 큰 전쟁이 터질지 모른다는 말에 몹시 불안했다. 간수들이 많이 바뀐 사실만으로도 뭔가 불안함을 느끼고 있었는데, 596이 말하는 표정에서도 분명히 일이 터질 것 같다는 불길한 예감이 더 강하게 들었다.

감방의 사람들은 방장이나 596 덕분에 겨울을 넘길 수 있었기 때문에, 그 둘을 대단히 믿고 있었다. 그래서인지 모두 심각한 표정으로 이야기를 들었고, 596의 이야기가 끝나자 방장이,

"그럼 앞으로는 떡은 토요일만 먹자. 그리고 쉬는 시간이나 점심시간에는 풀뿌리나 들쥐도 더 잡아서 보충하자."

라고 말하면서 눈으로 부방장을 힐끔 쳐다보았다. 그러자 부방장은 크게 손을 흔들었고, 이것을 본 방장은,

"빨리 돌아가."

하고 급하게 말했다. 우리는 아무 일 없던 것처럼 재빨리 각자의 잠자리로 돌아갔고, 바로 뒤에 간수의 눈동자가 감방의 쇠살창을 통해 비쳤다. 나는 자리에 누워서,

'인민정부가 나이 어린애들까지 군인으로 차출해서 총검술을 가르쳐 인민군을 만들고, 삼팔선으로 이동을 시켰다면, 삼팔선을 사이에 두고 인민군과 남한 정부군이 대치하고 있는 것이구나…. 그러면 남쪽으로 내려가던 사람들도 삼팔선을 넘기가 힘들어지겠지…. 그래도 설마 남쪽 고향으로 돌아가는 사람들에게 총질이야 하겠나? 그러지는 않겠지…. 왜놈들로부터 해방된 지 얼마 되지도 않는데…, 설마….'

하고 생각했다. 그렇지만 이야기하던 596의 눈빛이 예사롭지 않게 느껴졌고, 방장의 말에도 뭔가 비장함이 느껴졌기 때문에 나도 모르게 두 손으로 모포를 턱밑까지 끌어당겼다.

이런 모임이 있고 나서 며칠 후에 놀랍게도 죄수의 면회가 전면 금지되었다. 그때부터 감방에서는 바깥세상 이야기를 들을 수 있는 길이 거의 없었다. 이렇게 외부와 단절되면 될수록 우리 방 사람들은 더욱 형제 같은 마음으로 서로를 챙겼다. 그리고 마음이 불안해질 때면 596이 만든 노래를 서로 흥얼대며 불렀고, 그 노래는 왠지 모를 용기를 우리에게 주었다.

신입 죄수들이 너무 많아서 다른 방에서는 서로 방장이 되려고 싸우는 일까지 벌어졌다. 그런데 오래된 죄수들은 모두 허약한 반면, 신입 죄수들은 아직 쌩쌩해서 주먹질로 신입 죄수가 방장이 된 곳도 많았다. 방장이 되려고 싸우는 방은 어김없이 간수들이 총을 들이대고 죄수를 복도로 끌어내 몽둥이찜질을 했다. 독방은 이미 다 차서 더 이상 보낼 수도 없기 때문에 몽둥이로 더 심하게 매질을 했다.

새벽 점호에선 새로 방장 된 사람을 확인할 수 있었다. 새벽에 다 모이면 각 방의 방장이 맨 앞에 섰기 때문이었다. 그리고 우리 감방은 항상 왼쪽 가장자리에 있었는데, 언제부턴가 우리 방이 한가운데 서서 검열을 받았다. 아마도 우리 방은 죄수들이 많이 바뀌지 않았기 때문에 다른 방에 표본으로 보여주기 위해서인 것 같았다. 그리고 호랑이 방장은 모든 방장을 대표하는 총방장이 됐다.

새벽이 점차 밝아지는 4월 중순, 우리 감방 사람들은 운동장 한가운데서 알몸으로 몸수색을 당하고 있었다. 그날은 마침 내가 제일 앞에 서 있었기에 다른 방의 방장들이 눈에 들어왔다. 나는 물소 간수장의 부리린 눈을 피해 재빨리 검사를 마치고 주섬주섬 옷을 챙겨 입고 있었다. 그때, 우리 열에서 가장 멀리 떨어진 감방의 방장을 힐끔 보았다. 그리고 그 방장을 잠시 동안 멍한 눈으로 바라보았다. 머릿속에선,

'어디서 많이 본 얼굴인데…. 어디선가 봤는데….'

하는 생각이 들어서 그저 멍하니 보았다. 그러자 내 옆에 있던

501이 작은 소리로,

"형님, 옷 입어요. 물소가 보고 있어요."

하는 것이었다. 나는 얼른 정신을 차리고 입던 옷을 마저 입고 감방으로 들어갔다. 감방으로 돌아가는 길에 그 방장 얼굴을 한 번 더 보고 싶었지만 길이 반대라 볼 수 없었다. 나는,

'분명히 본 얼굴인데…. 분명히 어디선가 본 얼굴인데….'

하는 생각만 맴돌았다. 그러자 501이 옆에 바싹 붙으면서,

"형님. 요즘 간수장 신경이 날카로워요. 빨리 움직이지 않으면 바로 몽둥이에요."

하는 것이었다. 나는 501에게 살짝 미소를 보이며 방으로 들어갔다. 그런데 그때 뭔지 모를 불안감이 내 등을 따라오는 것을 직감했다.

사식과 함께 바깥소식을 전해주던 면회가 중단되자, 죄수들은 더 불안했다. 신경이 날카로워진 다른 방 죄수들은 싸우기 일쑤였고, 그만큼 간수들의 몽둥이질도 늘었다. 가끔은 작업장에서 싸우는 죄수에게 총까지 쏘았다. 오전과 오후의 휴식 시간도 없어지고 점심시간만 있어 죄수들은 거의 죽기 직전까지 일만 했다. 간수들은 될 수 있으면 시간 안에 작업량을 마치고 감방으로 데리고 가려 했기 때문에 노동은 더욱더 혹독해졌다. 그나마 우리 방 사람들은 서로 격려하며, 일을 잘 분담해서 노련하게 했기 때문에 우리를 맡은 간수는 조금 여유가 있어 보였다. 그래서 다른 간수의 눈을 피해 가끔씩 물통을 일터까지 가져다주었다. 그런데 물소 간수장은

우리 감방 사람들을 보는 눈이 더욱 사나웠다. 간수장은 항상 우리 앞에서 잘 뭉치는 우리가 눈에 거슬린다는 표정을 지었다.

4월도 며칠 남겨놓지 않았던 어느 날, 물소 간수장이 직접 우리 쪽 작업을 감시하게 됐다. 그때는 점점 날이 더워져서 죄수들은 물 마시며 일하는 것이 유일한 소망이었다. 그날, 점심시간에 모두가 지쳐서 누워 있다가 사이렌 소리에 작업장으로 들어섰다. 그런데 그때, 간수장이,

"오늘은 상당히 덥다. 그러니까 빨리빨리 작업을 마쳐라. 알겠나!"

하는 지랄 같은 말을 했다. 그런데 보통 때는 그냥 잘 넘어가던 방장이 대뜸 물소 간수장에게,

"작업 중에 물이라도 마실 수 있게 해주면 더 빨리할 수 있습니다."

라고 소리를 쳤다. 그러자 물소 간수장은 휘둥그레진 눈으로 방장을 쳐다보며,

"뭐라고? 총방장, 방금 뭐라고 했나?"

하는 것이었다. 갑작스러운 소동에 모두 놀란 눈으로 방장을 보았는데, 무슨 생각인지 방장은 전혀 굽힐 기세도 없이,

"쉬는 시간도 없으니까, 작업 중에 물이라도 마시면 일을 더 빨리할 수 있다고 했습니다."

라고 대꾸를 했다. 그러자 물소 간수장은 곤봉을 손바닥으로 탁탁 치며 한참 동안 방장을 노려보았다. 그러더니,

"물을 마실 수 있게 해달라고?"

하며 방장 앞으로 걸어가는 것이었다. 방장은 아무 말이 없었다. 방장 앞에선 물소 간수장은 방장을 똑바로 쳐다보며,

"어이 총방장. 다시 한 번 말해 봐."

라고 하자, 방장은 물소 간수장의 눈을 빤히 쳐다보면서,

"물이라도 마실 수 있으면 더 빨리 일을 할 수 있다는 말이요. 일을 더 빨리 끝내는 것이 간수장이 원하는 것 아니오?"

하는 것이었다. 그때 방장의 표정은 매우 비장하게 보였다. 방장도 물소 간수장의 눈을 계속 쳐다보며 한참 동안 서로 눈싸움을 했다. 한참을 그러더니, 갑자기 물소 간수장이 눈을 돌려 다른 죄수들을 바라봤다. 이때 물소 간수장은 방장의 눈에서 이전과 다른 뭔가를 느낀 것 같았다. 죽음까지도 각오한 방장의 서늘한 눈빛. 이런 눈빛을 느낀 물소 간수장은 죄수들을 둘러보더니 다시금 방장을 째려보면서,

"어이, 그래. 좋소. 총방장. 그럼 오늘 남은 할당량을 5시까지 다 끝내면, 내일부턴 작업 중에 물을 마시게 하겠소. 그런데 만일 5시까지 다 못하면, 모든 죄수의 식량 배급을 일주일간 절반으로 하겠소. 어떻소? 하겠소?"

하는 것이었다. 오늘 방장과 함께 작업하고 있는 나와 501 그리고 596과 나머지 사람들은 그저 묵묵히 이 광경을 지켜봐야 했다. 방장은 우리들을 한번 주욱 훑어보더니,

"좋습니다. 5시까지 남은 800포대를 다 하겠습니다. 그럼 간수장님은 약속을 꼭 지키십시오."

하는 것이었다. 이 말에 물소 간수장은 간수 둘을 불러 명령하였다.

"오늘 여기 작업조가 5시까지 할당량을 다 하면, 모든 죄수들은 내일부터는 작업 중에도 물을 마실 수 있도록 한다. 그러나 만일 1분이라도 늦으면, 전체 죄수들 식사를 내일부터 일주일간 절반으로 줄인다. 알겠나?"

방장과 우리는 뜻하지 않게 일이 커져버렸다는 것을 느꼈다. 우리가 남아있는 800포대를 다 못하면 모든 죄수들이 절반의 밥으로 일주일을 버텨야 한다는 생각에 손에선 땀까지 났다. 그러나 이미 주사위는 던져졌다. 물소 간수장은 매우 흥미롭다는 듯이 일그러진 미소를 지으며,

"자, 그럼 지금부터 시작이다. 그리고 너!"

하면서 가장 어리게 보이는 간수를 부르더니,

"넌 다른 데 가지 말고 이곳만 감시해라. 다른 놈들이 돕지 못하게 잘 감시하란 말이다. 알겠나!"

하면서 총총걸음으로 사라져 버렸다. 걸어가는 물소 간수장을 지켜보던 방장에게 501이 다가가서는,

"방장님. 괜찮아요? 왜 그랬어요?"

하며 애처로운 눈으로 방장을 바라보았다. 그러자 방장은,

"작업하며 물도 못 마시면 쓰러질 사람들이 너무 많아. 그럼 작업도 늦어지고 아무리 서로 도와도 사람들이 버티지 못해. 우리가 5시까지 작업을 마치느냐 못 마치느냐에 모두의 목숨이 걸렸다고

생각하자. 못하면 물도 밥도 없다. 해내야만 물이라도 마실 수 있다."

라고 했다. 방장은 물도 못 마시면 어차피 죽게 된다는 것을 알고, 살기 위해서는 물이라도 마셔야 한다는 것에 도박을 건 것이었다.

방장은 작업조를 둘러보았다. 우리 조는 방장과 나, 501, 359 목사와 191 그리고 596 선생과 298, 1201 그리고 신입 죄수 2명이었다. 그리고선 신속하게 각자의 역할을 나누었다. 신입 죄수 두 명은 서툴기 때문에 포대 잡는 일을 맡겼고, 방장과 501이 삽질을 맡았다. 그리고 나머지 여섯 명은 포대를 묶어 도락꾸에 옮겼다.

12시 반을 조금 넘어서 시작된 작업은 다른 조에 비해 빠른 속도로 해 나갔다. 보통 때 작업은 간수들이 몽둥이를 휘두르며 재촉해도 6시를 넘어서 끝났다. 그런데 지금은 한 시간이나 더 빨리 끝내야 했다. 이것은 불가능할 것 같은 생각이 들었다. 이런 사실을 몰랐던 다른 죄수들은 이미 작업중에 있었다. 그런데 우리가 빠르게 일하는 모습을 본 다른 죄수들이 뭔가 이상한 낌새를 눈치챈 모양이었다. 그리고 우리를 감시하던 간수를 통해 다른 간수와 모든 죄수들에게 간수장의 말이 점점 퍼져나갔다. 그래서 목이 탈 정도로 심한 갈증을 느낀 4시쯤에는 이미 모든 죄수가 알게 되었고, 가끔 간수의 눈을 피해 우리를 힐끔힐끔 쳐다보았다. 개중에 어떤 죄수는 우리가 했던 작업량과 시계를 번갈아 보는 사람도 있었다.

우리는 정말 미친 듯이 일을 했다. 501과 359 목사가 너무 지쳐 포대를 들다 쓰러지면 596이 달려가 대신 들쳐 맸고, 501의 삽질이 느려지면 내가 달려가 교대했다. 방장이 지쳐서 삽을 쉬면 나이 어린 191이 대신 삽질을 해댔다. 우리는 서로서로가 눈빛으로 격려하며 포대를 들쳐 매고 달려 다녔다. 힘에 부친 501은 넘어져서 무릎에서 피가 나는데도 아랑곳하지 않고 작업에만 집중하고 있었다.

포대 숫자는 무게를 검사하는 검사원이 적어두고 있었다. 그리고 30분밖에 남지 않은 시점에서 이미 730포대까지 끝마쳤다. 그렇지만 심한 긴장감과 미친듯한 작업에 우리들은 엄청난 갈증을 느끼고 있었고, 입안이 바싹 말라 입술이 쩍쩍 갈라졌다. 그리고 모든 수분을 땀으로 흘린 몸뚱어리는 생각하는 데로 움직여 주지도 않았다. 20분을 남겨 놓고는 포대를 들고 걷던 어부 298도 넘어지기 일쑤였다. 남은 것은 60포대밖에 남지 않았지만 일하는 속도는 매우 느려졌다. 자꾸만 넘어지고 입술이 쩍쩍 갈라진 우리를 다른 죄수들도 힐끔힐끔 보면서 안타까운 시선을 보냈다.

시간은 흘러 15분을 남겨 놓았을 때는 아직도 50포대나 남아 있었다. 그렇지만 이미 눈동자는 풀려있었고 1분에 한 포대도 못 했다. 그리고 다들 자포자기한 심정이 들었을 그때, 누군가가 작은 소리로 노래를 시작했다. 그 노래는 596이 군함 행진곡에 붙여 만든 바로 그 노래였다.

"6천 년의 원한의 터 싸움의 동산. 승리의 한 중심을 찾으시려고 애쓰며 섭리하던 피 뿌린 자국. 이것이 아버지의 섭리의 사랑 이것이 아버지의 섭리의 사랑 이것이 아버지의 섭리의 사랑"

갑자기 경쾌한 노래가 들리자 함께 포대를 묶던 사람들은 손을 멈추고 노랫소리가 나는 쪽을 쳐다보았다. 그러자 그곳에는 노랫소리에 맞춰 삽질을 하는 596이 눈에 들어왔다. 596은 타들어 메마르고 갈라진 입술로 노래를 부르고 있었다. 그 노랫소리는 비록 쉰 목에서 나는 작은 소리였지만, 노래를 부르고 있는 596의 눈빛만은 살아있었다. 그리고 삽자루를 쥔 손에 힘을 주면서 한 삽 한 삽에 노래를 실어 부르고 있었다. 한 소절을 다 듣자 우리는 너나 할 것 없이 따라 부르기 시작했다.

"행복의 꽃 피어나는 자유의 섭리. 복되도다 희망의 꽃 피어나 누나

즐겁고 기쁘도다 섭리의 향기. 이것이 아버지의 바라던 소망

이것이 아버지의 바라던 소망. 이것이 아버지의 바라던 소망

피어나는 자유 동산 행복의 꽃. 즐겁고 기쁘도다 우리의 본향

영원히 길이 살 꽃다운 동산. 이것이 아버지가 허락한 동산

이것이 아버지가 허락한 동산. 이것이 아버지가 허락한 동산

영원한 섭리의 뜻 지상의 이상. 아버님이 세우려던 본성의 동산

기쁘게 향기 높여 영광 돌리자. 이것이 아버지의 창조의 영광

이것이 아버지의 창조의 영광. 이것이 아버지의 창조의 영광

우리가 부르는 노랫소리는 비록 쉰 목에서 나는 소리였지만, 그 소리에는 비장함이 가득했다. 그런데 다 같이 노래를 부르자 점차 내 손에 힘이 들어가기 시작했고, 가슴속에선 뭔가 뜨거운 것이 올

라오고 있는 것도 느꼈다. 다른 사람들도 그런 기분을 느꼈는지, 노래를 한 번 더 부를 때는 다들 어금니를 깨물면서 일을 하고 있었고, 심지어 다른 곳에서 작업하던 우리 방 사람들도 함께 부르고 있었다.

느슨했던 우리들의 손길은 다시금 빨라졌고, 삽질을 하던 596이 삽을 던지며 마지막 포대를 묶고 나서, 열 명이 한 포대씩을 둘러메고 달렸다. 열 명은 동시에 어깨에 들쳐 맸던 비료 포대를 도락꾸에 던지며 작업장에 걸린 시계를 함께 보았다. 그런데 우리의 눈에 들어온 시계의 긴 바늘은 아직도 숫자 열둘을 넘지 못하고 있었다. 몇 번 시계를 보며 확인하고 나서야 10명은 서로를 부둥켜안고 울기 시작했다. 정말로 주체할 수 없는 눈물이 주룩주룩 흘렀고, 부둥켜안은 손들이 떨어지지 않았다.

그 눈물은 5시까지 못하면 모두가 절반의 밥으로 일주일을 살아야 한다는 엄청난 중압감이었는데, 그 중압감에서 완전히 해방된 눈물이었다. 그리고 30분 전부터 지켜보고 있던 간수장의 콧대를 납작하게 꺾어 버렸다는 기쁨의 눈물이기도 했다. 얼마나 힘이 들었던지 호랑이 같던 방장도 그때만큼은 자리에 주저앉아 한없이 눈물을 흘렸다. 나는 눈물 흘리는 방장을 보며,

'자기 때문에 많은 사람들 목숨이 걸렸으니 그 중압감이 얼마나 컸을까'

하는 생각에 내 눈에서도 하염없이 눈물이 흘렀다. 한참을 부둥켜 울던 우리들은 도락꾸를 내려오며 서로의 어깨를 토닥거리기도

차가운 봄 211

하고, 눈물을 닦아주기도 했다. 우리를 감시하던 어린 간수도 그런 우리가 불쌍하게 보였던지 물이 가득 담긴 물통을 가져다주었고, 이것을 지켜보던 물소 간수장은 붉으락푸르락 한 얼굴로 작업장을 나가 버렸다.

우리는 서로에게 먼저 물을 떠주기도 하고 서로 양보도 하면서 양껏 물을 마셨다. 그러고 나서 서로의 얼굴을 보면서 한바탕 크게 웃었다. 그때는 정말로 피를 나눈 형제보다 더 뜨거운 무언가가 우리를 감싸고 있는 느낌이었다.

소문을 들어서 알고 있던 죄수들도 할당량을 끝내고, 누워있는 우리 곁을 지나쳤다. 모두가 물을 찾아 잰걸음으로 갔는데, 개중에는 가던 길을 멈추고 호랑이 방장에게 인사를 하고 가는 사람도 있었다. 나는 완전히 탈진해서 멍한 눈으로 하늘만 보고 누워있었다. 그런데 그때, 어디선가 귀에 익은 목소리가 호랑이 방장에게 인사를 했다.

"총방장 수고 많았습니다. 덕분에 내일부턴 목이라도 축이게 되었습니다."

나는 익숙한 목소리에 본능적으로 고개를 들어 목소리의 주인공을 보았다.

'헉! 김갑술……'

그 목소리의 주인공은 바로 김갑술이었다. 나는 그 얼굴을 본 순간 머릿속이 하얗게 되었고, 얼굴을 돌릴 생각도 못 한 채 석고처럼 굳어 버렸다. 김갑술은 어디선가 자기를 보는 시선이 따갑게 느껴졌는지 흠칫 나를 바라보았다. 나와 김갑술은 눈이 마주쳤고 우리는 잠시 동안 서로를 바라보았다. 지구가 멈춘 듯한 정적 흐른 뒤 김갑술은,

"어이구 목마르다. 총방장님 그럼 먼저…."

하면서 가던 길을 가버렸다. 나는 멀어져 가는 김갑술을 빤히 보면서 그저 눈만 껌뻑이고 있었다. 그리고 하얗게 돼버린 머릿속에선 점차 검은 소용돌이가 일기 시작했다.

'저놈은 분명히 김갑술이다. 그런데 저놈이 왜 여기 있지? 내가 잘못 본 것인가? 아닌데. 분명 김갑술인데…, 저놈이 왜 여기에….'

하는 생각이 소용돌이가 되어 불었다. 혹시나 하는 생각에 멀어져 가는 김갑술을 다시 한 번 눈으로 확인한 다음 순간,

'허거덕! 그런데 저놈은 나를 알아봤을까? 내가 누군지 못 알아봤나?'

하는 생각이 뇌리를 스쳤다. 김갑술이 한참 동안이나 나를 빤히 봤지만 아무 말도 없이 갈 길을 갔기 때문이었다. 그 후로 나는 어떻게 감방에 돌아왔는지도 기억이 없었다. 그리고 그날 밤엔 죄수복을 입고 나를 보던 김갑술의 눈빛 때문에 한숨도 잘 수 없었다.

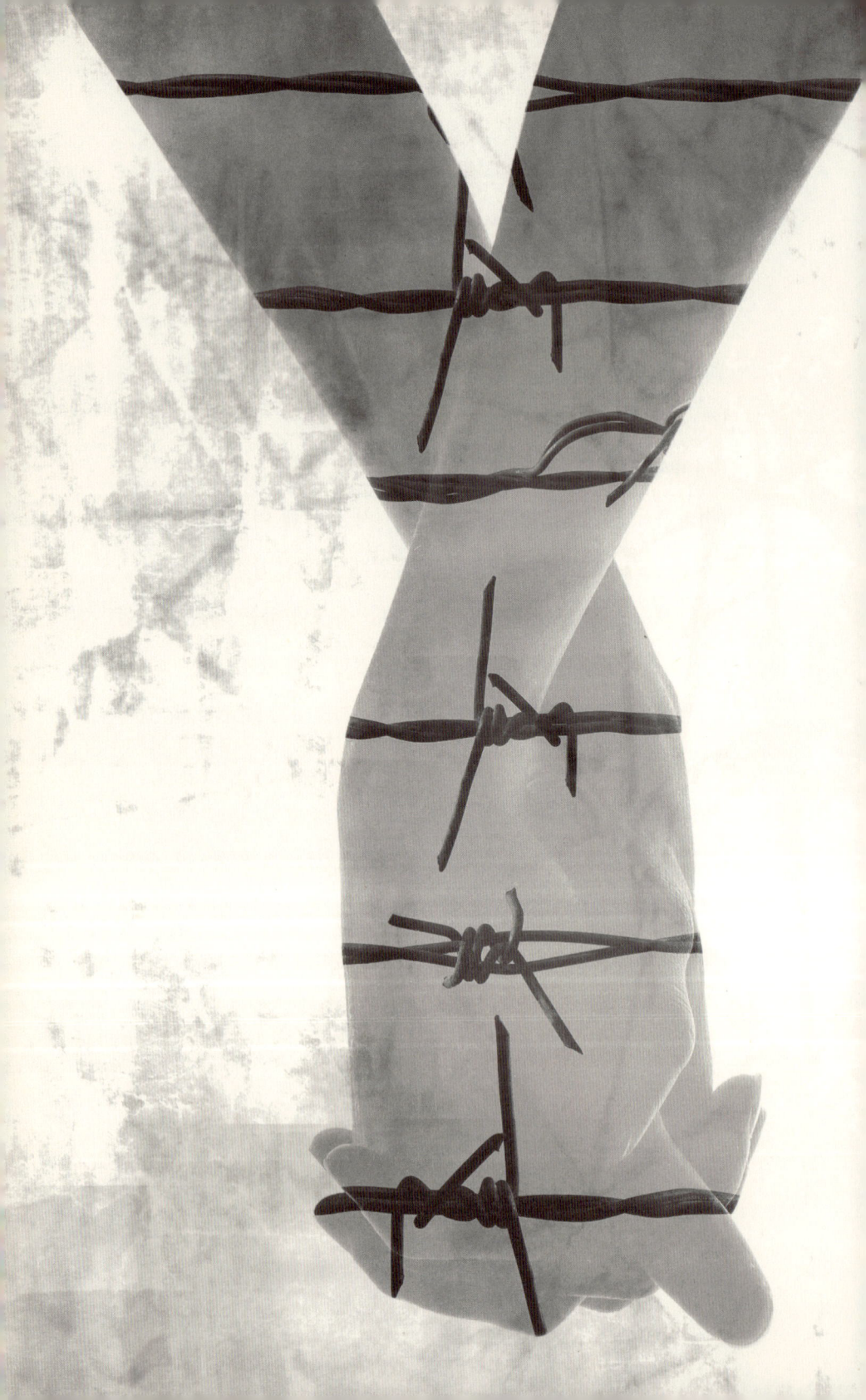

14장
지옥의 화염 속에서

갑술의 얼굴을 본 다음 날부터 나는 말이 없어지고 홀로 지내는 시간이 많아지자 걱정스러운 표정으로 501이,

"형님, 무슨 일 있어요? 요즘엔 말도 없고 혼자 있기만 하구요."

하며 물었다. 그런데도 나는 아무런 말이 나오지 않았다. 그렇게 며칠을 더 보내면서 점차 정신이 돌아오자,

'그렇지, 그놈이 정말 김갑술인지 다시 확인해보자. 혹시 내가 잘 못 보았을 수도 있어.'

하고 생각한 나는 501에게,

"501, 너 저쪽… 제일 끝 방, 방장이 누군지, 왜 들어왔는지 좀 알아봐 줄래?"

하고 말했다. 갑작스러운 내 말에 501은 눈을 껌뻑이면서,

"저쪽 끝방, 돼지같이 생긴 방장요?"

하고 물었지만, 나는 고개만 끄덕였다. 표정 없이 고개만 끄덕이는 나를 본 501도 더 이상 묻지도 않고 고개를 끄덕였다.

며칠 후, 작업장 구석에 쓰러져있는 내게 501이 다가와, 털썩 주저 않으며,

"형님, 저쪽에 있는 돼지 같은 방장 말인데요."

하는 것이었다. 나는 잽싸게 일어나며,

"응, 그래. 그놈. 뭐 좀 알아봤어?"

하며 501의 입을 보았다. 501은 그다지 특별한 것이 없었다는 듯이,

"네. 이름이 김 갑 뭐라고 하구요. 나이 어린 여자애를 강간했는데. 그 아버지가 따지러 오자 아버지도 몽둥이로 패서 그 애아버지가 불구가 됐대요. 그래서 왔다던데…. 참! 그놈 허벅지에 큰 흉터가 있대요. 그런데 그 방 사람들은 그놈한테 이를 갈고 있답니다."

고 하는 것이었다. 나는 501의 눈을 똑바로 보면서,

"허벅지에 큰 흉터가 있어?"

하고 묻자, 501은,

"네 허벅지에 큰 흉터가 있는데, 그 방 죄수들에게는 멧돼지 사냥을 하다가 다친 상처라고 했다는데요."

하는 것이었다. 나는 속으로,

'그래. 김갑술이 맞는구나. 그 허벅지 흉터는 내가 만든 상처가 분명해.'

라고 생각하면서 다시 501에게는

"그런데 501. 왜 감방 사람들이 그놈에게 이를 갈아?"

하고 묻자 501은,

"글쎄 돼지 같은 놈이 배급된 밥을 항상 두 덩이씩을 먹어 버린대요. 그래서 나머지 죄수들은 부족한 밥을 서로 나눠 먹고 있다고…. 그런데 항의하면 무작정 주먹질과 발길질을 해댄다고 하대요. 그놈한테 맞아서 갈비뼈가 부러진 사람도 있고…. 뭐 그렇대요. 그래서…, 죄수들이 다 이를 갈고 있다고….”

하는 것이었다. 나는,

'김갑술이 맞다. 이놈을 여기서 만나다니…. 하늘도 무심치 않았구나.'

하는 생각에 어금니를 꽉 깨물었다. 내가 말을 받아주지 않고, 갑자기 어금니를 깨물자 501은 고개를 갸웃거리며,

"형님, 그런데 저놈과 무슨 관계있어요?"

하고 물었으나 나는 그저 아무 관계 없다는 듯,

"아냐. 아무것도 아니야. 넌 신경 쓰지 마.”

하고 말았다. 그리고 며칠 후, 혹시 그놈이 나를 알아봤는지 확인하려고 일부러 물을 마시고 있는 그놈 옆에서 물도 퍼마셨다. 김갑술은 옆에서 물을 퍼마시는 나를 한 번 힐끔 보더니 이내 다른 곳으로 시선을 돌렸다. 나를 알아보지 못하는 것이었다. 나는,

'허기사, 지금의 내 꼴은 어머니가 봐도 몰라볼 거야.'

하는 생각에 물에 비친 내 몰골을 보았다. 3년도 넘는 감옥 생활은 나를 두 눈이 움푹 패고, 광대뼈만 불뚝 튀어나온 해골로 만들었다. 나조차도 내 몰골에서 옛날 모습을 찾기가 어려웠다. 나는 물속에 비친 내 눈을 향해서,

'613. 저놈이 너를 못 알아본다. 지금부터다. 정신 바싹 차려라!'
라고 하면서 힘껏 노려보았다. 그때부터 나는 어떻게 김갑술을 죽일 것인가를 고민하기 시작했다. 그리고 며칠 동안 나 스스로를 냉철하게 보기 시작했다.

'난 지금 뼈만 남았으니, 저놈과 맨손으로 싸우면 분명히 내가 진다. 그러니까 저놈이 빈틈을 보일 때, 한방에 결정타를 날려야 한다. 결정적인 한 방이 아니면 승산이 없다.'

이런 직감이 들자, 나는 주변에 있는 무기 될 만한 것을 찾기 시작했다. 그렇지만 여긴 감방이라서 감시하는 간수의 눈을 피해 무기를 찾는 것이 호락호락하지 않았다. 나는 간수의 눈치를 살피면서 김갑술의 멱을 따버릴 확실한 무기를 찾아야 했다.

부쩍 말수가 적어진 내 모습에 501은 항상 걱정하는 눈치였지만, 나는 아랑곳하지 않고 무기로 쓸만한 것만을 찾았다. 어떤 때는 기다란 돌을 칼처럼 갈아서 쓸까도 생각했고, 굵은 철사를 몇 가닥 묶어서 날카롭게 갈면 어떨까 하는 생각도 했지만, 철사를 끊기도 힘이 들었다. 그렇게 김갑술의 심장을 찢어버릴 무기를 찾으면서 시간은 점점 흘러만 갔다.

오월도 지나, 유월의 더위가 기승을 부리던 어느 날이었다. 일주일에 두 번을 먹던 미숫가루 떡도 한 번으로 줄고, 배급 식량도 많이 줄었다. 면회가 금지되어서 더 이상 차입으로 들어오는 미숫가루나 쌀가루도 없었다. 그리고 신입 죄수의 입을 통해서 밖에는 전쟁이 터졌다는 사실도 알게 되었다. 북쪽의 인민정부가 일요일을 틈타 38선 남쪽으로 군대를 전진시켰다는 것이었다. 친한 간수들도 가끔씩 전쟁 이야기를 전해주었다. 이미 서울 이남까지 인민군이 점령했다는 소식이었다. 죄수들은 전쟁 소식과 함께 7월을 맞이했다.

전쟁이 터졌는데도 강제 노동은 멈추지 않았다. 오히려 간수들의 폭행은 더 심해졌고, 공장에서 돌아오는 길에도 죄수들이 머리 드는 것을 더 심하게 금했다. 죄수들 간에 서로 말하는 것마저도 금지였다. 간수들은 언제든지 총을 쏠 수 있게 실탄을 장전하고 있었고, 심지어 방아쇠만 당기면 총알이 나가게끔 안전장치를 풀고 있다는 말까지 나돌았다. 죄수나 간수나 누구를 막론하고 모두가 잔뜩 긴장한 채 하루하루를 보냈고, 감방으로 돌아와서도 긴장의 끈을 놓지 않았다. 그러다 보니, 김갑술을 죽일 무기를 만드는 것은 무척이나 힘들었고, 가끔은 무기를 찾아야 한다는 생각마저도 잊어버린 적이 있을 지경이었다. 그렇지만 항상 마음속에선,

'김갑술. 반드시 죽인다. 내게 원수를 갚으라고 하늘이 내려준 기회다.'

라는 생각만은 끊임없었다. 이런 생각에 고동치는 심장을 붙들고 잠든 날에는 어김없이,

"여… 여보…. 여보!"

를 외치며 잠에서 깼다. 그리고 깜깜한 감방 안에서 꿈인 것을 확인하고 나서야 다시 잠이 들었다. 꿈은 항상 같았다. 예배당 문을

열고 들어가 집사람을 찾으면, 집사람은 기도하고 있었고, 내가 십자가를 바라보면 예수님의 얼굴에서 검붉은 피를 흘렸다. 그런데 항상 같은 꿈속에서 피 흘리는 예수님을 볼 때마다 뭐라 딱히 표현하기 힘든 심정이 됐다. 반복되는 꿈 때문인지 김갑술을 죽이고 싶은 충동이 날이 갈수록 더 깊어지고, 한이 깊어지면 깊어질수록 나는 더 말이 없어졌다.

7월 말의 찜통더위 속에서도 암모니아 비료를 퍼내는 작업은 계속되었다. 가끔 간수를 통해서 인민군이 남쪽 대부분을 점령했다는 이야기와 남한군은 부산까지 피난 갔다는 말이 들렸다. 그러면서 간수들은 웃으면서

"이제 조금만 있으면 민족이 해방되고 통일될 것이다."

라고 말했다. 죄수들도 서로 모여 앉으면 속삭이듯이,

"이대로 전쟁이 끝나는 것 아닌가?"

"그럼 우리들도 무슨 특별사면이라도 또 있지 않을까?"

"난, 전쟁 같은 것, 빨리 끝나고 밥이라도 많이 나왔으면 좋겠네."

하는 말들을 했다. 그리고 흥남은 더 뜨거운 8월을 맞이했다. 그런데 갑자기 8월 들어서부터 간수들이 일체 전쟁에 대해 이야기를 하지 않았다. 그리고 죄수들에게 작업을 시키지 않고 공장 주변에 방공호 파는 일을 시켰다. 방공호가 다 만들어지자 가끔씩 간수들은 방공호로 대피하는 훈련까지 했다. 간수들이 방공호에서 공장을 향해 총을 겨누고 있는 것을 지켜보던 501이 조심스레 말을 꺼냈다.

"형님, 전쟁이 이상하게 돌아가는 것 같지 않아요? 부산까지 내려갔다는 말을 들은 것이 엊그제인데, 요즘엔 방공호로 대피하는 훈련을 자주 하고 있잖아요? 그리고 방공호에서 공장 쪽으로 총을 겨누기도 하구요."

내가 보기에도 뭔가가 이상했다. 그리고 불길한 예감이 본능적으로 느껴졌다. 전쟁이 곧 끝날 것처럼 자랑하던 간수들 모습은 온데간데없고, 오히려 훈련하는 그들의 눈빛은 뭔가 불안해하고 있었다. 나는 501에게,

"응. 뭔가가 심상찮은 것 같기는 한데…."

하면서 말꼬리를 흐렸다. 죄수들은 전쟁에 대한 불안보다 간수들의 움직임에 더 신경을 곤두세웠다. 그리고 며칠이 지나서 뜻하지 않은 사건이 터졌다.

간수들의 대피 훈련을 목격한 지 며칠 지나지 않아, 암모니아 냄새 속에서 오후 작업을 막 시작한 때였다. 그때, 죄수들은 지금까지는 한 번도 들어보지 못했던 비행기 소리를 들었다. 비행기는 양쪽 날개에 별이 하나씩 그려진 조그만 정찰용 비행기였다. 이 비행기는 공장 상공을 30분을 넘게 빙글빙글 돌면서 날았다. 처음 듣는 비행기 소리에 죄수들은 작업을 잠시 멈추고 하늘만 멍하니 바라보았다. 그리고 나이 어린 간수들도 영문을 몰라 함께 하늘만 쳐다보았다. 그런데 이때, 전쟁 경험이 풍부한 방장이 우리들을 급히 불렀다. 그리고 방장은 매우 비장한 눈으로,

"내 말 잘 들어. 지금 저 비행기는 정찰기다. 저렇게 정찰기가 날

고 나면 한 시간 이내에 폭격기가 날아온다. 그럼 이곳에 엄청난 폭탄이 떨어질 것이다. 만일 폭격기가 날아오면 모두 피해야 한다."

라고 말했다. 우리는 방장의 말에 어리둥절한 표정으로 서로 쳐다만 보았다. 그러자 방장은,

"내 말 잘 기억해. 만일 공장에 폭격이 시작되면, 뒤도 돌아보지 말고 감옥 쪽으로 뛰어라. 여기는 군수 시설이라 폭격하지만, 감옥 쪽은 안전하다. 그러니 감옥으로 가야 산다. 그리고 항상 다니던 길을 조금도 벗어나지 마라. 간수들이 발견하면 바로 사살이다. 그러니 돌아갔던 길로만 달려라. 모두 알았지?"

하며 눈에 힘주며 말했다. 우리 방 죄수들은 하나같이 방장의 말에 고개를 끄덕이며 작업장으로 흩어졌다. 우리는 방장 이야기를 듣지 못한 사람에게도 방장의 말을 전하면서 몹시 긴장한 채 작업을 계속했다. 그런데 방장이 말한 지 한 시간도 안 지나서 바로 엄청난 사이렌이 울렸다. 그러자 모든 간수들은 총을 들고 허겁지겁 방공호로 피했고, 죄수들은 어쩔 줄 몰라 우왕좌왕했다. 그래도 죄수들은 방공호에서 겨누고 있는 총부리를 알기에 그 자리를 지킬 수밖에 없었다.

사이렌이 울리고 십여 분이 지나자 방장 말처럼 엄청나게 큰 비행기들이 폭탄을 퍼부었다. 멀리서부터 쾅 콰광 터지는 폭발음이 점점 공장 쪽으로 다가왔고, 우왕좌왕하던 죄수들 머리 위로도 폭탄이 쏟아졌다.

죄수들은 삼삼오오 끌어안으면서 땅바닥에 웅크리기도 하고, 공장 벽 쪽을 향해 달리기도 했다. 어떤 죄수들은 떨어진 폭탄에 몸뚱이가 갈가리 찢어지기도 했고, 그 주변에는 핏물과 살점들이 쏟아졌다. 공장은 순식간에 아비규환이 되었다. 그런데 이때, 방장을 선두로 우리 방의 사람들은 감옥을 향해 달리기를 막 시작했다. 나도 뒤처지지 않으려고 있는 힘을 다해 막 달리려던 참 있었다. 그런데 내가 십여 미터를 달리던 순간, 뒤쪽에 떨어진 엄청난 폭탄 소리와 함께 나는 정신을 잃었다.

한참 후, 정신이 든 나는 몸을 일으켜 주위를 살폈다. 내 머리에서 흐르는 피는 얼굴을 타고 땅으로 떨어졌다. 주변은 처참했고, 내 귀에선 멍하며 아무 소리가 들리지 않았다. 사람들의 시신과 떨어져 나간 팔다리가 여기저기 흩어져 있었고, 사방이 핏물로 물들어 있었다. 공장은 굴뚝과 벽이 무너졌고, 안에서는 불길도 치솟았다. 귀에선 멍하며 아무것도 들리지 않았지만, 공장에서 치솟는 불길만큼은 진짜 지옥의 화염처럼 보였다.

그런데 아무 소리도 들리지 않는 핏빛 풍경 속에서, 서서히 주변을 둘러보는 내 눈에 시선이 딱 멈추는 곳이 있었다. 쓰러져 있는 사람을 발견한 것이었다. 그런데 그 사람이 서서히 내 눈에 들어오는 순간, 내 머리에선 번개가 쳤다. 그 사람은 바로 원수 김갑술이었다. 나는 본능적으로 주변을 살폈다. 머리에서 피 흘리며 정신을 잃고 있는 김갑술. 방공호에 완전히 숨어버린 간수들. 멀어져 가는 비행기. 지금 김갑술과 나 외에는 이곳에 아무도 없었다. 나는 엉겁결에 옆에 있던 커다란 돌덩이를 두 손으로 집어 들었다. 그리고 비틀거리며 김갑술 쪽으로 천천히 다가갔다.

'이것은 하늘이 내게 준 절호의 기회다.'

이런 생각만이 머리에 맴돌고 있었다. 돌덩이를 쥔 손에는 점점 더 힘이 들어갔지만, 가까이 다가가면 갈수록 내 발걸음도 비틀거렸다. 그리고 김갑술과 불과 2, 3미터를 남겨 놓았을 때, 내 심장이 지옥의 화산처럼 폭발하는 고동을 느꼈다. 나는 망설일 틈이 없었다. 그래서 돌덩이를 고쳐 잡고 그놈의 대가리를 노리며 다가가려는 순간,

"613!"

하며 뒤에서 내 팔을 잡는 사람이 있었다. 귀가 멍하여 아무것도 안 들리는 나는 누군가가 내 팔을 잡는 것에 흠칫하며 돌아섰다. 그리고 내 팔을 붙들고 뭐라 소리치고 있는 사람이 눈에 들어왔다. 그는 바로 596이었다. 596은 내 팔을 두 손으로 붙잡으며,

"…. 저씨, 정…… 세요."

하면서 뭐라고 소리를 치고 있었지만, 내 귀는 멍해서 아무 소리도 들리지 않았다. 나는 순간 596을 어깨로 밀치며 김갑술을 향해 돌아섰다. 그리고 본능적으로 걷기 시작했다. 그런데 596이 이번엔 내 앞을 가로막았다. 나는 필사적으로 596을 어깨로 밀치며 앞으로 가려고 했고, 596은 그런 나를 두 팔로 끌어안으며 내 귀에 대고 큰 소리로,

"613. 정신 차려요. 그러면 안 돼요."

하는 것이었다. 596의 말소리를 들은 나는 오히려 그를 몸으로 밀치며,

"네놈이 뭘 알아! 저런 놈은 뒈져야 돼."

하면서 몸부림을 쳤다. 그런 나를 596은 더 힘주어 끌어안으면서,

"아저씨 지금 그러면 저 사람과 영원히 피로 맺어집니다. 피로 맺어진단 말에요."

하는 것이었다. 나는 그 말의 의미를 전혀 알 수 없었다. 그리고 그의 말도 더 이상 듣고 싶지 않았다. 나는 계속해서 발버둥 치며,

"저런 놈은 뒈져야 해. 내 손으로 죽여버릴 거야."

하며 정신 나간 사람처럼 외쳤다. 그러자 이번엔 596이 안고 있던 손을 풀어, 두 손으로 내 어깨를 붙들었다. 그때 나는 596의 얼굴을 정면으로 볼 수 있었다. 내 눈에 들어온 596의 얼굴도 처참했다. 596의 얼굴은 온통 흙먼지를 뒤덮어 쓰고 있어 마치 흙 폭탄을 맞은 것처럼 보였다. 나는 잠깐 어깨를 붙잡고 있는 596을 보았다가 다시금 돌덩이를 들고 있던 손을 들어 올렸다. 그런데 그때, 596의 머리에서 한줄기의 검붉은 피가 얼굴로 흘렀다. 그 모습을 보는 순간, 나는 들고 있던 돌덩어리를 떨어트리고 말았다. 내가 수없이 꿈에서 보았던 예수님의 피 흘리던 자국과 596의 피 흘린 자국이 너무나 똑같았기 때문이었다. 596은 내게,

"613 아저씨, 지금은 안됩니다. 내일까지만 참으세요. 내 말 듣고 내일까지만 참으세요."

하는 것이었다. 그러더니 596은 내 팔을 잡아끌며 감옥으로 달리기 시작했다. 나는 596의 말을 도통 알 수 없었다. 그러나 내 눈앞에서 596이 흘렸던 검붉은 핏자국만을 머리에 떠올린 채 596이 끄는 데로 몸을 맡겼다. 그때 나는 596을 따라야 산다는 직감이 들었다.

어떻게 감방에 돌아왔는지 기억이 나질 않았다. 다만 내가 정신을 차렸을 때, 내 머리엔 찢어진 천이 둘둘 감겨 있었고, 온몸에서 통증을 느꼈다. 감옥으로 살아 돌아온 죄수들은 삼삼오오 폭격 이야기를 하고 있었고, 그중 몇 명은 머리나 팔을 천으로 둘둘 감고 있었다. 밖의 복도에서는 돌아온 죄수들의 숫자를 파악하는 간수들의 군화 소리만 들렸다. 501이 곁에 바싹 붙어서,

"형님, 596 아니었으면 큰일 날뻔했어요."

하는 것이었다. 나는 501의 말이 귀에 잘 들어오지 않았다. 다만 596이 나를 막아서 쓰러져 있던 김갑술을 쳐 죽이지 못한 것이 더 분했다. 그날 저녁은 배급도 나오지 않았고 물만 한 그릇씩 나왔다. 그래도 우리 방에선 방장 덕분에 목숨을 잃은 사람이 없었다. 그런데 다른 방은 폭격으로 죽은 사람이 꾀 많았던 것 같았다. 복도에서 한참 동안 인원을 확인하던 간수에게 물소 간수장이,

"내일 새벽에 다시 확인해."

하며 화내는 소리가 감방 안까지 들렸다. 나는 속으로,

'김갑술은 살았나? 그놈은 살았나?'

하는 생각만 들었다. 그리고 직감적으로 김갑술이 살았을지도

모른다는 생각이 들자 하늘이 준 기회를 막아선 596이 또다시 미워졌다.

다음날 새벽, 운동장이 모인 죄수들 꼴은 말이 아니었다. 머리에 붕대를 싸맨 사람들, 천으로 둘둘 말린 어깨를 부여잡고 있는 사람들, 다리를 저는 사람들까지 여기저기 온통 환자들이었다. 그 틈에서도 물소 간수장은 눈알을 굴리며,

"각 방 별로 빨리 서"

하며 소리치고 있었다. 나는 501과 함께 제일 앞줄에 서 있었다. 그것은 김갑술이 나왔는지를 확인하기 위해서였다. 그런데 김갑술의 감방 사람들은 확인했지만 김갑술은 당최 눈에 띄질 않았다. 다시 한 번 천천히 찾아봐도 전혀 보이질 않았다. 그런데 얼추 사람들이 자리를 잡고 있을 무렵, 감방 건물에서 한 구의 시체가 들것에 실려 나왔다. 나는

'죽은 죄수가 있나?'

하는 맘으로 실려 가는 죄수를 힐끔 보았다. 그런데 너무나 참혹한 시신을 보는 순간 등골이 오싹해졌다. 그 죄수는 두 눈과 목 그리고 가슴 여러 곳과 배에 나무막대가 수없이 꽂혀 있었던 것이다. 들것에 실린 시체는 짧은 나무들이 마치 고슴도치의 가시처럼 온몸 이곳저곳을 찔려 있었다. 그리고 새벽 어스름한 빛에도 그가 다름 아닌 김갑술임을 똑똑히 알 수 있었다. 비참하게 죽은 김갑술을 보자 내 심장은 다시 한 번 벌렁거렸다.

'김갑술이 뒈졌다. 그것도 처참하게 뒈졌다.'

이 사실을 확인하는 순간, 난 무릎뼈가 빠진 사람처럼 서 있을 수 없어 그 자리에서 그만 풀썩 주저앉았다. 이런 나를 501이 겨드랑이에 팔을 넣으며,

"형님, 형님, 괜찮아요? 형님."

하면서 일으켜 세웠다. 나는 501의 부축을 받으며 겨우 서 있었고, 감방으로 돌아오자마자 바로 쓰러졌다. 내 머릿속엔 아무것도 남지 않았고, 3년이 넘는 동안 숨도 못 쉬게 나를 괴롭혔던 김갑술은 내 손에 피 한 방울 묻히지 않고 그렇게 끝났다. 악귀들이 더 악랄한 악귀를 처단한 것이었다.

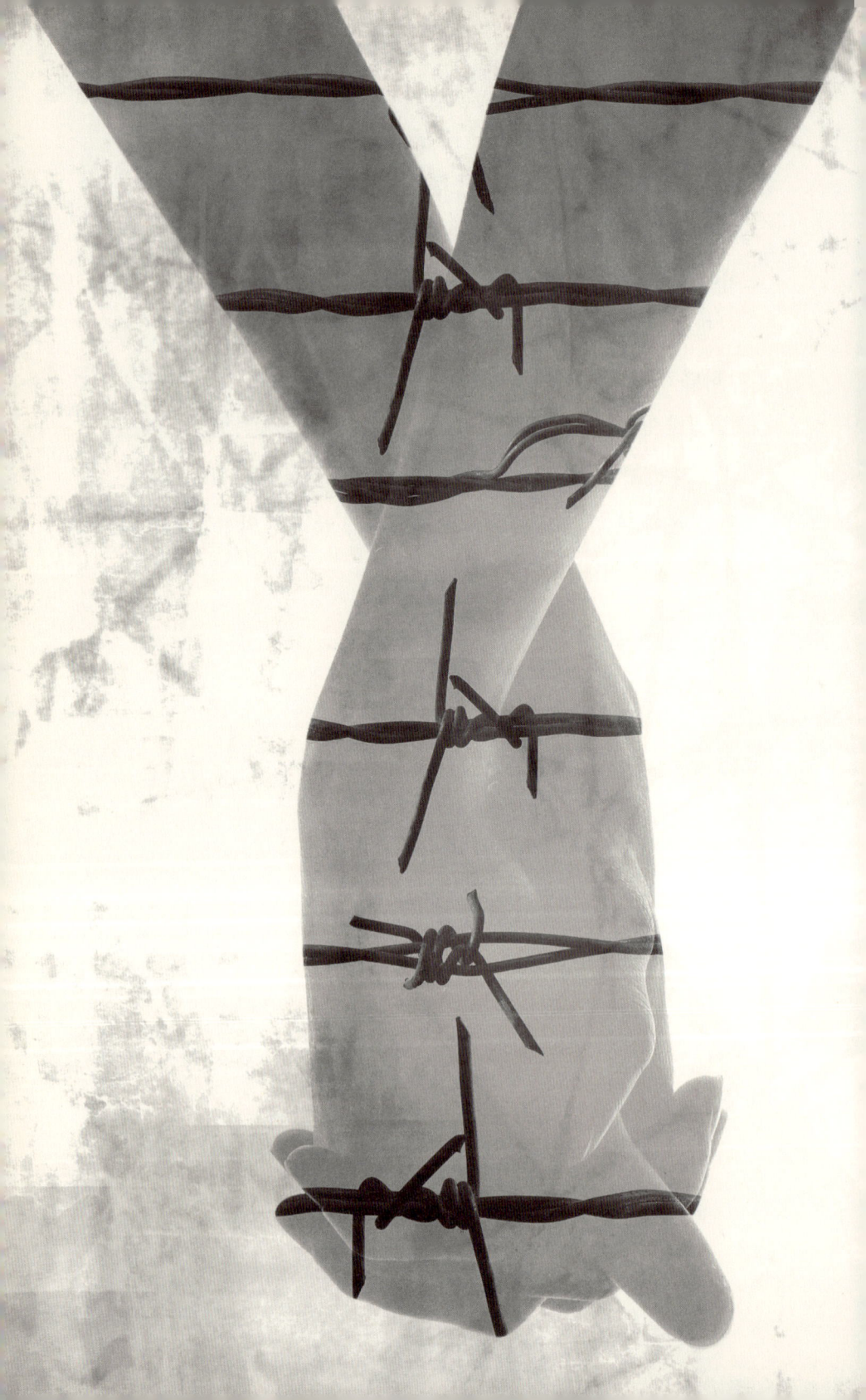

15장
지옥의 문이 열리다

미군의 엄청난 폭격으로 공장이 모두 파괴되어 당분간 강제 노동이 없었다. 그래서 죄수들은 감방에 있는 시간이 많아졌다. 아침 새벽의 점호는 여전했지만, 오후에는 잠깐씩 운동장에 나가서 몸을 풀 수 있게 해 주었다. 이때 다른 감방 죄수들과 잠깐씩 말을 할 수 있었기에 501에게 김갑술에 대한 것을 알아보게 했다.

501을 통해서 알아본 김갑술의 죽음은 비참하기 그지없었다. 폭격이 있기 전부터 주먹질로 밥을 뺏어 먹던 김갑술은 감방 죄수들의 불만을 사고 있었다. 그런데 폭격이 있던 날, 공장 벽에 숨으러 갔던 김갑술은 이미 자리를 잡고 있던 같은 방 죄수를 밖으로 밀쳐 버렸다. 그런데 그때 밖에 던져진 죄수는 떨어진 폭탄에 맞아 즉사했다. 그리고 김갑술이 숨어있던 곳에도 폭탄이 떨어져서 김갑술도 정신을 잃었다. 폭격이 끝난 후, 간수들은 정신도 회복 못 한 김갑술을 트럭에 실어 감방으로 데려왔다. 그리고 그날 새벽, 방장 김갑술에 대한 불만이 폭발한 그 방 죄수들은 혼절한 김갑술을 어굿나게 분지른 숟가락의 날카로운 부분으로 여기저기 사정없이 찔렀다는 것이었다. 죄수들이 찌른 부러진 숟가락이 너무 많아서 마치 고슴도치 같았던 것이었다. 그런데 그 방 죄수들은 김갑술을 죽였다고 해서 처벌을 받지는 않았다. 그것은 감방의 간수들이 폭격으로 죽은 죄수들 명단에 김갑술의 이름을 슬쩍 넣어 버렸기 때문이었다.

폭격으로 죄수들도 200명이 넘게 죽었다. 그리고 감방으로 오지 않고 탈출했던 죄수들도 결국 인민군의 총격에 모두 죽었다. 많은 죄수들이 순식간에 죽었지만, 신입 죄수는 더 이상 들어오지 않았다. 그래서 우리 방 죄수 중에 열 명이나 다른 감방으로 옮겼다. 그 중에는 359 목사와 298 그리고 가장 나이 어린 191도 있었다.

감방에서 지내는 시간이 많아진 우리는 불안과 공포 속에서 매일매일을 보내야 했다. 배급도 세끼 모두 삶은 감자만 나왔다. 가끔 간수를 통해서 밖의 소식도 들을 수 있었지만, 인민군이 미군을 상대로 연일 전투에서 승리하고 있다는 말뿐이었다. 이렇게 한 달이 넘게 흘렀다.

어느덧 아침 새벽 점호를 위해 옷을 다 벗으면 찬기가 돌기 시작하는 시월이 되었고, 이때부터 감옥에는 이상한 소문들이 돌기 시작했다. 방장과 부방장, 596, 501과 함께 다섯이서 모여 앉아 이런저런 이야길 하던 중에 부방장이,

"얼마 전 친한 간수와 이런저런 이야길 했는데, 죄수들을 다른 곳으로 이동시킬지 모른다는 이야길 들었습니다. 그런데 방장, 이

런 난리 통에 죄수들을 어디로 보내는 걸까요?"

하는 것이었다. 그 말에 방장은,

"전쟁 중에 죄수를 다른 곳으로 이동시킨다는 것은 매우 안 좋은 이야기다. 이전에 내가 있던 전쟁터에서는 포로들을 잡았을 때, 우리 쪽 상황이 좋으면 살려둔다. 그런데 상황이 불리해지면 제일 먼저 포로들을 처형하지. 그것은 포로 때문에 닥칠 불안 요인을 제거하는 것이야."

하고 말했다. 이 말을 들은 501은 불안해하며,

"그럼 혹시 우리도 처형하는 것 아닐까요?"

하며 모두를 쳐다보았다. 그런데 어느 누구도 501의 말에 답하는 이가 없었다. 다만 불안한 얼굴로 서로를 쳐다볼 뿐이었다. 잠깐 침묵이 흐르자 596이 무겁게 입을 열었다. 596은 심각한 얼굴로,

"앞으로 감옥을 이동한다는 말로 죄수를 불러낸다면 처형장으로 갈 가능성이 매우 큽니다. 그때는 우리가 뭉쳐서 서로 도와야 할 것입니다."

하는 것이었다. 방장은 596에게,

"간수들이 불러내면 나가야 하는데, 어떻게 서로 도울 수 있다는 말입니까?"

하고 묻자 596은,

"저도 특별한 방법이 떠오르지 않습니다만 다 함께 머리를 모아서 생각해봐야지요."

하는 것이었다. 나는 596의 이야길 들으면서,

'그렇다. 우리가 아무리 힘을 합쳐 겨울을 넘기고 식량 배급이 어렵더라도 어떻게든 살 수 있었지만, 간수가 불러내 트럭에 태우면 어쩔 도리가 없지 않은가? 국가 권력 앞에서는 아무리 힘을 합쳐도 넘을 수 없는 벽이 있다.'

라는 생각이 들었다. 우리는 서로 지혜를 짜보자는 말만을 남기고 자리로 돌아갔다. 그런데 며칠이 안 돼서 걱정은 현실로 다가왔다. 저녁밥으로 배급된 삶은 감자를 다 먹고, 노동교화 책을 읽을 시간이 되었다. 그런데 갑자기 복도에서,

"모든 죄수들은 지금 당장 운동장으로 집합!"

하는 간수들의 외치는 소리가 들렸다. 죄수들은 갑작스러운 집합에 불안한 표정으로 삼삼오오 열을 지어 운동장에 모였다. 지금까지 이런 일은 한 번도 없었는데, 저녁에 운동장에 집합시키는 것이 너무도 이상했다. 우리를 지켜보는 간수들의 표정도 긴장하는 것이 역력했다.

이미 해가 진 10월, 운동장에 비치고 있는 전등 빛은 더욱 을씨년스럽게 느껴졌다. 각 방 별로 다 모인 것을 확인한 물소 간수장은,

"지금 우리는 위대한 민족 해방전쟁에서 미 제국주의자들을 몰아내며 연전연승하고 있다. 그러나 남쪽의 괴뢰 정부는 미군과 연합군까지 끌어들여 우리 민족이 통일되려는 해방 전선을 악랄하게 방해하고 있다. 그래서 인민정부에서는 죄수를 대상으로 특별한 조치를 취하게 되었다. 인민정부의 특별한 조치는 지원자를 대상으로 해방전선에 참가하는 특전을 제공하는 것이다. 이번 특별 조

치에 따라 민족 해방 전선에 참가하는 죄수들은 전투에서 공을 세우면 남아있는 모든 형벌을 면제한다."

라고 하면서 모든 죄수들을 한 번 둘러보았다. 죄수들 사이에서는 형벌 면제라는 말에 웅성거렸다. 그러자 간수장은 웅성거리는 소리에 얼굴 붉히며 신경질적으로,

"자, 자 조용히! 조용히! 또한, 지원하는 죄수들에게는 3일 치의 식량을 제공하며, 총이 아닌 삽을 들고 전투에 참여한다. 삽을 들고 전투에 참여한다는 것은 지원자들이 전투지역으로 가는 것이 아니고, 진지 구축을 돕는 후방 지원이기 때문에 생명을 잃는 위험도 전혀 없다."

라고 하는 것이었다. 이 말을 들은 죄수들은 서로의 눈만을 마주치면서 아무 말도 하지 않았다. 그 침묵은 3일 치 식량이라는 말이 이들의 마음을 크게 흔들었던 것 같았다. 나도 식량에는 마음이 흔들렸지만, 직감적으로 안 된다는 느낌이 들었다. 무서운 침묵이 얼마 동안 흐르자 물소 간수장은,

"자! 그럼. 먼저, 이 자리에서 지원하는 사람이 있으면 앞으로 나와라."

하고 외쳤다. 그러자 죄수들 중에 형기가 많이 남은 사람이 한두 명씩 일어서기 시작했다. 아마도 그들 대부분은 여기 있어도 살아남기 힘들다고 생각하는 것 같았다. 지원해서 앞으로 나가는 사람들이 10여 명이 넘자, 물소 간수장은 목에 더 힘을 주며,

"지금 나오는 사람들에게는 여기 보이는 식량 자루와 삽을 준다."

라고 말하며 쌀이 들어있는 것처럼 보이는 자루를 들어 보였다. 그런데 더 이상 나서는 죄수가 없자,

"그럼. 오늘 지원자 모집은 여기까지다. 그리고 내일부터 매일 밤 이 시간에 여기서 지원자를 모집하겠다. 나머지 사람들도 잘 생각해 보길 바란다. 이상 모두 입방."

하고 말했다. 이 말에 지원했던 10여 명을 남기고 죄수들은 감방으로 들어갔다. 나는 간수장이 정말로 식량을 주는지를 확인하고 싶었지만, 등을 떼미는 사람 때문에 확인할 수는 없었다.

감방으로 돌아온 나는 501과 함께 방장의 의견을 듣고 싶었다. 그래서 방장을 찾았는데 이미 방장과 부방장은 596과 함께 있었다. 그래서 나와 501도 그쪽에 자리를 틀고 앉았다. 방장은 고개를 갸웃거리며,

"전쟁 포로나 죄수들에게 삽을 쥐게 하고, 진지를 파게 하는 것은 흔히 있는 일인데… 이번에는 거짓말 같지는 않아요. 그런데 596 선생은 어떻게 보십니까?"

하고 596에게 물었다. 그러자 596도 쉽게 대답하지 못하고 뭔가를 깊게 생각하는 표정을 했다. 596이 아무 대답이 없자 부방장이,

"정말로 식량도 주고 진지 파는 일을 시키는 거 아닐까요? 지난번 비료 공장 방공호도 우리가 다 팠잖아요. 그런데 이번엔 좀 먼 곳으로 가서 방공호를 파는 것 아닐까요?"

하고 말했다. 이 말에도 596은 아무런 말이 없었다. 나도 596의 생각을 듣고 싶어서,

"596 선생, 선생의 의견은 어떤지 궁금합니다."

고 재촉했다. 그러자 596은 천천히 고개를 들며,

"오늘 간수장이 이야기한 말속에는 두 개의 거짓말이 있습니다. 하나는 인민군이 지금 연일 승전보를 전한다는 말이고, 두 번째는 공을 세우면 모든 형벌을 면제한다는 것입니다. 만일 인민군이 연일 승리한다면 죄수들까지 전쟁터로 끌고 갈 이유가 없습니다. 그리고 전쟁터에서 삽을 든 죄수가 뭘 해서 공을 세울 수 있단 말입니까? 간수장은 방금 없는 이야기를 꾸며낸 것입니다."

라고 말을 했다. 그러면서 우리를 한 번씩 바라보고는,

"지원하는 사람을 군인처럼 대우하겠다면 군인들과 함께 먹으면 되지 3일 치 식량을 준다는 것도 뭔가 다른 생각이 있는 것으로 보입니다. 제 생각은 이렇게 의심스러운 특전에는 지원하지 말아야 합니다."

라고 말하는 것이었다. 나는 596의 말에,

"저도 596 선생의 말이 맞는 것 같습니다. 조금 전까지 나도 형벌 면제라는 말이 아닌 3일 치 식량에 나가고 싶은 생각이 들었습니다만, 지금 596 선생의 말을 들어보니 안 나가길 잘한 것 같습니다."

하고 고개를 끄덕이며 말했다. 내 말에 옆에 있던 501도 고개를 끄덕이고 있었다. 우리들의 이야기를 숨죽이고 듣고 있던 다른 사람들도 모두 연신 고개를 끄덕였다. 그러자 596 선생은 목소리를 조금 높여,

"내일부터 기회가 되면 다른 방으로 간 사람들에게도 이야기를 전해줍시다. 다들 기회를 만들어서라도 형제들이 지원하지 말라고 꼭 전해 줍시다."

라고 말했고, 우리 방에 있던 모두는 힘 있게 고개를 끄덕였다.

다음날 오후, 운동장에 모여 몸을 푸는 시간에 우리 방 죄수들은 여기저기로 순식간에 흩어졌다. 그리고 다른 방으로 옮겼던 191과 359 목사 그리고 298 외에 모든 사람에게 596이 했던 말을 전했다.

그런데 그날 밤에도 물소 간수장의 지원자를 찾는 소리에 10여 명의 죄수들이 앞으로 나갔다. 물론 우리 방에 있던 사람들은 아무도 지원하지 않았다. 물소 간수장은 지원한 죄수들에게 우리가 보는 앞에서 3일 치 식량이 들어있는 주머니와 삽 한 자루를 쥐여주었다. 지원했던 죄수들은 간수장에게 고개를 깊이 숙여 인사하고, 운동장 구석에 대기하고 있던 트럭에 올라탔다. 여기까지 마친 물소 간수장은,

"내일 또 모집하겠다. 그럼 오늘은 이상."

이라고 먹따는 소리로 외쳤다. 방으로 들어가는 죄수 중에는 식량을 들고 트럭에 오르는 죄수들이 부럽다는 눈빛으로 바라보는 사람들도 있었다. 그러나 우리 방 사람들은 뒤도 돌아보지 않고 감방으로 돌아왔다.

매일 밤의 지원자 모집이 일주일이나 지났지만 앉아있던 죄수 중에서 어떤 날은 10여 명, 어떤 날은 20여 명씩 지원자가 나왔다.

그런데 일주일이 지나자 점차 지원자가 줄더니 10일째가 되자 지원자가 한 명도 없었다. 아마 죄수들 사이에 596이 했던 말이 점차 퍼져나가서 그렇게 된 것 같은 느낌이었다. 지원자가 없자 물소 간수장은 얼굴이 붉으락푸르락 해지더니,

"오늘은 지원자가 없나? 지원자가 한 명도 없으면 오늘부터는 번호를 부르겠다. 불린 사람은 앞으로 나와, 식량과 삽을 받아 트럭에 타라."

하는 것이었다. 죄수들은 지원자가 없으면 그만할 것으로 여기고 있다가 갑작스러운 물소 간수장의 말에 서로 얼굴을 보며 웅성거렸다. 웅성거리는 소리가 점점 커지자 물소 간수장은 또 얼굴이 하얗게 질리며,

"지금 인민정부에서는 너희 같은 쓰레기들에게 위대한 인민 해방 전선에 참여하는 특전을 부여하고 있다. 알겠나? 번호 부르면 앞으로 나와."

하며 신경질적으로 곤봉을 들고 말했다. 물소 간수장의 위압적인 태도에 웅성거리던 소리가 갑자기 조용해졌다. 그러자 물소 간수장은 죄수들의 명단을 가져오더니 죄수번호를 부르기 시작했다.

다행히 그날 우리 방에는 차출된 사람이 없었으나, 김갑술이 있던 감방의 죄수들은 많이 불려 나갔다. 이것은 마치 이전에 김갑술을 죽인 것에 대한 징벌처럼 보였다. 모두 20명의 죄수가 호명됐고, 번호가 호명된 죄수들은 마지못해 식량과 삽을 받고 트럭에 올랐다. 그런데 한 죄수가

"나는 타고 싶지 않소. 나는 가고 싶지 않소."

하며 간수에게 호소했다. 그러자 트럭에 실으려는 간수와 타지 않으려는 죄수 간에 실랑이가 벌어졌다. 이때, 트럭에 안 타려고 발버둥을 치는 죄수를 간수들이 달려들어 몽둥이로 찜질하듯 패는 것이었다. 이 광경을 보고 있던 죄수들은 웅성거리며 반항하던 죄수가 축 늘어져 트럭에 실리는 것을 모두 지켜봤다. 죄수들의 웅성거리는 소리가 점차 높아지자 간수장의 얼굴이 긴장하기 시작했다. 배운 것이 없는 물소 간수장은 죄수들이 웅성거리는 것을 제일 싫어했다. 아니나 다를까 간수장은 사색이 되어,

"빨리빨리 방으로 들어가."

하면서 곤봉을 마구 휘둘렀다. 죄수들은 서로 등을 떠밀며 감방 건물로 달리듯이 들어왔다.

감방으로 돌아온 나와 501은 방장과 함께 596에게 갔다. 501은 596 옆에 앉자마자,

"596 선생님 이제 어떻게 하죠? 오늘 곤봉으로 쳐가며 트럭에 태우는 것을 보니 선생님 말이 맞습니다. 이놈들은 지금 우리를 부역을 시키는 것이 아니고 죽이려는 것 같아요. 아마 강제로 끌고 가면 반란이라도 일어날까 봐 거짓말을 한 것 같습니다. 그런데 지금부터는 번호를 부르니 안 나갈 수도 없고, 나가기는 싫고 어떻게 하면 좋을까요?"

하고 물었다. 596 선생도 무척이나 심각한 표정이었다. 방장은,

"596 선생, 오늘 차출된 사람들은 지난 폭격 후에 방장을 죽였던

사람들이 많이 들어있었습니다. 아마도 간수장의 맘에 들지 않는 사람을 먼저 부른 것 같아요. 아마 내일이나 모레쯤에는 나도 호명될 것 같네요."

하고 말하였다. 그렇게 생각해 보니 나도 곧 불려 나갈 것 같은 직감이 들었다. 그런데 나는 이미 철전지원수였던 김갑술이 죽은 후라 반드시 살아 나갈 이유가 없어져 버렸다. 그런데 인간이란 이상한 요물인가 보다 살아서 나가야 할 목적이 사라졌는데도, 지금은 살고 싶다는 생각이 더 간절했다. 나는 뭔가를 기대하며,

"596 선생 좋은 방법이 없을까요?"

하고 물었다. 그런데 596 선생은 아무 말이 없었다. 그리고 뭔가를 곰곰이 생각만 할 뿐이었다. 우리들은 선생의 의견을 듣고 싶어 계속 바라보자 596 선생은 마지못해,

"간수장이 두려워하는 것은 우리가 뭉치는 것인데… 아직은 뭐라 말하기 어렵네요. 일단 다 같이 머리를 맞대고 더 생각해 봅시다."

하는 말 밖에는 아무런 말이 없었다. 우리는 자리로 돌아와서 잠자리에 들었다.

'내일 내 번호가 불리면 어떻게 하지….'

방 안에 있던 모든 사람이 그런 생각을 하는지 밤이 늦도록 여기저기서 한숨 소리만 들려왔다.

다음날은 저녁에 나온 삶은 감자도 먹고 싶은 생각이 없었다. 저녁을 다 먹고 난 후 운동장에 모이는 것이 더 두려웠기 때문이었

다. 그런데 어제 트럭 앞에서 소동이 있어서였는지 오늘 밤에는 운동장에 모이라는 말이 없었다. 대신에 물소 간수장은 감옥 복도에서서,

"오늘부터는 여기서 번호를 부르겠다. 번호를 부르는 사람들은 복도로 나와라."

하고는 무작정 번호를 부르려고 했다. 나는 급히 감방 철문에 나 있는 개구멍으로 복도를 살폈다. 복도에는 총을 멘 간수들을 양옆으로 해서 가운데에 간수장이 서 있었다. 그리고 물소 간수장 손에는 검은색 종이철이 들려 있었다. 물소 간수장이 막 번호를 부르려고 검은 종이철을 넘기려는 순간, 모든 감방이 갑자기 시끌시끌해졌다. 그러더니 시끌시끌하던 소리가 점점 커지고, 각방에서는 소란이 일기 시작하였다. 어떤 방에서는 문을 발로 차며,

"나는 안 나가. 절대 못 나가."

하며 발악하는 소리까지 들렸다. 그러자 우리 방에서도 모두가 소리를 치기 시작했다. 그러자 간수들 중에 나이 어린 간수들은 얼굴이 하얗게 질리더니, 메고 있던 총을 내려 총구를 감방으로 향했다. 이런 소란을 보고 있던 물소 간수장도 엉겁결에,

"조용히 해! 시끄럽게 떠드는 놈은 번호에 상관없이 이 자리에서 즉결 처분한다."

라고 외치며 옆구리에 차고 있던 권총을 뽑아 한 발을 쏘았다. 복도에서 울리는 총소리가 얼마나 컸는지 복도를 살피고 있던 내 귀가 먹먹해질 지경이었고, 일순 모든 감방은 정적에 빠졌다. 물소

간수장의 번호와 상관없는 즉결 처분이라는 말과 한방의 총성은 모든 죄수들을 불러냈던 이유를 확실히 알게 했다.

지금까지 특전이니 뭐니 거짓말로 죄수들을 꼬여냈던 것은 남은 죄수들이 동요하지 않게 해놓고 이들을 처형하기 위한 것이었다. 만일 죄수들을 처형당한다는 사실이 알려지면 죄수들은 목숨을 내놓고 저항할 것이고, 죄수들이 그렇게 나오면 나이 어린 간수만으로는 이들을 못 막는다는 생각이었다. 그래서 사탕발림처럼 죄수들을 속여 트럭에 태웠던 것이었다. 이들을 태운 트럭은 아마 산이나 골짜기로 갔을 것이다. 그리고 삽으로 스스로 구덩이를 파게 하고 뒤에서 총으로 쏜 다음, 다시 그 식량 주머니를 챙겨 돌아왔을 것이었다. 나는 지원하는 죄수들에게 쥐어주었던 삽이나 쌀자루가 항상 같은 모양이었다는 것이 이제 생각났다.

한방의 총소리로 모든 감방이 정적에 빠지는 순간, 감옥 안은 죽음의 공포로 휩싸였다. 호명되면 죽게 된다는 사실을 알면서도 어떻게 할 방법이 없기에 그저 호명되지 않기를 간절히 바라고 있었다. 감방이 조용해진 틈을 타 물소 간수는 번호를 부르기 위해서 명단을 보고 있었다. 그런데 이때, '쿵' 하는 소리가 정적을 깨고 우리 방 안에 울려 퍼졌다. 복도를 보고 있던 나는 급히 방 안으로 고개를 돌렸다. 그런데 그때, 방장이 방바닥을 주먹으로 내려쳐 '쿵' 하는 소리가 또 났다. 그리고 점점 더 세게 방바닥을 내려쳤다. '쿵, 쿵' 하는 소리가 또 감방 안에 울려 퍼졌다. 그때 방장을 보던 501도 바닥을 주먹으로 내려쳤다. 이어서 596도 내려치자 점차 모든 사람이 방바닥을 내려쳤다.

"쿵! 쿵! 쿵!"

바닥을 내려치는 소리가 점점 커지더니 우리 방 모든 사람이 내려치고 있었고, 이 소리를 들은 다른 방에서도 바닥을 내려치는 소리가 들리기 시작했다. 그러더니 '쿵쿵쿵' 하는 소리가 점차 같은 간격으로 소리를 냈고. 마치 엄청나게 많은 북을 함께 치는 소리처럼 들렸다. 그리고 그 울림은 감방 전체를 흔들었다. 명단을 보고 있던 물소 간부는 처음 쿵쿵하는 소리에는 별 신경을 쓰지 않았지만, 쿵쿵거리는 소리가 점차 커지고 같은 소리로 변하는 것을 보더니 눈을 들어 이쪽 감방들을 보았다. 그런데 소리가 점점 다른 방에서도 들리고 북소리처럼 변하는 것을 듣더니 얼굴이 하얗게 질리며, 손이 떨리기 시작했다. 그리고 물소 간수장이 서 있는 복도에서도 진동을 느꼈는지 점차 주위를 두리번거리기 시작했다. 난생처음 겪는 일이라 농부 출신의 물소 간수장은 어떻게 할지 몰라, 한 손에 들었던 명단을 떨어트리고 두 손으로 권총을 거머쥐었다. 그런데 이미 권총을 잡은 간수장의 두 손이 벌벌 떨고 있었다. 한참 동안 쿵쿵거리는 소리에 권총을 잡은 두 손을 떨던 물소 간수장은 천정을 향해 다시 총을 한 발 쏘며,

"조용히 해! 조용히 하란 말이다!"

하며 먹따는 소리를 쳤다. 그런데 그 총소리에도 쿵쿵거리는 소리는 멈추지 않고 오히려 더 커져만 갔다. 아무리 물소 간수장이 몇 번을 조용히 하라고 소리를 질러도 쿵쿵거리는 소리가 멈추지

를 않자, 하얗게 질린 간수장은 급기야 복도를 튀어나가며 옆에 있던 간수에게,

"야! 간수! 내일 배급은 없다. 알겠나!"

하고는 사라져버렸고, 간수장을 따라 모든 간수들도 하얗게 질린 얼굴로 복도를 빠져나갔다. 이 모든 광경을 지켜보던 나는 나도 모르게,

"이야!"

하는 함성을 질렀고, 내 함성에 방 안에 있던 모두가 따라서 함성을 질렀다. 이 함성도 금세 각 방으로 번져나가 감옥 전체가 함성으로 뒤덮였다.

함성이 잦아들자, 비로소 나는 피범벅이 된 방장의 손을 보았다. 방장은 피범벅이 된 손으로 방바닥을 두드리고 있었던 것이다. 방장의 피를 흘리는 노력에 겁에 질린 물소 간수장은 그날 밤 번호를 부르지 못하고 나가버렸고, 우리는 그날 밤은 무사히 넘길 수 있었다. 그러나 물소 간수장이 다음날도 우리의 집단행동을 가만두고 볼 것 같지는 않았다. 특히 집요하고 포악한 그의 성질을 잘 알고 있는 우리는 더 이상 간수장을 꺾을 방법이 없다는 것도 잘 알고 있었다. 이제 우리 모두는 총구에 머리를 대고 있는 한 마리 가녀린 짐승에 불과했다.

다음날은 새벽 점호도 없었다. 그리고 밥도 주지 않았다. 감방 안에선 누구 하나 입도 열지 않았다. 다른 감방도 마찬가지였다.

마치 갑자기 감옥 전체가 커다란 무덤이 된 것처럼 아무 소리가 없었다. 침묵이라는 늪에 깊숙이 빠져있는 감옥이었다. 그러나 운명적인 죽음의 밤은 서서히 그리고 한 발 한 발 감옥을 덮쳐오고 있었다.

밤 열 시가 넘어서도 아무런 인기척이 없었다. 그런데 갑자기 '빵!' 하는 한방의 총성이 들렸다. 그리고 복도 너머로 물소 간수장의 째지는 목소리가 울려 퍼졌다.

"지금부터 부르는 번호는 복도로 나온다"

이 한마디에 모두들 체념한 채 고개를 푹 숙였다. 물소 간수장은 숨 쉴 틈도 주지 않고,

"919, 613, 501, 727, 739, 421, 596…이상 12명."

하면서, 우리 감방 12명만을 불렀다. 우리는 말 없이 그 자리에서 일어섰다. 그리고 아무도 움직이지 못하고 그냥 서 있었다. 잠시 정적이 흐르고 방장이 똥간 옆에 서 있는 596을 향해 천천히 걸어갔다. 그리고 596 앞에서,

"596 선생, 이렇게 만나게 되어서 정말 반가웠습니다. 그리고 진심으로 감사드립니다. 나는 많은 죄를 짓고 이곳에 왔지만 596 선생 덕분에 세상은 아직 살만한 곳이라고 느꼈습니다. 그래서 저는 지금 죽어도 여한이 없습니다. 그렇지만 선생님을 지켜드리지 못한 것은 한이 될 겁니다. 정말로 감사하고 정말 많이 미안합니다."

하고 인사를 하는 것이었다. 나는 호랑이 방장의 그런 얼굴을 처음 보았다. 그리고 나도 방장과 같은 마음으로 596 선생에게 깊게

허리를 숙여 인사했다. 그러자 서 있던 나머지 죄수들도 허리를 숙여 인사했다. 그런데 596 선생은 엷은 미소를 띠며 나지막한 목소리로,

"저는 여기서 좋은 형님들과 아저씨들 그리고 동생을 만났습니다. 평생 살아도 맺기 어려운 피보다 진한 인연도 맺었습니다. 저도 여한이 없습니다. 그리고 오늘 우리가 함께 죽음을 맞이해서 지옥의 밑창이라도 간다면, 우리 함께 갑시다."

라고 말하는 것이었다. 그 말을 들은 방 안의 모든 사람들은 뜨겁게 눈물을 흘리고 있었다. 속절없는 눈물을 하염없이 흘리고 있는 그들은 이미 죄인이 아닌 진정한 형제였다. 596 선생은 방장과 뜨겁게 악수를 나누고 서로를 껴안았다. 그리고 서 있는 한 사람 한 사람과도 뜨겁게 껴안았다. 모든 형제들은 소리 없는 눈물을 흘리고 있었고, 감옥의 적막만이 이들을 품고 있었다.

인사를 마친 596 선생이 맨 앞에 서고, 뒤이어 방장과 나와 501 그리고 나머지 8명이 뒤를 이어 섰다. 감방에는 흐느끼는 소리뿐 어떤 소리도 나질 않았고, 오직 감옥 철문을 향해서 걷는 12명의 나지막한 발걸음 소리뿐이었다.

운명이란 어느 틈엔가 눈앞에 서 있기도 하고, 그냥 눈앞을 스쳐 지나가기도 한다.

"쿠쿠 쿵쾅"

죽음을 향해 걸음을 옮기고 있던 12명은 엄청난 폭발음과 동시

에 몸이 날았다. 바깥쪽 감옥 벽이 폭발했기 때문이었다. 그 순간 똥간은 온데간데없이 사라졌다. 그리고 모든 형제들은 급히 바닥에 엎드렸다. 무너진 감방 벽 너머로 수없이 많은 폭격기가 이쪽을 향해 날아오고 있는 것이 선명하게 보였다. 그리고 흥남 전체에 엄청나게 큰 불기둥들이 솟아났다. 감옥에도 수없이 많은 폭탄이 떨어졌다. 여기저기서 터지는 폭탄 소리와 비명 그리고 도망치는 간수들의 모습들이 한 장씩 보이는 흑백사진처럼 눈앞에 새겨졌다. 그런데 갑자기 596이 목청껏,

"여기 모이자! 죽어도 같이 죽고 살아도 같이 살자!"

하고 외쳤다. 이 말에 엎드려있던 감방의 형제들이 596에게로 기어가서 서로 엉켜 똘똘 뭉쳤다.

'오늘 지옥에 떨어져도 여러 형제들과 함께라면 이미 그곳은 지옥이 아닙니다.'

라는 596의 말이 머리를 스치는 순간, 나도 본능적으로 596을 향해 몸을 날렸다. 미군의 B29 폭격은 밤을 새워 계속되었고, 새벽 먼동과 함께 멈추었다.

1950년 10월 14일. 어둠을 거두는 새벽 여명이 비치자, 한 덩어리로 서로를 감싸고 있던 우리 방 형제들은 하나둘 손을 풀었고, 한 명씩 일어나 담장 밖을 바라보았다. 사방을 둘러보니, 이미 간수들은 다 도망가고 아무도 없었고, 살아남은 죄수들은 운동장 건너편 무너진 담장을 넘어 사라지고 있었다. 무너진 감옥 담장은 세상으로 활짝 나가는 문이 되어 우리를 지옥 밖으로 안내하고 있었다.

나는 정신을 차리고 몸에 쌓인 흙먼지를 털었다. 그리고 596을 찾았다. 596은 방장과 무너진 감방 안을 다니며 쓰러져 있는 죄수들을 함께 돌보고 있었다. 나는 596에게 다가가,

"선생님 이제 저는 어떻게 하면 좋을까요?"

라고 정중히 물어보았다. 596은 새까맣게 그을린 얼굴을 들며,

"어머니께 가셔야죠. 그리고 참, 이것 가져가세요."

하면서 누더기 보자기를 내게 내밀었다.

나는 손도 내밀지 못하며,

"이것이 무엇입니까? 선생님."

하고 물었다. 그러자 596은,

"우리 방 사람들이 먹고 남은 미숫가루입니다. 고향으로 가시는 길에 드십시오."

하는 것이었다. 나는 보따리를 내미는 596의 갈라진 손등을 보며, 가슴이 먹먹해지며 눈물이 왈칵 솟았다. 나는 주체할 수 없이 흐르는 눈물과 콧물을 겨우 닦으며,

"선생님께서는 이제 어디로 가십니까?"

하고 울먹이며 물었다. 그러자 596은,

"저는 이제부터 평양으로 갑니다. 우리는 이곳에서 피를 함께 나눈 형제입니다. 언젠가는 꼭 다시 만날 겁니다."

하면서 천천히 일어섰다. 596 선생님은 모든 사람에게 일일이 악수를 하고는 떠오르는 아침 햇살을 등에 업은 채 길을 떠났다. 호랑이 방장은 596 선생님 옆에 함께 있었다. 나와 501, 그리고 형

제들은 떠나는 596 선생님의 등을 한참 바라보다가 가슴에서 솟아나는 감사의 마음으로 다 함께 큰절을 올렸다. 그리고 596 선생님의 모습이 다 사라질 때까지 그 자리를 지켰다.